CYNTHIA

STÉPHANIE DES HORTS

CYNTHIA

ALBIN MICHEL

À François Fournier,
qui a changé le cours de ma vie.

Il n'y a rien de fictif en ce qui concerne Betty Pack.

New York

30 mars 1942

– Mon nom est Betty Pack. Appelez-moi Cynthia.

– Hyde, Montgomery Hyde.

Ils se sont retrouvés devant l'entrée d'un certain gratte-ciel à cinq heures exactement. Du côté de la 42e Rue. Le rendez-vous a été fixé la veille. Elle descend toujours au Ritz-Carlton, lui au Waldorf-Astoria. Ils ne sont pas censés se connaître, ils se reconnaissent immédiatement. Il saisit son bras en plaisantant. On dirait un vieux couple que plus rien n'étonne. Ce n'est pas une jolie fille, c'est une bombe atomique ! Il a toujours eu une envie folle de la plaquer contre un mur, elle est d'une sensualité saisissante. Une brise légère s'enroule autour de ses cheveux mordorés, elle secoue la tête pour les remettre en place. Ils tournent dans Madison, l'avenue est déserte après la giboulée de saison. Le soleil décoche ses flèches sur les vitrines détrempées des magasins. Quelle étrange douceur. Les New-Yorkais ont fui vers les Catskills ou Long Island, espérant échapper au cauchemar qui s'est abattu sur la vieille Europe. Ils ne savent pas que le pire est à venir. Et plus tôt qu'ils ne l'imaginent. Betty Pack et Montgomery Hyde badinent en cherchant l'ombre, une vieille habitude. Il y a de la retenue en lui, la silhouette est fringante, le costume de bonne facture et l'allure désuète. Ses cheveux aile-de-corbeau sont partagés par une raie sur le côté et plaqués en arrière avec de la gomina, la moustache est fine, le coup d'œil pénétrant. Hyde est un gentleman. Irlandais certes, mais chic. Il chuchote quelques mots à l'oreille de sa compagne. Elle sourit, découvre de petites dents cruelles. Elle est irrésistible. Sa voix chantante inspire confiance et confidences. Une mèche blonde occulte la moitié de son visage aux traits si fins. Hyde songe à une Madone entraperçue au Louvre, dans la Grande Galerie, quelques semaines avant le début du conflit. Raphaël, Vinci, Mantegna, il ne sait plus. Elle est le portrait craché d'une actrice qui n'a pas encore percé, une autre Betty qui se fera bientôt connaître sous le nom de Lauren Bacall. Son regard est étrange, lourd. Des yeux vert foncé, pailletés d'or. Sa bouche est immense, ses lèvres pleines, sa peau fine et douce est prête à rougir au moindre rayon. Ses talons claquent sur l'asphalte fumant. Comme si elle voulait brouiller les pistes. Cette fille de très bonne famille pourrait bien changer le cours de la guerre. C'est ce qu'on dit en haut lieu. Elle a voyagé et parle toutes les langues sans accent, elle est courageuse et se fiche pas mal de l'argent. Hyde sait tout de ses exploits en Espagne, en Pologne, de l'amiral italien et des sénateurs américains… On la dit éprise d'un Français de la chancellerie. Il sait qu'il ne devrait pas, mais il ressent une pointe de jalousie. Comme une morsure. Un venin récurrent et diffus. Un Froggy, et puis quoi encore ?

Ils préparent un coup énorme, quasi irréalisable. Irréalisable n'existe pas dans le Service. Betty Pack et Montgomery Hyde le savent bien. D'ailleurs le Service n'existe pas. Eux-mêmes ne sont rien, personne.

– Tiens, ce salopard en a réchappé ! Les mauvaises nouvelles se propagent vite.

Hyde glisse quelques *cents* dans la boîte à journaux et

déplie un exemplaire. On y relate l'attentat de Versailles contre Pierre Laval, ardent défenseur de la collaboration. C'est un légionnaire maladroit qui a tiré. Cinq balles pour une blessure légère.

– En France, on abat les traîtres, conclut la jeune femme, cassante.

Montgomery Hyde est fou amoureux de Betty Pack. Depuis le premier jour. Ils ont dû échanger vingt phrases en dix ans, mais à quoi servent les paroles quand tout n'est que codes, chiffres et décryptage ? Elle porte un tailleur cintré d'un doux beige rosé. Sa démarche est vive et féline, ses longues jambes galbées. Quelle importance que Laval ne soit pas encore occis, elle trouvera bien le moyen de le réduire en charpie. Elle inspire une puissance inouïe, un magnétisme émane de tout son être quand son esprit n'est que calcul et raisonnement. Elle le fixe. Attention, cet homme est un espion, on ne le berne pas si facilement. Le mensonge est une seconde nature, les rôles endossés, une échappatoire. Betty Pack, troublante beauté de trente ans à peine, couche pour l'Angleterre et elle adore ça.

– Racontez-moi la famille Laval, ces suppôts de Satan.

Hyde arrive des Bermudes où il vient d'intercepter Josée de Chambrun, la fille de Pierre Laval, alors qu'elle embarquait sur un Clipper 314 de la Pan Am. Il a mis la main sur sa correspondance privée avec Otto Abetz, représentant d'Hitler à Paris. Les papiers ont été transmis immédiatement au BSC, British Security Coordination. Cet organisme occulte, initié par Churchill, est dirigé par le Canadien William Stephenson. Son prochain objectif : infiltrer l'ambassade de Vichy à Washington pour y subtiliser codes secrets et autres chiffres de la Marine française afin de préparer le débarquement en Afrique du Nord. Telle est la mission ultra-confidentielle que

Montgomery Hyde est venu mettre sur pied avec Betty Pack.

– Je vous reverrai ? Ensuite, je veux dire…, demande-t-elle.

– Je croyais que vous étiez amoureuse d'un Français.

– Je croyais que les explications étaient obsolètes.

– Cette rencontre est anodine.

– Cette rencontre n'existe pas.

Vichy, Laval, l'ambassade à Washington, voilà ce qui passionne les services secrets anglais en ce début de printemps. Ils n'ont qu'un but : la victoire. Ils ne vivent que pour combattre le nazisme, et pour cette noble cause, tous les coups sont permis. Les batailles ne se gagnent pas avec des méthodes respectables. Ils ne reculent devant rien. Leur détermination est implacable. Ils avancent dans des compartiments séparés, seuls devant l'adversité. Ils se nomment Betty Pack, Montgomery Hyde, William Stephenson, Ellery C. Huntington, John Reid Pepper, Ian Fleming, Roald Dahl, Hugh Trenchard… On les connaît sous les noms de Cynthia, Hyde, Intrépide, Hunter, Howard, F., D., Boom… Ce sont les Irréguliers. Des hommes et des femmes d'un courage exemplaire. Un beau jour, ils franchissent un mur et deviennent un autre. Ils trébuchent sur le chemin de la vérité, mais se relèvent toujours. Plus beaux, plus grands, solaires. Qu'imaginiez-vous ? Qu'ils étaient couleur feuille morte, gris comme les murs couverts de taches d'humidité ? La lumière convient au secret, l'énormité du plein feu est la plus subtile des cachettes. C'est leur histoire. C'est notre guerre. Les Panzers ont déferlé sur la Mitteleuropa, les flots désemparés de l'exode ont envahi les routes, l'Angleterre de George VI défaille, les démons se déchaînent et le ciel du Walhalla se teinte de fureur. « Agissez comme s'il était impossible d'échouer », tonne Churchill.

Un si beau mariage

1930-1934

1.

Cela sera son unique erreur. Croire en Arthur Pack et l'épouser. Mais c'est sa mère, Cora, mondaine invétérée, qui rêve de l'unir à un bon parti et le répète à la cantonade. Betty la méprise profondément. Quant à Georgie Boy et Jane, son frère et sa sœur, ils sont trop indisciplinés pour écouter.

– Le flirt a été inventé pour les jolies filles, chérie. Ferrer un mari est le souhait de toute débutante américaine, assène l'incorrigible Cora Thorpe. Tu es ravissante, Betty ! Presse-toi, la roue tourne, les premières rides apparaissent vite.

Betty hausse les épaules et jette un coup d'œil à son père, plongé dans les nouvelles matinales. Elle a pour lui une admiration infinie, il n'éprouve qu'un intérêt minime pour sa progéniture et proscrit toute manifestation de tendresse. Il ne souffre qu'une loi, elle est martiale. L'ancien capitaine des Marines a connu tous les conflits. À vingt-deux ans, il a servi à bord de l'USS *Yale* lors de la campagne de Santiago. Sa conduite courageuse pendant l'insurrection des Philippines lui a valu d'être promu capitaine. Il a fait la campagne d'Abyssinie et celle de Cuba. Aujourd'hui, George Cyrus Thorpe, guerrier ascétique à la retraite, aspire à la paix dans sa maison bourgeoise de Woodley Road à Washington. Et la paix, c'est être en harmonie avec la pétulante Cora.

– Le mariage, oh, le mariage… hum… tiédasse, marmonne cette dernière en renvoyant son thé à la cuisine.

Le valet de pied s'incline et emporte illico la théière en Minton. Mrs Thorpe est capable de s'abattre comme un cyclone sur ses domestiques.

– Je ne te reproche pas de ne pas t'intéresser aux garçons, Betty, je veux que tu ouvres les yeux, c'est tout. Ne tombez pas dans la confiture, les enfants !

Georgie Boy et Jane ont la bouche barbouillée de gelée grenat. Le capitaine Thorpe recueille du bout de son couteau une des coquillettes de beurre roulées sur un lit de glaçons, sa chère femme est intraitable, certes, mais elle sait tenir un foyer. Le toast craquelle, le capitaine essuie sa fine moustache et retourne à sa lecture. Il approuve l'éducation prodiguée par son épouse tant que l'ordre règne. La famille a suivi ses affectations militaires et Cora a maintenu un cadre rigoureux, que cela soit à Hawaï ou en Floride, à Cuba, à Pearl Harbor, dans le Minnesota ou l'Oregon. C'est une femme intelligente. Licenciée de l'université d'Ann Arbor dans le Michigan, diplômée de Columbia et de la Sorbonne, elle a un esprit pertinent qui a séduit le jeune officier il y a plus de vingt-cinq ans. Il lui a offert son âme en connaissance de cause, elle y occupe la première place. L'unique. Au grand dam de Betty, qui voudrait tant exister pour ce père sévère et distant. Un échec qui la torture et n'arrange guère les dissensions entre mère et fille. Cora vénère les rituels de la haute société, elle tient aux usages comme à la prunelle de ses yeux, Betty et Jane seront lancées dans le monde. En novembre 1929, Betty Thorpe referme son journal intime pour toujours. Toute vérité est dorénavant inavouable, la fillette fait place à la femme et s'amuse des ruses à venir. « Je suis bien plus jolie que je ne l'imaginais et compte bien en user pour parvenir à mes fins. Bon vent, cher journal, j'ai dix-neuf ans. »

Au 3218 Woodley Road, la maisonnée est en effervescence. Hispano-Suiza, Bugatti et autres Cadillac encombrent l'allée ombragée. Mais que se passe-t-il ? On se croirait à l'inauguration du pont de Brooklyn. Non, mieux ! C'est un thé dansant, il y a une de ces foules ! Entendez-vous, mais c'est le *big band* de Fletcher Henderson, il a croisé le diable et résonne d'un blues scandaleux. Les invités sont euphoriques, des silhouettes gracieuses vêtues de rose pâle et d'ivoire se trémoussent comme les sauvages du Swaziland. On les surnomme *the buds*, les bourgeons. Ces jeunes filles avides, jetées en pâture sur le marché du mariage, inaugurent leurs toilettes de mousseline, orchidées piquées au corsage, décolletés extravagants et lèvres gourmandes. Mais qui mordra à l'hameçon ? Elles bouillent d'impatience d'attraper les célibataires endurcis soucieux de se reproduire. Les gants de satin glissent sur les avant-bras virginaux, les langues s'effleurent. Plumes d'autruche et diadèmes rivalisent d'audace. La jeunesse dorée de Washington, futurs diplomates et sénateurs, vient faire son choix. Le pays est neuf et l'avenir prometteur, Franklin Delano Roosevelt et le New Deal s'approchent à pas furtifs. Gazouillis et radotages font un de ces brouhahas ! Gin et vermouth remplacent le sirop d'érable et la fleur d'oranger. La chair laiteuse est en feu, des larmes de dépit sont essuyées avec des carrés de soie, il s'agit de violer allégrement les règles des douairières corsetées.

– Quel est l'idéal pour votre fille ?

– Un titre de comtesse, nous partons pour la saison à Londres.

– Un époux riche.

– Si un homme n'a pas assez d'argent pour satisfaire sa femme, j'ai honte pour lui.

– Des perles, des perles, des perles !

La valse des patins a commencé, les lassos imaginaires tourbillonnent. Cora Thorpe pousse du coude ses chères amies aux voix de crécelle, Betty est très entourée. Elle étincelle dans un fourreau de dentelle bleutée, une tiare de perles à l'orient parfait ceint sa chevelure dorée. Son tempérament passionné et peu volubile intrigue, l'aura de calme et de sérieux qui émane de sa personne invite aux aveux les plus troublants. Sa voix profonde au timbre de sirène séduit de manière insidieuse. Digne, en retrait, indéchiffrable, elle cache ses émotions, tel son père, son idole. Il y a quelque chose d'audacieux en elle, comme si elle défiait l'assistance.

Certains couples s'unissent bientôt dans l'ivresse du déshonneur. Dès le lendemain, le très sérieux *Washington Post* publie les photos de l'événement. Toutes ces vierges effarouchées, parées de leurs plus beaux atours, rayonnent d'idéal. Betty Thorpe laisse entrevoir un coup d'œil aussi acéré que la lame d'un coutelas. C'est certain, elle a réussi son entrée, les invitations pleuvent, Cora jubile.

L'été venu, les Thorpe louent un cottage extravagant à Newport, sur la promenade en bord de mer. Il y a des régates, des matchs de tennis et des tournois de golf. Des balades à bicyclette, galas de charité et autres courses de motos. Il s'agit de combattre l'oisiveté. On croise les grandes lignées aristocratiques, celles qui vivent dans les manoirs d'inspiration Tudor, aux parcs boisés de pins, avec des serres en fer forgé et des piscines aux mosaïques antiques. Tous les fils de famille sont des héritiers. Betty, pas farouche, piétine les jeunes coqs avec allégresse. Elle badine dans les hangars à bateaux, promet un baiser à Jamie, son cœur à Bobby, sa virginité à Gene. Il y a bien longtemps qu'elle s'est débarrassée de tout cela. Betty n'a aucune parole, elle ment comme un arracheur de dents. Elle souhaite d'autres vies que la sienne, du piment et des couleurs, de l'aventure et des péripéties, du danger, bon Dieu, de la peur, des sensations ! Betty Thorpe aurait dû naître garçon, elle aurait fait la guerre, égorgé l'ennemi, trucidé le traître, rapporté des médailles, quelle fierté pour son cher Papa !

– Notre rôle est de faire semblant, n'est-ce pas ? précise-t-elle en plongeant dans les bras de Johnny Draighton.

Puis dans ceux d'Eddie Fraser. Elle ne rougit jamais, ne glousse pas, n'éclate pas d'un rire idiot chaque fois qu'on lui baise la main. Elle est toujours en retrait et brille de mille feux. Elle a réponse à tout. C'est une jeune fille ou bien une louve, une panthère peut-être. On l'imagine tapie dans l'ombre et prête à bondir. Mais sur qui ?

– J'ai du mal à dominer mes émotions, explique-t-elle à Rory McDonald en quittant sa couche à l'aube. Il faut que je parvienne à me stabiliser.

Elle est amoureuse, bien entendu. On ne couche pas sans aimer, le souci c'est que Betty tombe amoureuse tous les jours, les nuits aussi et ce n'est pas un problème.

Mais quel ennui que le lit des jouvenceaux. Ils ne connaissent rien aux femmes, Betty va chercher ailleurs ce qui fait défaut aux soirées de sa mère. Un homme qui a deux fois son âge et ressemble au capitaine Thorpe. On raconte qu'elle ne se contente pas que des rejetons, mais qu'elle aime bien leurs pères aussi. Sa réputation est entachée, la société de Washington reste terriblement guindée. Nous sommes à mille lieues des fêtes new-yorkaises, des fontaines de champagne dans lesquelles se noient ces sacrés Fitzgerald dont tout le monde se gausse.

– Tout de même, Betty devrait montrer plus de retenue, sinon elle risque bien de finir vieille fille.

– Taratata, rétorque Cora qui ne voit que ce qu'elle a envie de voir.

– C'est une croqueuse d'hommes, reconnaissent avec terreur les dames patronnesses.

– Elle n'éprouve aucune honte.

– Ses cheveux sont décolorés à l'eau oxygénée.

– Ses jupes sont trop courtes.

– Elle fume dans la rue.

C'est une jeune fille de dix-neuf ans à peine. Elle est fatale, nymphomane, romantique, secrète, menteuse et charmante. George Cyrus Thorpe ouvre un cabinet juridique spécialisé dans les questions maritimes, son épouse Cora papillonne. L'un et l'autre sont totalement ignorants des frasques de leur aînée. Mazette, Betty est enceinte et se fiche comme d'une guigne de savoir qui est le père.

2.

Quelques semaines plus tard en Virginie, à une heure à peine de Washington, c'est Arthur Pack qui la découvre dans son lit. Nue, la cigarette vissée au coin des lèvres, le menton frondeur. Passé le moment de surprise, puis d'incompréhension, de doute peut-être, il se jette sur la demoiselle. Mission accomplie, songe Betty en écartant les cuisses, l'honneur est sauf !

Nous sommes à Middleburg chez les Du Pont de Nemours, des Français qui ont fui la Révolution, puis fait fortune dans la chimie en Amérique. Ils reçoivent pour leur fille Alice, une brune piquante à l'air coquin qui se rêve Scarlett O'Hara. Cela tombe bien, la région est drapée dans son passé, on devine encore les stèles des premiers colons enfouies sous les herbes folles autour de l'église. Une calèche ancienne avec des lanternes en laiton et des coussins capitonnés est venue chercher Betty à la gare. Le cocher emprunte au petit galop l'allée de chênes centenaires. La maison apparaît enfin, opulente, d'un blanc éclatant, avec un perron solennel et une colonnade qui court le long de la véranda. Tant de splendeur impressionne peu Betty Thorpe.

– Viens, je vais te faire visiter, s'exclame Alice, pendant que les domestiques s'affairent autour de ses malles.

Un escalier monumental trône dans le hall, d'où s'échappent deux salons circulaires ornés de moulures ciselées. Dix chambres, neuf salles de bain, une salle à manger d'apparat, une autre de taille raisonnable, deux cuisines… Chaque pièce croule sous un fouillis baroque, œuvres d'art, argenterie, meubles en acajou, porcelaines chinoises.

– Et voici le jardin.

Plus de deux mille mètres carrés religieusement entretenus. Avec une piscine, un court de tennis, un pavillon indépendant pour le personnel. Les pelouses tondues de près descendent vers des bosquets de jeunes bouleaux. Un vent de liberté fait gonfler les robes en coton des jeunes filles, les cyprès penchent dangereusement. Plus bas, le bourdonnement des eaux cristallines, un ruisseau bordé d'iris sauvages, au loin des collines verdoyantes.

– Il y a des écrevisses, affirme Alice qui n'en sait fichtrement rien.

Dans la touffeur de cette fin d'été, des fauteuils en cannage sont disposés à l'ombre des magnolias. La maîtresse de maison tapote dans ses mains, des domestiques en tablier amidonné apparaissent comme par enchantement avec du sirop de limonade. L'ambassadeur anglais, Esme Howard, est d'un ennui, il trône dans la balancelle et endort la maisonnée avec ses causeries politiques. Son attaché militaire, un certain Arthur Pack, possède des manières charmantes. Il se lève à la vue des deux amies et s'incline avec respect. Ce beau garçon ne peut détacher ses yeux de la nouvelle venue. Que cache-t-elle sous son calme olympien ? Elle flirte certes, mais pas comme cette pauvre Alice qui rit trop fort et ne parvient pas à faire son choix entre son compagnon de gauche et celui de droite. Sa mère s'en chargera. Arthur escorte Betty jusqu'au cours d'eau. Elle semble prisonnière de ses pensées, il est terrifié et n'ose l'interroger. Quand elle relève la tête et lui sourit, son cœur vacille, Arthur Pack est ferré.

Le soir même, au dîner, elle est assise en face de lui et ne lui adresse pas la parole. Elle s'esclaffe avec son voisin, puis s'isole pour le café avec le cousin germain d'Alice. Pack est désemparé. Quand tous se précipitent dans le salon pour une partie de bridge, Betty se retire. Une migraine, pauvre chérie. Dépité, Arthur Pack s'endort fort marri. Il se demande bien pourquoi, après tout, cette fille est une gisquette.

Le lendemain, Betty et Arthur ne se quittent pas de la matinée. Elle prend un réel plaisir à sa compagnie, il jubile. Il est beaucoup plus âgé qu'elle, il pourrait être son père. Cela tombe bien, le sien a toujours été absent. Arthur Pack est un homme attirant avec ses cheveux sombres plaqués en arrière. Sa moustache est fine comme l'exige la mode. Il possède une certaine allure, Betty réalisera plus tard qu'il donne le change. Il est catholique et le revendique. Sa carrière n'a rien de spectaculaire, mais elle est prometteuse. Il a fait une guerre honorable, a été blessé, est revenu en héros. Sa santé fragile est dissimulée par sa grande taille et son teint doré. Il mesure plus d'un mètre quatre-vingts, il est très large d'épaules et a une voix de baryton. Arthur Pack est âgé de trente-huit ans, il est temps de trouver une épouse. Et cette fille lui plaît terriblement. Elle accepte une promenade dans les vignobles, il paraît que Thomas Jefferson lui-même était passionné par la culture de la vigne avant que sa propriété soit détruite par la guerre, l'humidité et le phylloxéra.

Arthur espère être muté en Amérique du Sud, il ne sait pas encore où, le Chili ou l'Argentine, peut-être même le Pérou. Cela la fait rêver, enfin de l'exotisme. Il désigne une fermette pimpante au sein de pâturages où paissent des poneys sauvages, Betty fait mine de s'y intéresser. Ne surtout pas relâcher l'intérêt, la proie est aisée. Après le déjeuner, on se partage entre sieste, baignade ou tennis. Betty joue fort bien, Arthur propose d'être son partenaire, elle refuse et va effectuer quelques longueurs dans la piscine. Soudain, il n'existe plus. Il essaie de s'approcher, d'entamer une conversation, il déplace le parasol, s'inquiète du soleil trop puissant, rien n'y fait, il est invisible. Même cette cruche d'Alice Du Pont s'en étonne. Elle se penche vers son amie et chuchote :

– On dirait qu'il t'indispose, tu ne l'aimes donc pas ?

– Idiote, répond Betty en attrapant son paquet de cigarettes.

Le dîner est un calvaire pour le pauvre Arthur Pack. Mais qu'a-t-il fait pour mériter un tel affront ? L'insolence de cette fille le détruit, il en est toqué.

Au petit matin, Betty se lève avant tout le monde. La maison est endormie, silencieuse. La porte de sa chambre donne sur un palier grandiose qui surplombe l'entrée de la salle à manger. Elle peut ainsi guetter les allées et venues des uns et des autres. Les cuisines frémissent, les petites bonnes s'activent, on entend des cliquetis d'assiettes, les valets installent le buffet du petit déjeuner, des fumets s'échappent des plats en argent disposés sur la table roulante. Et soudain des hommes en tenue sportive, des éclats de rire stupides, tiens Alice est debout. Et puis lui enfin, Arthur Pack, le teint brouillé, une tête de vaincu. Il n'a pas fermé l'œil de la nuit, pauvre chéri. Il pénètre dans la salle à manger, réclame un thé de Chine et des œufs au bacon. Les garçons sont si bêtes, Betty Thorpe n'en revient pas. Elle en profite pour se glisser dans sa chambre et s'allonge dans son lit. Il remonte bientôt, triste et perdu. La poignée ciselée se baisse, la porte s'entrouvre, il manque de s'étouffer en l'apercevant. Elle soulève le drap, découvre sa nudité, ses seins pointent, sa taille est un peu épaisse, elle attire le bel Anglais entre ses jambes. Le guerrier croit en sa victoire, il hurle de plaisir, elle réprime un bâillement. Mais que sera demain ? songe-t-il enfin repu.

– Veux-tu m'épouser, Betty Thorpe ?

Elle est enceinte de quatre mois, il était temps.

3.

Drapeaux américains et anglais flottent sous les arches immaculées de l'Église de l'Épiphanie, au 1317 G Street. En ce 29 avril 1930, une débutante épouse un diplomate, ça a une de ces gueules ! Le *New York Times* évoque « le mariage international de l'année ». Il y a là près de quinze ambassadeurs, six sénateurs, la sœur du vice-président, le ministre de la Justice, et toute la haute société de Washington. Trois cents invités triés sur le volet et pas un seul membre de la famille d'Arthur Pack.

– Il y a anguille sous roche, souffle Cora au capitaine Thorpe qui s'en moque.

Il mène sa fille à l'autel sans émotion ni intérêt. George Cyrus Thorpe n'a jamais tremblé qu'au son du canon. Une tiare piquée de fleurs d'oranger ceint le front pâle de la mariée, un voile en dentelle s'en échappe. La robe est en soie légère, sans manches, la taille très haute, les épaules de Betty sont petites et bien dessinées. Elle est enceinte de cinq mois. Elle n'est pas amoureuse de son mari. Elle n'imagine pas une seconde qu'il le soit d'elle. « Le capitaine et Mrs Pack vont passer leur lune de miel en Europe », annonce le *Washington Post*.

Dans la cabine du paquebot qui vogue vers l'Angleterre, Arthur Pack constate avec effroi les errances de sa jeune épousée. Elle est allongée, dans sa nuisette de satin, il la domine de toute sa hauteur. Impassible et austère dans son uniforme d'officier, il définit les directives conjugales au beau milieu de la nuit de noces.

– Nous trouverons un docteur en Angleterre. Tu avorteras.

Une naissance prématurée ruinerait sa carrière, il ne peut se le permettre. Betty comprend enfin son erreur, mais il est trop tard. L'homme auquel elle vient de s'unir est un sale type. Sa position dans la politique internationale est tout ce qui compte pour lui, et ce n'est pas un bout de fœtus qui la remettra en cause. Elle le hait. Il le sait. Elle l'a piégé, lui de même, match nul. Elle veut se lever, il la bouscule violemment.

– Combien de temps mettront-ils à comprendre que tu étais grosse quand tu te tenais si droite, dans ta robe trop blanche ?

– Cela ne se voyait pas.

– Quelle sera la réaction de l'ambassadeur quand il réalisera que son bras droit s'est uni à une gourgandine ?

– Et si c'était ton enfant, Arthur ?

Il éclate d'un rire cynique.

– Tu t'es bien fichue de moi, Betty, pas deux fois, chérie. J'ai épousé une débutante, pas une cocotte, débarrasse-toi de la chose.

– Tu parles d'un bébé, Arthur. Nous pouvons parfaitement rentrer en Amérique avec lui à l'issue de notre voyage de noces.

– Tu sais compter, Betty ? Et puis, je suis catholique, notre mariage a déjà choqué.

– Je me convertirai, je l'ai promis.

– J'ai des responsabilités vis-à-vis de mon roi, de mon pays, vous ne gâcherez pas tout, toi et ta cuisse légère.

Son visage est crispé, sa voix cassante, il serre les poings, sa moustache tremble sous la fureur. Recroquevillée au fond de son lit, son petit ventre entouré de ses bras fins, Betty ravale ses sanglots. Ils se sont mariés ce matin sous les hourras d'une foule en liesse, ils sont le clou de la saison, une beauté virginale, un diplomate prometteur ! Qui pourrait imaginer que leur intimité s'exhibe sur un ring de boxe bientôt souillé du sang d'un enfant mort !

– Non, affirme le médecin à Londres. C'est bien trop risqué, et beaucoup trop tard, l'enfant est presque formé.

– Tu vois, assure Betty en se rhabillant.

– Nous allons procéder autrement, lance Arthur, déterminé.

Il loue un cottage à Bignor, dans le Sussex. L'endroit est pittoresque et plaisant, avec ses ruelles pavées et ses nombreuses boutiques d'antiquités.

– Il faut marcher, explique Arthur, tous les jours.

Il espère la fausse couche, il veut forcer le destin. Mais le destin se moque de lui. Et Betty déambule dans Rye, la cité médiévale qui a connu ses heures de gloire lorsque la mer montait jusqu'aux pieds de la ville. Il y a du vent, il fait froid, ce sont les saints de glace, Betty serre son imperméable, elle est transie. Les maisons sont toutes à colombages, elles datent du Moyen Âge, rien n'a bougé ici depuis Guillaume le Conquérant.

– Il faut faire de la bicyclette, garantit Arthur. Plus vite, Betty, allez, pédale !

Le beau temps est revenu, et avec lui la chaleur. Ce sont

les premiers jours de juin. Et Betty enfourche une demoiselle pour découvrir Brighton, la ville dévergondée, réputée pour ses nuits endiablées, sa célèbre jetée et son Pavillon insolite qui a tout du lupanar royal.

– Vive l'été, il faut galoper ! assure Arthur.

Et Betty trottine dans la moiteur de juillet jusqu'à Beachy Head, flanc crayeux abrupt, l'une des vues les plus spectaculaires d'Angleterre. Elle s'approche de la falaise et la jument se met à ruer. Betty l'immobilise, Arthur refrène un cri.

– Tu veux que je saute ? s'amuse-t-elle, provocante. Tu serais enfin débarrassé.

– Reviens, c'est dangereux !

Il est terrifié, il a le vertige, des éclairs blancs zèbrent le ciel qui s'assombrit soudain, l'orage est là. Les chevaux piaffent, l'atmosphère est saturée d'électricité, Betty détale au bord du promontoire.

– C'est si vivifiant, chéri, hurle-t-elle en cabrant sa monture. Viens voir, d'ici, la mer est turquoise.

– Arrête, tu es ridicule !

Le tonnerre emporte ses paroles. Arthur Pack est affolé, cette fille est désaxée, il ne veut pas rentrer à Washington avec un cercueil en guise d'épouse. Adieu la promotion en Amérique du Sud. La falaise culmine à cent soixante mètres au-dessus du niveau de la mer. Betty est une remarquable cavalière, son bébé la bombarde de coups de pied avec un malin plaisir. L'air s'enflamme, la pouliche trébuche, elle la redresse. Le phare rouge et blanc en contrebas semble ridiculement petit… Elle n'entend plus les cris de son mari, elle n'a conscience que de cet enfant qui s'épanouit en elle et souhaite vivre à tout prix. Il pleut à grosses gouttes maintenant, Betty est déchaînée, folle de rage, elle se vengera, elle lui fera payer.

À la belle saison, ils déjeunent à Oxford avec un camarade d'Arthur qui vient d'être nommé aux Affaires étrangères. Ils déambulent parmi les différents collèges, Balliol, Christ Church, Merton... Betty est passionnée par l'histoire de l'université et son architecture gothique. Elle porte une robe légère avec des coquelicots, une capeline retenue par un ruban grenat. Ses jambes sont si fines, elles ont l'air friables. Sa silhouette s'arrondit. Sur Magdalen Bridge, enjambant la Cherwell, ils croisent un jeune homme étrange, au charme discret.

– Hyde, Montgomery Hyde, fait-il en s'inclinant.

Son regard très noir est rieur et lointain à la fois. Et puis cette mèche sur le côté, qui tombe sur l'œil, il devrait porter un kirby pour la faire tenir. Elle lui en fait la remarque, il s'en amuse.

– Qu'est-ce qu'un kirby ? s'enquiert Arthur.

– Nous serons amenés à nous revoir, murmure Hyde en baisant la main de Betty.

Il disparaît comme par enchantement.

– Tu le connais ? s'agace Arthur.

– Non.

Depuis Bignor Cottage, Betty compose de longues missives pour ses parents, dans lesquelles elle vante les mérites de la vieille Europe et les joies inattendues du mariage. Elle évoque la campagne anglaise, les couleurs de l'automne, les bords de mer propices à la rêverie. « Nous avons visité Arundel aujourd'hui et croisé le duc de Norfolk. » Cora frétille, sa Betty la comble. Et pourtant la jeune femme est terrée dans une maison humide, elle compte les semaines jusqu'à la délivrance. Arthur a soudain une nouvelle idée épatante, des bains brûlants les nuits de pleine lune. Ce type est fou, Betty le supplie à genoux.

– Tu veux nous faire fondre, je n'entrerai pas là-dedans !

Elle est nue, la poitrine haute, ses cheveux blonds relevés en un chignon flou et son petit ventre bombé sur lequel son époux veille avec ardeur.

– Nous n'avons pas le choix, Betty, pense au Chili !

Car il a enfin reçu ce pli diplomatique qu'il attendait avec ferveur. Arthur Pack est muté à Santiago, en récompense de ses loyaux offices et du mariage ultra-chic qu'il vient de contracter.

Et Betty pénètre dans l'eau bouillante, et Arthur appuie sur ses épaules pour la forcer à s'allonger. Elle suffoque. Brûlée au deuxième degré sur tout le corps, elle est admise en urgence à l'hôpital d'Eastbourne, sombre dans le coma, et demeure entre la vie et la mort pendant une semaine. Tout ça pour tuer un gamin qui n'a pas demandé à vivre, et qui continue à se porter remarquablement bien. Transférée à Londres à la clinique privée de Wellbeck Street, Betty reprend des forces, en attendant sagement la naissance du chérubin.

Arthur n'abandonne pas. Il place une petite annonce dans divers quotidiens nationaux. « Cherche famille d'accueil pour nouveau-né dont les parents sont envoyés en poste dans les colonies britanniques et ne souhaitent pas exposer le petit aux rigueurs du voyage. » Pack reçoit quelques dizaines de réponses qu'il étudie avec soin. Il s'agit de dénicher le foyer idéal, des gens qui ne poseront aucune question, en un mot, abandonner ce sale môme et ne plus jamais en entendre parler.

– Il s'appelle Anthony, murmure Betty le 2 octobre 1930. Je veux le tenir, je veux le garder contre moi. Puis-je l'allaiter ? On dit que c'est bien pour la santé. Qu'il est mignon. Pourquoi pleure-t-il comme ça ? Vous êtes certain qu'il va bien ? Il serre ma main, pourquoi si fort ? Je l'aime. Oui, il boit si goulûment. Avez-vous vu sa tête minuscule ? Voyez-vous cela, il a l'air repu, il s'endort tout contre moi. Quelle merveille ! Ses pieds, ses mains, si minuscules, si bien dessinés, quel bonheur ! Je ne m'y attendais pas. Il me regarde, n'est-ce pas, oh, on dirait bien que ses yeux seront verts comme les miens. Ce sont les mêmes, n'est-ce pas ? Comment ? Cela peut changer ? Non, non, je ne crois pas, il aura mes yeux, vous verrez. Il sourit, c'est à moi qu'il sourit. C'est un ange, et cet amour de bouche, un bouton de rose, Dieu que je l'aime ! Mon petit garçon. Oh non, Arthur, je t'en conjure. Laisse-le-moi, je t'en prie, Arthur, ne me le prends pas, c'est mon fils ! Pour l'amour du ciel, je t'en supplie, Arthur…

Arthur Pack vient enfin de trouver la solution au problème et arrache le poupon joufflu du sein de la jeune maman. Le petit Anthony hoquette et braille en agitant des bras aux poings fermés. L'espace d'un instant, Arthur songe qu'il est peut-être encore temps de le jeter dans une marmite crépitante. Betty a toujours cru que tous les bébés se ressemblaient. Mais elle ne savait rien de ceux que l'on enlève à leur mère. Ils deviennent rouge écarlate de rage, puis bleu de désespoir, ils sont gelés à l'intérieur pour le reste de leur existence.

Voici le docteur et Mrs Cassel, un couple simple et honnête avec une grande fille d'une quinzaine d'années qui souhaite étudier à l'université. Les Cassel rêvent d'agrandir leur famille depuis si longtemps. Ils n'ont aucun lien avec les cercles diplomatiques, ils vivent à Dorrington, au sein des vertes collines du Shropshire. Autant dire le bout du monde, un endroit parfait pour dissimuler un secret.

Betty pense à Valparaiso et à l'avenir qui s'annonce. Il est noir corbeau. Elle cherche sur ses bras pâles l'odeur de cet enfant qui y a déposé ses premiers pleurs. L'odeur s'est évanouie. Avant de quitter l'Angleterre, Arthur présente Betty à sa famille, c'est-à-dire sa mère, sa sœur Rosie, son mari et leur fils. Des gens grossiers, qui subsistent dans un minuscule appartement du nord de Londres. Ils prennent Betty pour une pimbêche. Elle est stupéfaite, Arthur Pack est loin de sortir de la cuisse de Jupiter, c'est le plus grand menteur qu'elle ait jamais rencontré.

– Vous êtes époustouflante, chère Betty, votre beauté, vos manières romantiques, cet air de n'être jamais là où l'on vous attend. Pensez-vous que vous soyez vraiment faite pour mon cher frère ? susurre Rosie Pack d'une voix aigrelette.

– Le chauffage central ne vous manque pas trop ? rétorque Betty.

La vie n'est qu'une scène de théâtre. Nous jouons, faisons semblant, et dissimulons nos émotions, les miroirs tapissent les parois de nos âmes et renvoient une image déformée, nous sommes des menteurs patentés, n'est-ce pas ? Arthur Pack a quarante ans, il figure en une de l'*Imperial and Foreign Supplement*. Direction New York, Washington puis Valparaiso, hissez haut, matelots, chargez les malles-cabines sur le paquebot ! Betty est tellement mince qu'aucun vêtement ne tient sur elle. Le calme règne à l'étage des premières classes, le navire a gagné la haute mer, la jeune femme fixe l'horizon, le ventre pressé contre la rambarde, son cœur aussi sec qu'un martini. C'est drôle, elle a l'impression d'avoir aperçu la silhouette furtive de Montgomery Hyde sur le pont.

4.

Après un voyage en train éprouvant à travers les contreforts escarpés des Andes, Arthur et Betty débarquent à Santiago, sans enfant mais avec une foule de bagages. Arthur s'acquitte de ses nouvelles fonctions avec sérieux, il se jette tête la première dans la diplomatie. Et Betty dans la désinvolture. Elle découvre une ville néoclassique, bruyante et sensuelle, jalonnée de parcs, de marchés couverts, où tout n'est qu'explosion de couleurs et mélange d'arômes. Les bidonvilles côtoient les quartiers huppés. Les Chiliens sont gais, volubiles, emportés, rien à voir avec le poisson froid qu'a épousé Betty. Elle apprend l'espagnol, le parle bientôt sans accent et se mêle avec délices à la population chamarrée. Leur appartement est situé sur la rive ombragée de la rivière Mapocho. La terrasse est démesurée, avec une vue incroyable sur la colline San Cristobal et la statue de la Vierge. Betty se noie dans les cocktails mondains, une façon comme une autre d'effacer la frimousse de ce bébé abandonné en Angleterre. Arthur donne une soirée dansante pour les vingt et un ans de son épouse. Toute la chancellerie est conviée, et s'accorde à louer leur merveilleux ménage. Feindre, toujours feindre, Betty éclate d'un rire caverneux et s'arrache des bras de cet homme qu'elle déteste. Même dans le mensonge, ils ne sont pas complices. Elle est ravissante à la lueur vacillante de la nuit chilienne, elle tire sur des cigarettes exotiques au filtre doré. Les couples glissent au rythme d'un orchestre local, smokings et robes du soir se frôlent, le parfum des femmes est sirupeux. Betty Pack vient de croiser Alfredo Uribe, elle oublie dans ses bras desséchés par le vent le désastre de son mariage.

Il a trente ans de plus qu'elle, il est doux comme du velours, c'est un amant incomparable. Il lui embrasse le bout des doigts avant de saisir sa main, il l'appelle chérie, mon amour, *querida mía*. Il l'assure de son adoration et la couvre de très jolies fleurs pâles d'un goût délicat. Betty a tant d'amour à donner, celui d'un père qui l'ignore, celui d'un fils qu'elle a trahi, Alfredo Uribe n'en demandait pas tant. C'est un riche propriétaire minier qui n'apprécie que le polo et les aventurières. Il possède un ranch d'inspiration coloniale au cœur d'un vignoble. La façade est rouge vif et la tour de garde servait naguère à prévenir des attaques indigènes. Le patio est fermé par divers bâtiments dont l'arrière des écuries. Uribe élève des pouliches espagnoles par dizaines, qu'il croise avec des pur-sang. Il finance, à ses heures perdues, une équipe de joueurs exaltés.

– Je suis folle de toi, gémit Betty en couvrant son torse athlétique de coups de langue coquins.

Elle se love dans les draps de coton rêche. Elle aimerait demeurer ici le reste de son existence. Adieu les déjeuners avec des femmes de l'âge de sa mère qui n'évoquent que la carrière de leur mari. Betty porte des pantalons larges, des jambières en peau de vache et un poncho en laine brune. Elle ne quitte pas son chapeau catalan, elle a le teint bronzé des paysannes, elle apprend à dompter le bétail au lasso, galope à travers le lit des rivières et les cols vertigineux des sommets andins. Elle affronte les bourrasques glacées, les premières lueurs de l'aube et se réchauffe au maté contre le corps rugueux de son amant. Alfredo l'initie au polo, elle ne vit bientôt plus que pour cela. Légère, robuste, rapide, elle apprend vite. Les chevaux piaffent, Betty se fond dans la cavalcade, courbe le corps, se cale contre le poitrail de sa monture, les brides s'entrechoquent, la balle de cuir bondit, file, la limite du terrain est l'horizon, Betty est aveuglée, elle ne voit plus rien. L'erreur est fatale, et le destin, narquois, lui joue un tour de cochon. Alfredo la quitte brutalement pour une Argentine qu'il épouse en grande pompe, adieu Betty Pack. Sa rivale possède la moitié de la pampa et la Patagonie. Et le fair-play dans tout cela ? Un gaucho ne connaît que solitude et liberté, les cieux violets de l'aurore et le piaillement des passereaux, Betty se le tient pour dit.

Aucune actrice ne fera mieux qu'elle cette année-là. Elle enchaîne les soirées officielles, s'accroche à son mari, l'embrasse à pleine bouche devant des inconnus. Elle rit même des traits d'humour de l'ambassadeur, plus poussiéreux et sinistre que la dépouille du roi inca Roca. Betty Pack, geisha avisée, partage de nouveau le lit de son époux et s'y ennuie ferme.

En cette année 1933, Arthur Pack est récompensé par son pays pour ses bons et loyaux services. Il reçoit l'ordre de l'Empire britannique des mains du roi George V. Betty est présentée à la cour, sa révérence est admirable, sa moue sensuelle et son regard désenchanté. Dans son interminable robe fluide rose pâle, elle ressemble à une nymphe fuyant les ardeurs de Zeus. Arthur referme autour de son poignet un bracelet étincelant qu'il vient de lui offrir. Les diamants sont aussi toc que leur mariage.

Elle profite de son séjour en Angleterre pour rendre visite à son fils dans le Shropshire. Elle attend ce moment depuis si longtemps. Arthur a accordé sa permission, il va même jusqu'à l'accompagner, c'est curieux. Dorrington, enfin. Cinquante habitants et des moutons à perte de vue. Quel endroit étrange, songe Betty, j'espère que mon fils ne va pas devenir idiot. Elle se rue hors du taxi, laisse Arthur derrière et tambourine à la porte du cottage au toit de chaume avec violence. Elle arrache une rose qui pend au-dessus de la porte et l'agrafe à son corsage. Un peu de douceur dans les émotions contradictoires qui l'agitent. Elle aurait dû venir seule. Elle ne peut s'empêcher de trembler et serre les poings pour se contenir. Les Cassel ont été prévenus par une lettre délivrée la veille. Ils sont aussi nerveux que leur petit garçon. Betty, suivie de son mari, pénètre dans une salle à manger aux murs de briques, un feu crépite dans l'âtre, des rideaux à froufrous sont à moitiés baissés. Pour cacher la misère, songe Arthur. Il a l'œil attiré par les napperons et les tissus fleuris dépareillés, il songe à l'appartement de ses parents et a soudain un haut-le-cœur. Il se précipite pour vomir dans le jardin. Il attendra dehors. Tapi dans les bras de sa mère nourricière, l'enfant fixe Betty. Il n'a jamais rien vu de tel. Une fine voilette couvre la moitié de son visage, ses vêtements en soie crissent quand elle s'assied à côté de lui. Il se raidit et s'agrippe aux bras de Mrs Cassel. Les ongles mal coupés du bambin la griffent, la bonne dame tressaille.

Quand Betty relève sa résille, Tony, car c'est ainsi qu'on l'appelle dorénavant, est terrifié par l'ardeur de son regard et se met à hurler. Betty n'arrivera pas à le prendre dans ses bras, il trépigne, sanglote, cache sa figure derrière ses mains. Depuis la voiture, Arthur maugrée. Trop de bruit, trop d'émotion chez les femmes. Pourtant les Cassel ont fait de leur mieux. Ils ont expliqué au garçonnet de deux ans et demi qui est sa véritable maman et quelle est la raison de sa venue. Mais le petit n'a pas compris, et les Cassel non plus à vrai dire. Peu familier de tant de splendeur, Tony a décelé un rien de cruauté, une once d'égoïsme et un vide abyssal, il a ressenti la plus grande frayeur de sa vie. Mon Dieu, ce n'est que sa mère, celle qui a protégé sa vie avec tous les muscles de son corps pour empêcher qu'un diplomate aux dents longues ne la réduise en lambeaux. Ce n'est que sa mère, égarée dans la maternité et qui choisit la fuite plutôt que la vérité. Le petit garçon chouine tout le temps de la visite de ses parents. Mrs Cassel l'aime plus que tout au monde, elle a si peur qu'on le lui arrache. Les Pack resteront seize semaines en Angleterre, ils ne retourneront pas à Dorrington. Ce jour-là, Tony Pack s'est mis à bégayer. Ce léger handicap ne le quittera plus.

En cette fin d'année 1934, Betty accouche d'une petite fille. Denise est le portrait de son père. Sa mère s'en détache immédiatement. Arthur est muté à Madrid, son premier véritable poste à responsabilité. Betty Pack a vingt-quatre ans, elle a besoin du monde comme terrain de jeu, elle va bientôt mettre le feu à l'Europe !

Bon vent, cher journal, j'ai dix ans.

Mon cher journal, il m'est arrivé une aventure merveilleuse aujourd'hui, je ne peux la confier qu'à toi. Personne n'écoute. Personne ne comprend rien. Tu sais combien ils sont nigauds. À part Papa, bien entendu. C'est le dernier jour des vacances de Pâques, et c'est bien triste. Je n'aime pas le pensionnat, je ne veux pas y retourner. Je m'y ennuie et n'y apprends rien.

Je suis allée jouer au tennis avec Rosalind, cet après-midi. Cora dit que c'est essentiel dans une éducation, le tennis. Je préfère les livres mais j'écoute Cora, c'est ma mère après tout. Elle nous a déposées devant le club de Chevy Chase en se plaignant de la chaleur. Puis elle est partie l'air excédé, agitant son éventail. Elle est si maniérée et ça m'énerve. Je ne comprends pas Papa. Il trouve tout ce qu'elle fait épatant, moi, je trouve ça aussi bête qu'elle.

Il y a un groupe d'Espagnols qui jouent en double sur notre court et nous devons attendre. Je sais que ce sont des Espagnols, j'ai reconnu la langue, même si je ne la comprends pas. Il faut que j'apprenne, je déteste ne pas comprendre. Pourquoi cette grande fille rit-elle comme ça ? Quelle grosse vache ! Elle veut se faire épouser, je le dis à Rosalind qui demande, surprise :

– Comment tu sais ça, toi ?

– Il suffit d'observer.
Ils ont cette manière d'être, comme Papa. Et puis il y a ce garçon si beau, si beau. Comme Papa. C'est un homme plus qu'un garçon. Il est bronzé. On dirait qu'il est maquillé aussi. Non, ce sont ses cils. Très longs. J'ai déjà remarqué ça chez les hommes. Et je me sens, comment dire, très bien, en fait.
– Regarde, Rosalind, comme il est joli, oh oui.
Elle s'étouffe avec sa crème glacée.
– Mais c'est un vieux ! s'exclame-t-elle.
– Alors c'est un vieux beau, ou un beau vieux, je ne sais pas, c'est un joli garçon, quoi !
– Tu es dégoûtante, Betty Thorpe.
Je la laisse sur le banc et me rapproche du court. Tout près de lui. Mes doigts dans le grillage. Comme si j'allais le lécher. Je ne vois que lui. Quand il sert, on dirait qu'il veut attraper le ciel. Ses jambes sont bronzées et dures. Je suis fascinée par ses cuisses. Lorsqu'il bouge, ses muscles grossissent et s'étendent. J'ai envie de les sentir rouler sous mes doigts. Il appuie de tout son poids sur la terre battue. Il est un peu roux, quand il frappe, sa mèche bondit sur son front et cache ses yeux, ça le fait jurer. D'un coup sec, il renvoie la tête en arrière, oh là là, j'adore ça. Cette violence. Oh, trop courte, la balle !
– Je vois ce que tu fais, Betty, grommelle Rosalind.
– Laisse-moi !
On dirait que son short va craquer, il est tout tendu au niveau des fesses, c'est bizarre. Des fesses pointues quand il s'accroupit pour son revers. Oh, comme il se détend, et mon cœur se serre, il bascule de tout ce poids et marque le point. Mais ça ne suffit pas, le coup droit de l'autre est meilleur que le sien.
– Je t'ai eu, Carlos, s'écrie celui qui joue contre lui.
Ils se serrent la main. La fille qui rit trop fort tend une bouteille à Carlos. Je suis heureuse de connaître son nom. J'aime le voir boire, les gouttes coulent le long de sa gorge et

entrent sous son T-shirt. C'est amusant. La fille saisit les raquettes et ils sortent du court. Je me demande s'il a des poils sur le ventre.

– Betty, c'est à nous, insiste Rosalind.

Dieu, qu'elle peut être agaçante. Je préfère observer Carlos. Il a des yeux verts comme les miens. C'est étrange, je pensais que les Espagnols avaient tous les yeux noirs, et faisaient de la corrida. C'est bête, les idées reçues, comme dit mon professeur d'anglais. Mes cheveux deviennent blancs avec le soleil, je sais que c'est joli. J'ai lu dans un livre qu'en mordant mes lèvres jusqu'au sang, je les ferais rougir et briller. Ça fait mal, mais ça vaut la peine. Je veux qu'il me regarde, qu'il se retourne, il doit me voir. Je ne suis pas une petite fille, je suis une femme, même si je n'ai que dix ans. Il range sa serviette dans le sac et renverse l'eau sur sa tête. Ses cheveux sont tout ébouriffés. Je l'aime d'amour, mais lui ? Il faut juste qu'il m'aperçoive et il ne m'oubliera plus jamais. Carlos, Carlos. Je me concentre. Il va se retourner, j'en suis sûre. Une goutte de sang perle sur mes lèvres, je l'étale du bout de la langue. Si je ne respire pas, mon visage paraîtra plus mince. Bah, je ne suis pas grosse alors autant respirer. Il tape dans le dos de l'autre joueur, le moche à la moustache. Carlos ne porte pas de moustache. C'est mieux pour l'embrasser. La moustache de Papa me pique mais c'est Papa et je ne l'ai encore jamais embrassé sur la bouche. Je veux embrasser la bouche de Carlos. Il va se retourner.

– Betty, crie Rosalind.

Elle est déjà en place et tape la balle. Allez, Carlos, je te donne cinq minutes. Cinq minutes, retourne-toi, regarde-moi ! Il le fait ! Il m'observe, il me fixe sans bouger et cela me transperce dans tout le corps. J'ai chaud. Un feu étrange tourbillonne dans mon ventre. Et mes lèvres s'entrouvrent, je sais qu'elles sont mouillées car je viens de passer ma langue dessus. Il me dévisage, interloqué.

– Hello, Carlos, je murmure en agitant la main.
Il ouvre la bouche, il a l'air fasciné, c'est amusant. C'est comme si je possédais un pouvoir magique.
– Carlos ! hurle son partenaire, tu viens ?
Il esquisse alors un sourire, et rejoint ses amis.
Il n'a pas dit un mot mais ce n'est pas grave. Est-ce qu'il a des poils sur le ventre ? Bon vent, cher journal, j'ai dix ans.

Viva España

1935-1936

1.

Quand ils débarquent sur le port de Bilbao en ce mois de mai 1935, le vent du sud qui descend des monts Cantabriques soulève la robe légère de Betty, elle a l'impression d'avoir le feu aux fesses. Betty parle espagnol sans accent, le printemps est enchanteur, la population gaie et chaleureuse et la beauté de Madrid la rend frivole. Les Pack s'installent à l'ombre du Prado, au 63 Castellana. À quelques minutes à peine du Retiro où Juanquita, la nounou chilienne, promène la petite Denise. L'appartement est luxueux, haut de plafond, avec des murs blanchis à la chaux. Betty fait tendre des rideaux de soie écrue brodée d'or, elle se ruine en meubles d'inspiration coloniale, refait sa garde-robe, coupe ses cheveux. On dirait qu'elle souhaite réinventer sa vie. Pauvre chérie, elle se fiche le doigt dans l'œil. Pique-niques, parties de golf, de bridge, futilités et autres inconséquences, on s'arrache *el señor y la señora* Pack. Avec l'allure si britannique d'Arthur et la beauté envoûtante de Betty, ils sont le clou des fiestas madrilènes !

– Enfin un véritable couple !

– Il la couve des yeux avec tendresse, elle cherche sa main à chaque moment.

– Ils me bouleversent.

– Ils sont tellement drôles.

– Intelligents !

Les soirées finissent toujours chez Meyer, une boîte de nuit grande comme un mouchoir de poche où trônent les portraits en pied d'Alphonse XIII et de son épouse Victoire-Eugénie. Faire semblant, encore et toujours, cette trêve est toc, et Betty s'ennuie encore. Mais nous sommes en terre romanesque, Cervantès y a laissé son empreinte, tous les moulins sont des géants, la passion bout dans les veines de la jeune femme, et le destin, facétieux, s'en mêle une fois de plus.

En cette fin d'après-midi orageuse, Betty rejoint son mari au golf très prisé de Puerta de Hierro. Une oasis de verdure dans la moiteur de l'été, à quelques kilomètres de Madrid. Arthur boit un gin tonic au bar du club-house avec un homme au dos puissant et aux épaules bien dessinées. Betty s'approche, son regard se pose sur les hanches de l'inconnu. Puis sur ses jambes. Une fulgurance la traverse. Des muscles qui se tendent, puis soudain se plient. L'image d'un joueur de tennis admiré autrefois lui revient. Non, c'est impossible, pas après tant d'années. Arthur saisit son bras et la présente à son compagnon.

– Ma femme, Betty Pack.

Elle est muette de stupeur. Ce regard olivâtre, si troublant, cette chevelure auburn, la vigueur qui émane de son être, tout en lui est familier et sexy. Il est aussi transi que s'il défiait Méduse elle-même. Il cherche, il sait qu'il la connaît. Se pourrait-il que… Interrogation, désir, il s'égare, bégaye sensiblement et met quelques minutes avant de serrer la main tendue :

– Carlos Sartorius.

Carlos, qui enflamma ses nuits d'enfance et l'éveilla à la sensualité. Carlos, le héros de ses chimères érotiques. Le joueur de tennis dont elle suivait, en s'éventant, les gouttes de sueur qui perlaient sur sa pomme d'Adam. Celui-là même qui plongea dans les yeux de la gamine et en fut déstabilisé de longues semaines durant. Elle était si jeune, lui déjà un homme. Il est là, droit devant elle, plus ensorcelant que dans son souvenir, un animal sensuel qui laisse affleurer son émotion.

– La petite fille de Chevy Chase. J'y suis retourné le lendemain pour en savoir plus, mais…

– Vous m'auriez cherchée, nous ne nous serions plus quittés.

– J'ai dû rentrer en Espagne, mon père était mourant.

– Depuis, vous n'avez pensé qu'à moi, n'est-ce pas, murmure Betty en baissant les paupières.

– Non, rétorque une liane brune et sophistiquée, moulée dans un short riquiqui, il n'a pensé qu'à moi.

– Oh, voici Carmencita, s'exclame Carlos. Ma femme.

Arthur est interloqué, quelque chose lui échappe.

La sublime Carmencita, altière, un rien bêcheuse, glisse son bras autour de la taille de son époux et se love contre lui.

Les deux couples sympathisent, croisent le fer avec désinvolture et ne se quittent bientôt plus. Une camaraderie perverse les lie sur le champ de bataille. Il s'agit d'affronter la fatalité, Arthur et Carlos se mesurent au golf, et Carmencita devient la meilleure ennemie de celle qui lui fiche une trouille bleue.

Et les voilà à la feria de San Isidro. Las Ventas, les arènes de la plaza Monumental, écrasées de soleil, résonnent de *olé*. Les Madrilènes fêtent leur saint patron, à l'origine de centaines de miracles. Carmencita défaille, sa capeline s'est envolée, elle souffre d'une insolation, Arthur, galant, la raccompagne. Carlos en profite pour emmener Betty à l'ermitage du Bienheureux, ils trempent ensemble leurs lèvres dans l'eau sacrée.

– Ça porte bonheur, explique-t-il en essuyant les gouttes d'eau sur son menton.

Au marché, il achète des *rosquillas*, de gros gâteaux secs, et de la limonade pour se rafraîchir. Il fait une chaleur torride. Sur la plaza Mayor, c'est le défilé des géants et des grosses têtes.

– Viens, la corrida commence !

Où est Arthur ? Betty s'en moque. Elle est frappée par la ferveur du public. De tous âges, les Madrilènes sont portés par la même ardeur, jetés avec dévotion dans un combat qui les transcende. Quand le premier taureau charge et renverse le picador, Carlos se lève d'un bond et clame : *olé*. Betty l'observe, fascinée. Quand le cheval perd ses entrailles et a bien du mal à trotter jusqu'à la sortie, Carlos agrippe sa main, Betty n'est pas sujette à la sensiblerie. Le matador a l'air d'un ange, il se meut avec grâce, arabesques, cabrioles, entrechats, la lumière est aveuglante, les banderilles multicolores ornent les harpons acérés, le sang ruisselle sur la peau luisante de l'animal. Irréalité de la scène, indifférence de la foule, ce regard fixe de la bête en sang, la cruauté de la mise à mort acquiert un aspect dramatique. L'épée pénètre dans le garrot, le poignard tranche la colonne vertébrale. L'estocade est magistrale ! La corrida est une fenêtre ouverte sur l'âme ibérique, la tragédie grandiose, Betty se repaît de la mort en face. Elle est frappée par le cérémonial, une de ces intensités bouillonne en elle, elle virevolte, Carlos l'embrasse à pleine bouche. Encore, mon amour, encore une corrida, un duel à mort, ce baiser qui l'avale, ces mains sur son corps, ça fait quinze ans qu'elle attend cela ! Il pourrait la prendre sur les gradins qu'elle rugirait aussi fort. C'est la fête du courage et de la tentation, l'infamie se joue de la noblesse, la barbarie entame un tango avec l'amour, Betty Pack veut tout et tout de suite. Carlos lui offre une mantille noire, elle lui attache les poignets avec et l'entraîne dans un hôtel de passe où ils font l'amour tout l'après-midi. Seuls au monde, ils se galvaudent dans le stupre. Langoureux, doux, Carlos dévore ses jambes, son ventre, il chuchote : « Ma petite fille, ma toute petite fille. » Elle murmure à son oreille :

– J'ai dix ans, baise-moi, mon amour, baise-moi toujours.

Il se transforme en démon, il est sauvage et féroce, passionné, forcené, il lui déchire le lobe de l'oreille, elle hurle de douleur, il lèche la blessure, se perd dans sa bouche, dans son sexe. Betty se cabre, les coups de reins de son amant la démolissent, elle étouffe et tourne la tête, il faut qu'elle respire. Le monde se teinte de vermeil et Betty Pack sombre dans la jouissance. Qui a parlé de décadence ? Ce sont des noces royales, elles sont mêlées du sang des braves. Il était temps, Betty a vingt-cinq ans !

– Carlos m'a fait découvrir la véritable Espagne, explique-t-elle à son mari en rentrant, je suis épuisée, *olé* ! chantonne-t-elle.

Elle court se plonger dans un bain glacial. Le soir même, ils dînent au Jimmy's, un de ces endroits en vogue où un Écossais, à l'étroit dans sa queue-de-pie, caresse son piano comme personne. Betty danse joue contre joue avec Arthur, ils rentrent chez eux à l'aube, elle a le cœur rayé rouge carmin et s'endort aussitôt.

Plus rien n'existe pour Carlos Sartorius et Betty Pack sauf cette folie douce qui s'est abattue sur eux. Comme si la pulsion différée quinze ans durant ne savait comment s'épanouir. Ils se cherchent, se désirent et ne parviennent pas à se rassasier l'un de l'autre. Ils sont totalement dépassés par la volupté, ils doivent rester discrets, Carlos est un Grand d'Espagne, officier supérieur dans l'armée de l'air, tout le monde le connaît. Il loue une villa sur les hauteurs de la cité. La chambre s'ouvre sur les montagnes Guadarrama, le coucher de soleil est mauve puis rouge, puis jaune, Betty a l'impression de vivre un film en Technicolor, elle ne s'est jamais sentie aussi heureuse. Carlos est catholique, il ne quittera pas sa femme. Divorcer ruinerait sa carrière, celle d'Arthur de même, et Betty n'y tient pas. Elle vit cette liaison avec d'autant plus de ferveur qu'elle la sait maudite. Ce que Betty Pack n'a pas encore compris, c'est que la malédiction est nationale, elle pèse sur tous les Espagnols.

En janvier 1936, Betty est à nouveau enceinte. Elle prétexte une visite au petit Tony et s'envole illico pour l'Angleterre avec Denise. Elle se rend directement dans le Shropshire et laisse la gamine aux Cassel. Elle leur explique qu'il est essentiel pour un frère et une sœur d'apprendre à se connaître.

– Mais vous reviendrez ? interroge Mrs Cassel, éberluée.

Jetant un coup d'œil à l'enfant dans le couffin, la brave femme cherche une quelconque ressemblance avec Tony. Betty est déjà loin, et pour tout dire elle ignore la réponse. Et pendant que son fils essaie de mettre de l'ordre dans une vie qui ne veut pas de lui, pendant que sa fillette tente de s'habituer à des inconnus, Betty se fait avorter dans une clinique très privée de Londres. Elle en profite pour demeurer quelques semaines dans la capitale et se mêler à la vie mondaine.

La voici chez Quaglino's, Quag pour les intimes, un restaurant chic de Piccadilly, connu pour ses deux bars et son escalier Art déco en fer forgé. On dit que la romancière Barbara Cartland y a découvert une perle dans l'une de ses huîtres. Est-ce une légende ? La pénombre peut-être ? L'alcool ou le monde qui s'effondre ?

– Oh, ces huîtres viennent de La ferme des Baleines, s'écrie Jacques Lepage, ostréiculteur génial.

Betty croise lord Castlerosse, un journaliste énorme et gouailleur qui se plaint de son épouse nymphomane. Il y a là les Mountbatten, le photographe Cecil Beaton, la plus chic des Françaises, Marie-Do de Montmarin, et l'écrivain Evelyn Waugh.

– Cher Valentine, quel coffre ! Si vous n'étiez un homme je jurerais que vous êtes à sept mois de grossesse et je m'empresserais de vous donner la meilleure des adresses pour vous débarrasser de l'effrayante chose.

– Ma chère Betty, l'effrayante chose était sur une *lady* il y a moins d'une heure et je peux vous assurer que la dame est dorénavant enceinte. C'est à elle qu'il faudra communiquer ladite adresse.

Il allume sa cigarette, et s'y reprend à trois fois. Ce sont des allumettes espagnoles.

– En grève, comme toute l'Espagne, assure Betty en soupirant.

Il vide son whisky cul sec, en commande un autre immédiatement. Le « Londoner's log », telle est la chronique de lord Castlerosse dans le *Sunday Express*. Il y persifle et persécute ses amis aristocrates. Rien ne lui échappe, il est cruel, brillant et cancanier : « L'Américaine Betty Pack est descendue au Dorchester. Elle a enchanté la nuit de son sourire énigmatique, tous les hommes présents se sont rêvés fils de l'Oncle Sam. On ne vous dira pas qui a osé la raccompagner à sa chambre… »

Ils deviennent assez proches, Betty est émerveillée par sa légèreté en telle contradiction avec son physique. Un soir, il la convie chez un ami.

– Vous êtes magnifique, assure-t-il en venant la cueillir au Dorchester.

Et Castlerosse s'y connaît en beautés fatales, sa femme Doris est la pire des scandaleuses. Au 13 Cleveland Row à Mayfair s'élève une imposante demeure de briques blanches, Stornoway House. Le chauffeur ouvre la portière de la Bentley, Betty en émerge dans un fourreau argenté qui scintille, elle s'appuie sur le bras de son cavalier.

– Qui vit ici ? demande-t-elle.

– Mon boss, le Castor.

– Le Castor ?

– Lord Beaverbrook, patron du *Sunday Express*, entre autres.

Ils pénètrent dans le hall, Betty est séduite par la majesté des lieux, leur grandeur. Le maître d'hôtel les conduit vers un petit salon où des boiseries montent jusqu'au plafond et des œuvres d'art tapissent les murs. Alors que le valet referme la porte derrière lui, Betty aperçoit une silhouette furtive qui émerge de la pièce voisine et qui glisse vers la sortie. N'est-ce pas Montgomery Hyde ? Elle se précipite à sa suite mais avant que Castlerosse ait pu l'en empêcher, elle heurte de plein fouet un petit bonhomme qui agrippe sa taille et la retient. Lord Beaverbrook est canadien et milliardaire. Il domine toute la presse anglaise, on le dit très proche du pouvoir et des services secrets.

– Je souhaite absolument vous faire découvrir ce tableau que je viens d'acquérir, Mrs Pack. Whistler est un ami très cher.

Le portrait des sœurs Dudley-Ward.

– Penelope et Angela, deux pimbêches frivoles, je vous l'accorde, mais quelle finesse dans le coup de pinceau, le sujet m'amuse, regardez cette servilité innée chez le petit page, extraordinaire, non ? Parlez-moi de l'Espagne, Betty, cela me passionne.

– Je m'y ennuie.

– Vous devriez trouver une cause qui vous tienne à cœur et vous y jeter à corps perdu.

Betty acquiesce, minaude, charme, envoûte, s'amuse et s'interroge sur les intentions de son hôte. Car elle n'est pas là par hasard, elle le devine. Que veut-il ? Qui est-il véritablement ? Que peut-elle lui apporter ? Ce soir-là, lord Beaverbrook est en mission. Il est chargé de repérer les futurs talents du renseignement britannique, les « atouts » comme on les surnomme, Castlerosse est son rabatteur. Montgomery Hyde, de même. Betty joue à pile ou face. Et triche avec candeur.

– Sa moralité ? s'inquiète Beaverbrook alors que la belle s'est absentée pour se repoudrer le bout du nez.

– Aucune, affirme Castlerosse, péremptoire.

– Sa sexualité ?

– Insatiable.

Plus tard, il la reconduit au Dorchester, à sa chambre, à son lit. Pourquoi accepte-t-elle ? Car il est drôle, intelligent, fin. Et puis Betty Pack a l'intuition que Castlerosse la mènera sur un chemin détourné dont elle ne sait rien, mais qui lui plaît déjà. Quant à lord Beaverbrook, il apprécie beaucoup les informations sur l'Espagne et les troubles qui l'agitent.

Il est plus que temps de rentrer à Madrid. Carlos lui manque horriblement. Betty fait un détour dans le Shropshire pour récupérer Denise chez les Cassel, elle a failli oublier. Elle déteste cet endroit. À chaque fois, la simplicité du lieu la révulse plus encore. Elle songe l'espace d'un instant à ramener Tony aussi. Mais l'enfant est si craintif. Son bégaiement s'est accentué. Il est recroquevillé derrière les jambes de Mrs Cassel et garde la tête baissée.

– C'est parce que vous êtes là, ose l'obligeante mère de

famille, je vous assure qu'habituellement ce n'est pas aussi prononcé.

Le petit garçon est terrorisé par Betty. Et pourtant, elle l'attire terriblement. Car il n'a jamais rien vu de plus beau. Même dans les livres que le docteur Cassel rapporte de la bibliothèque. Il y a cette histoire de la mythologie avec des gravures en couleurs, à l'encre de Chine bleue et verte, il y a cette déesse dont il a oublié le nom. La déesse que tous les dieux adorent, celle de l'amour. Betty est encore plus belle. Mais à la seule mention de son nom, il fait des cauchemars pendant plusieurs jours. Il mouille son lit de nouveau depuis peu. La présence de Denise ne l'a pas du tout amusé, il l'a trouvée idiote, laide, inutile, elle sent mauvais.

– Et puis non, explique Betty aux Cassel, cela serait trop compliqué avec notre vie. Je vous laisse Tony finalement.

Quelle est leur vie ? songe Mrs Cassel. Ils ont des domestiques, une maison plus vaste que le village de Dorrington lui-même, mais pour qui se prennent ces gens-là ?

– Viens dans mes bras, mon petit trésor, soupire l'honnête femme quand le taxi s'en retourne sur la grande route.

Cela fait cinq ans qu'elle vit dans la terreur qu'on lui reprenne l'enfant. Et pourtant, si c'était à refaire, elle recommencerait. L'argent des Pack est mis de côté sur un compte épargne, un jour Tony en aura besoin. Ce petit garçon est la prunelle de ses yeux, elle lui donne tout l'amour du monde. Elle voudrait tant qu'il soit heureux et connaisse une existence longue et paisible. Bienheureuse Mrs Cassel qui ne connaît pas le sombre avenir.

– Pa, pa, pa papa, partie, tie… Be, Be, Bet, Betty partie.

– Oui, mon chéri, et pour longtemps, j'espère.

2.

Pourquoi a-t-elle décidé de se convertir ? Par bravade ou dévotion ? Révélation ou caprice ? Après cinq années au Chili, puis en Espagne, Betty ressent l'appel de Dieu. La pompe de la messe la ravit, la foi des catholiques l'emporte, tous ses amis sont pratiquants ainsi que son mari, son amant, et même l'ambassadeur anglais sir Henry Chilton. Betty ne veut pas rester coincée sur le banc des accusés le jour du Jugement dernier. Arthur se réjouit de cette décision formidable pour sa carrière. Il confie son épouse à son ami sir George Ogilvie-Forbes, l'un des chrétiens les plus influents d'Espagne et d'Angleterre réunies. Ce dernier lui propose d'être son parrain et la présente au père Pablo, un guide spirituel d'une extrême sensibilité. Betty ne sait plus où donner de la tête. Elle partage ses journées entre les étreintes passionnées de Carlos Sartorius et les conseils avisés du jeune prêtre en soutane.

Le père Pablo ressemble à un ange échappé d'une fresque préraphaélite d'Edward Burne-Jones. Il a les traits exsangues des purs, la ferveur des élus et l'humilité des nécessiteux. Il a rencontré la Vierge Marie à Covadonga, une grotte sanctifiée des Asturies. La *Santina*, comme ils l'appellent là-bas, lui a fait signe. Il n'avait pas quatorze ans et venait rendre grâce avec ses parents. Il l'a vue serrer contre elle l'Enfant Jésus avec tendresse. De sa main droite, la *Santina* a tendu une rose d'or à Pablo. Sa couronne s'est mise à étinceler et la colombe de l'Esprit saint a battu des ailes pendant un court instant. Puis elle a prononcé son nom avec douceur, Pablito, *querido* Pablito. Depuis, il lui voue un culte. Il a passé les années suivantes dans un monastère à prier. À vingt ans, il a décidé de revenir à la vraie vie et de se vouer à la conversion des infidèles. Chaque mois, il retourne à Covadonga remercier la Vierge pour ses bienfaits.

– Les chroniques chrétiennes considèrent que l'intervention miraculeuse de la *Santina* fut décisive dans la victoire de 722 pour repousser les attaques musulmanes sur la grotte. Vous et moi, Betty, avons été choisis, notre vie est définie par elle. Cette chance que nous avons, ma chère. Tout comme Pélage le Conquérant. Agenouillez-vous et vénérez la *Santina*.

Betty Pack songe qu'il est assez illuminé, mais il fait preuve d'une douceur rare, son mysticisme est touchant. Il ne doit pas être beaucoup plus âgé qu'elle.

– Vous lui ressemblez étrangement, Betty, j'aimerais tant que vous acceptiez de m'accompagner à la grotte. Un pèlerinage consacrera votre baptême.

Il lui rend visite plusieurs fois par semaine. Parfois sir George Ogilvie-Forbes se joint à eux, mais le père Pablo est moins bavard en sa compagnie. Betty partage une intimité singulière avec son confesseur. Ce que Dieu fait, personne ne peut le défaire. Elle se laisse envahir par la piété, dévore les textes anciens, se prête à l'exégèse. Un jour, il lui offre une cape de brocart rouge bordée d'or. Betty est bouleversée, c'est un présent magnifique, et ce garçon n'a pas une *peseta* vaillante.

– C'est la réplique exacte du manteau de la *Santina*, ma

mère l'a cousue, et puis je l'ai bénie, j'aimerais que vous la portiez.

Son visage n'est que bonté, Betty est émue par tant d'honneur. Le pardessus de la Vierge ! Elle frissonne quand il le dépose sur ses épaules. Elle se tourne vers le miroir, son reflet lui renvoie l'image de la grâce absolue. Aussitôt le père Pablo se prosterne à ses pieds. Elle se penche, tend la main pour l'aider à se relever. Quand il l'effleure, elle éprouve une sensation précieuse, éthérée, angélique. Elle est délicieusement surprise, c'est la caresse d'un pur esprit.

Un matin, il choisit de la faire venir dans son église. Pour se rapprocher de Dieu, il faut aller à la rencontre de l'autre. Elle s'aventure dans le Madrid populaire et bariolé, loin des quartiers huppés. Un bourg misérable, un marché vide. Les gens vivent dans la rue, hurlent, se bousculent, des klaxons résonnent, le tramway ne vient pas jusque-là, il y a encore des omnibus tirés par des chevaux. Des enfants sales pataugent dans un bout de ruisseau où se déversent les eaux usées. Une maison délabrée, des boîtes aux lettres éventrées, Betty consulte la note laissée par le petit curé, oui c'est bien cette adresse et cela n'a rien d'une chapelle. Elle monte un escalier aux marches inégales, un rat glisse entre ses jambes, elle étouffe un cri. Au deuxième étage, une porte à la peinture écaillée, à la serrure fracturée, elle frappe doucement. Il ouvre en tremblant, il est livide. Betty n'a pas le temps de lui faire part de ses réflexions, ni de retirer la mantille qui couvre ses cheveux, le prêtre s'allonge par terre, lui baise les pieds et lui avoue son amour fou. Rassurée, Betty reprend son souffle. Pendant un instant, elle a cru qu'il allait l'excommunier devant la somme de ses péchés. Elle s'accroupit, câline son doux visage, il pleure comme une madeleine.

– Père Pablo, j'avoue que vous m'égarez.

– Je vous aime, je ne sais comment l'exprimer autrement,

je vous aime passionnément et ce n'est pas un problème, Dieu est amour, Betty. J'ai des amis au Vatican, vous allez divorcer et nous nous marierons, nous vivrons heureux ici même, n'est-ce pas, ma *Santina* ? Nous pouvons même adopter des orphelins.

– Oh non, j'en ai déjà deux, laisse-t-elle échapper.

Elle jette un rapide coup d'œil autour d'elle. Des chandeliers ternis sont posés sur le manteau de la cheminée. Sur une table en bois brut, des missels ouverts, une coupe remplie d'oranges trop mûres. Une aube et une chasuble mal repassées pendent à la fenêtre. Calices, ciboires, coupelles de-ci de-là et puis c'est tout. Bien entendu, un lit en désordre sur lequel il la pousse. Pauvre enfant, songe-t-elle en l'attirant dans ses bras pour le réconforter. Il glisse sa main sous sa jupe et lui écarte brutalement les cuisses.

– Je ne suis qu'un homme, ne craignez rien, ma chérie. Il faut laisser brûler la flamme, la joie va nous envahir, nous allons communier ensemble dans l'amour du Christ, c'est merveilleux.

Betty écarquille les yeux de surprise. Après tout, c'est lui le guide spirituel. On ne peut rien refuser au Seigneur, c'est un des principes fondateurs de la religion catholique, explique-t-il. Les draps ne sont pas très nets, mais le garçon est si beau et attentionné, Betty se laisse dévorer. Il lui fait mille promesses, ils quitteront l'Espagne, s'installeront au Portugal où tout est plus simple. Betty s'abandonne à la ferveur religieuse. Les bras de Dieu se referment sur elle, il est beaucoup plus sage que Carlos, mais tellement plus intense. Il a les cheveux en bataille et le visage crispé, elle tient sa figure entre ses mains et plonge dans son regard illuminé, c'est celui de Dieu, l'extase est sanctifiée, Betty adore jouer les vierges consacrées. Il fait brûler l'encens, sa prière monte vers l'au-delà. Betty veut se confesser Pablo l'absout avant même qu'elle prononce «J'ai péché, mon père». Il pose un doigt sur ses lèvres, c'est un baiser de paix, l'Agneau de Dieu, elle récite trois *Je vous salue, Marie* pendant qu'il embrasse sa nuque, ses épaules et qu'il descend le long de sa colonne vertébrale. Ah, la charité fraternelle du catholicisme, sainte Thérèse l'avait découverte, pourquoi Betty a-t-elle attendu si longtemps pour la pratiquer ? La béatitude l'emporte, ils ne font qu'un, on ne refuse rien au Seigneur, amen !

– Ma *Santina*, soupire le père Pablo, n'oublie pas la cape de la Madone la prochaine fois.

– Oui, Pablito.

S'ensuivront d'autres oraisons dans l'exotique endroit. Betty s'y attache, la simplicité ascétique l'enchante. Elle confie son âme infernale à son confesseur, il s'en acquitte deux à trois fois par semaine en fredonnant l'Angélus. Elle ne la voyait pas comme cela, sa conversion, Betty est bien heureuse.

Mais l'Espagne s'embrase, les élections de 1936 ont attisé les âmes. D'un côté, les partisans d'un Front populaire que l'on désigne sous le nom d'armée républicaine, des gauchistes des classes moyennes et du parti communiste. De l'autre, les nationalistes avec le général Franco à leur tête. Défenseurs de l'ordre ancien représenté par l'Église catholique, ils ont avec eux les aristocrates, les monarchistes, les catholiques et la Phalange, parti fasciste espagnol. Et puis Betty et Arthur Pack, Carlos Sartorius, le père Pablo et les diplomates… La victoire électorale du Front populaire donne naissance à une coalition incapable de gouverner, le pays se soulève, meurtres et arrestations se multiplient. Le leader monarchiste est arraché de son lit et liquidé d'une balle dans la nuque par les républicains. Le ciel est aussi bleu que dans un tableau de Murillo. Les rues des villes sont cramoisies, c'est le sang des royalistes et des franquistes. Une haine anticléricale se déchaîne, les églises sont brûlées et les prêtres persécutés, assassinés. Le père Pablo, jeté en prison à son tour, se voit déjà rejoindre la cohorte des martyrs catholiques. Il passe ses nuits à prier sa Vierge consacrée, Dieu les sauvera, il ne connaît pas la peur. Betty écrit à Beaverbrook, implore l'aide de l'Angleterre. Il envoie pour instruction d'aider Mrs Pack dans toutes ses démarches et à n'importe quel prix. Il se demande jusqu'où elle ira. Il ne va pas être déçu.

Grâce à son parrain sir George Ogilvie-Forbes et au nonce apostolique, Betty obtient le droit de rendre visite au père Pablo. Jupe fendue jusqu'au nombril et jambes vertigineuses, la mèche crantée sur l'œil de velours, Betty Pack pénètre dans les geôles de Guadalajara, exhibe une lettre frappée du cachet papal (fausse lettre, faux cachet), ensorcelle le directeur et ressort avec son petit curé. Elle lui ordonne de se cacher dans les Pyrénées, le temps que les combats se calment, et promet qu'elle ira le retrouver.

– Oui, répond Pablo, mais je dois protéger la *Santina*, je ne partirai pas sans elle, accompagne-moi.

Et Betty et Pablo de franchir les lignes ennemies jusqu'aux contreforts du mont Auseva. Faux laissez-passer, faux brassards de la Croix-Rouge, la foi sauve de tout, ils parviennent sans encombre au cœur d'un panorama magique, un mirage de belvédères et de lacs de haute montagne. Ils pénètrent dans le sanctuaire à la faveur de la nuit, s'inclinent religieusement devant le tombeau de Don Pélage, premier roi des Asturies, et celui de sa femme Gaudiosa. Le père Pablo se saisit de la *Santina*, Vierge de bois polychrome, et l'emballe religieusement dans la cape en drap rouge. Dans ses traits harmonieux, il ne voit que le sourire de sa maîtresse.

– Je la mettrai à l'abri des profanations, je construirai un lieu de culte dans la montagne et quand cette guerre sera terminée, j'installerai à nouveau la Vierge à Covadonga.

– Oui, promet Betty, bien entendu, Pablito.

Elle n'est plus à un mensonge près.

Le jeune prêtre se réfugie dans la montagne, puis parvient à rejoindre l'abbaye Sainte-Marie-du-Désert en Haute-Garonne. Il tente d'y convertir cisterciens et trappistes à la vénération de la *Santina*.

Betty Pack ne reverra jamais le père Pablo, mais des années après la fin de la guerre, la Vierge de Covadonga, sainte patronne des Asturies, retrouvera mystérieusement sa grotte et son sanctuaire. On la fête le 8 septembre. Betty Pack n'oublie jamais de se signer pour la circonstance.

3.

C'est la guerre civile. Les grèves sont interminables, les combats de rue pullulent, les balles fusent et les lieux de culte sont incendiés. À Madrid, la vie devient impossible.

– La guerre, c'est l'écroulement des convenances, déclare Arthur, il faut fuir au plus vite.

Le 13 juillet 1936, les Pack quittent l'Espagne avec trois fois rien, dont la nurse Juanquita et la petite Denise. On cloue la porte de l'appartement du 63 Castellana pour se prémunir contre les cambriolages. Un panneau spécifie que l'endroit appartient au gouvernement britannique et qu'il est formellement interdit d'y pénétrer. Betty laisse derrière elle deux amants meurtris. Désespérée, elle grimpe dans l'Hispano-Suiza de son mari et tourne le dos à ce pays qu'elle aime plus que tout au monde.

En France, le ciel est bleu layette, la nature débonnaire, coquelicots, boutons-d'or et pâquerettes bordent une route qui serpente au milieu des collines. Le Pays basque somnole, les cloches des vaches tintent dans le lointain. Qui croirait qu'à quelques kilomètres c'est le chaos ? Un château fort à droite, c'est Urtubie, il paraît que des rois s'y sont croisés, battus, haïs, des Anglais et des Français, des Castillans et des Aragonais. Le petit village de pêcheurs de Saint-Jean-de-Luz est un refuge pour les nationalistes et les sympathisants de Franco. Les Pack poursuivent leur chemin jusqu'à Biarritz et s'installent à la villa Taldelenia, à Bidart, mise à disposition par l'ambassade. Une grande demeure blanche avec des moellons gris, plantée dans un jardin arboré qui surplombe l'océan. Il y a même une piscine. La petite Denise fait de la bicyclette et gazouille toute la journée, Juanquita est ravie de retrouver enfin le calme et la civilisation. Pour une Chilienne tombée de la cordillère des Andes, c'est un peu fort de café. Elle énerve tellement Betty que celle-ci se demande si elle ne va pas les expédier toutes les deux chez Mrs Cassel. Betty s'ennuie à cent sous de l'heure, se sent inutile. L'ambassade et ses services ont été transférés de Madrid à San Sebastian. Arthur fait des allers et retours incessants. Betty ne sait jamais quand il rentrera, et s'il rentrera. Elle est inquiète, tout de même. On dit que Burgos, Valladolid et Pampelune sont tombées aux mains des insurgés, on dit, on dit, mais comment vérifier ? La cacophonie est à son comble. La frontière est infranchissable. Il y a des groupes d'ouvriers et de paysans armés de fourches sur les barricades, le coutelas entre les dents, ils sont de fort méchante humeur et glapissent leur haine du bourgeois.

– On les tuera, on les écrasera comme des mouches, tous les aristos, on les écorchera, on les pendra à des crochets de boucher et les curés aussi, foutus salopards.

Quelle ambiance. Les hommes ne sont pas rasés et manquent de sommeil, la confusion règne partout, les hôtels de la frontière ressemblent à des halls de gare, on y croise même des chèvres et des poulets, on craint les mitrailleuses embusquées et les obus. On évoque des fusillades à San Sebastian, l'ambassade aurait été attaquée, l'hôtel Continental serait assiégé et toute la chancellerie prisonnière. Un jour, Arthur Pack ne revient pas, la rumeur prétend qu'il a été assassiné, toutes les communications avec le monde sont coupées. Betty veut en avoir le cœur net et part à sa recherche. Rester dans le doute la mine. Elle a fait libérer un amant, alors pourquoi pas un mari ? Au volant d'une Panhard bigornée, elle traverse la Bidassoa et se présente au poste frontière d'Irun. Elle a accroché un drapeau anglais à la vitre de droite. Afin d'apaiser les communistes, elle a coincé une étoffe rouge à celle de gauche. Mais les républicains la soupçonnent d'être une espionne franquiste. Ils l'obligent à descendre de voiture, l'allongent sur le capot et la fouillent au corps en riant. De grosses blagues grasses. Betty s'énerve, demande à voir le commandant. Le troufion n'aime pas ses grands airs, et il lui assène un coup de crosse, elle s'effondre, la joue déchirée.

– *Abajo !* hurle le garde.

Elle est arrêtée, puis interrogée des heures durant dans un sous-sol infâme par un capitaine obèse et hirsute. Elle n'a rien à lui dire. Bien entendu qu'elle est franquiste, cela se voit, non ! Il entre dans une rage folle et la fait jeter au trou. Elle se retrouve au milieu de soldats blessés et misérables, la chaleur est suffocante, l'atmosphère fétide. Les relents d'alcool, de tabac et de sueur se mêlent aux odeurs de déjections humaines. Betty en a des haut-le-cœur. Derrière la grille, le jeune garde lui fait penser à Pablito, c'est un petit fermier certainement. Elle l'appelle, il se tourne vers elle avec un sourire béat.

– Je suis l'épouse d'un diplomate anglais. C'est une erreur, je n'ai rien à faire ici. J'ai un bébé qui m'attend à Biarritz, je vous en prie, aidez-moi.

– *Señora*, je n'ai aucun pouvoir.

– Vous pouvez aller chercher votre chef ? Pas le gros, l'autre, s'il vous plaît.

Le soldat éclate de rire, il essaie d'allumer une cigarette, mais les allumettes sont mouillées. Betty lui tend son briquet en or. Le soldat s'en saisit, l'utilise, puis le lui rend. Elle secoue la tête. Il le glisse dans sa poche et s'en va plaider sa cause auprès de son chef. Betty est présentée au commandant républicain, qui formule de bien plates excuses. Elle le remercie avec ardeur et pose sa main sur l'avant-bras noirâtre du militaire. Il est déstabilisé. Souhaite-t-elle se reposer un peu avant de reprendre la route ? Il aimerait lui offrir du thé, du café, une tisane peut-être, mais il est assez démuni en ce moment. Betty croise et recroise ses jambes, arrange sa chevelure emmêlée, puis se lève, l'embrasse sur la joue et promet :

– Nous nous reverrons.

La bataille fait rage dans toute l'Espagne, des hommes sont fusillés au seul motif de leurs sympathies franquistes. Et Betty Pack ne cache pas les siennes. Qu'avait dit Beaverbrook déjà, trouver une cause et s'y donner à cœur perdu ? Elle décide d'aider les sympathisants nationalistes à passer la frontière. La chose est désormais facile pour elle, le commandant républicain a succombé à ses charmes, et Betty effectue la navette plusieurs fois par semaine. Elle tombe dans une embuscade, les tirs fusent, elle échappe au pire, aux balles comme au viol, elle pourrait retourner sur ses pas, mais Betty aime le danger, l'adrénaline la stimule, elle est bien plus vivante au sein de tous ces périls que dans l'ambassade de son mari ou le lit de ses amants. Coucher pour l'Angleterre, coucher pour Dieu, et maintenant pour le général Franco, Betty n'est plus à cela près ! Elle vit la guerre d'Espagne comme une liaison adultère, elle sauve des hommes, et se rassasie avec allégresse d'une telle délectation. Et s'y prête chaque jour, en dépit des interdictions de son mari.

– Mais c'est très dangereux !

– Peut-être, mais qu'est-ce que c'est bon !
– Tu as une petite fille à Biarritz.
– Et un fils en Angleterre, où est la différence ?

Les batailles ensanglantent le Pays basque. Une canonnière rebelle est embusquée, la voiture de Betty subit tirs et contrôles, elle est immobilisée dans chaque village, entourée de miliciens armés. Mais elle possède un laissez-passer du commandant républicain, elle s'arrête régulièrement à Irun pour l'actualiser. Le commandant est amoureux, Betty s'envoie en l'air par devoir, et les fuyards passent en France, fixant, incrédules, cet ange au regard fiévreux qui risque sa jolie peau pour eux.

Arthur a une nouvelle fois disparu, il n'est pas rentré depuis une semaine. Betty attend quelques jours et, n'y tenant plus, reprend la route. Une première pause à Irun pour honorer son commandant, puis direction San Sebastian. La Panhard saute sur les rochers, elle ne crève pas. Elle mettra près de quatre heures pour couvrir les dix-huit kilomètres entre les deux villes. Betty stoppe la voiture devant l'hôtel Continental où sont installés les diplomates anglais. À l'intérieur, va-t-elle trouver la mort, la cruauté, la torture ? Betty Pack l'ignore, mais, portée par un feu intérieur, elle se hâte et découvre le toit de l'établissement éventré et des gravats partout. Au milieu de ce désordre, Arthur, à côté d'autres plénipotentiaires, des dossiers sous le bras, et une petite créature de rien du tout qui le dévore des yeux. Effaré, il aperçoit Betty.

– Mais qu'est-ce que tu fais là ? Je te croyais auprès de Denise.

– Elle est avec sa nourrice et je dois voir l'ambassadeur.
– De quoi te mêles-tu ?
– De ce que tu ne fais pas !

Arthur Pack est vert de rage. Impossible de faire une scène ici. Cette garce mérite une bonne paire de claques. Mais sir Henry Chilton, l'ambassadeur, ne voit pas les choses ainsi. Puisque Mrs Pack passe les frontières aisément, qu'elle transmette des informations en Angleterre. Car il est dorénavant impossible pour les Britanniques de se déplacer sans craindre pour leur vie. San Sebastian est à feu et à sang, l'anarchie et la terreur y règnent. Il faut évacuer d'urgence les ressortissants. Sir Henry Chilton dresse une liste de noms pour Betty, mais elle lui coupe la parole :

– J'ai mes propres contacts, rétorque-t-elle, avant de lui tourner le dos et de sauter dans sa voiture.

Un militaire en loques la suit et s'agrippe à son bras alors qu'elle démarre.

– Je sais qui vous êtes, on parle de vous, aidez-nous à passer la frontière, nous sommes cinq et risquons la mort.

– Je t'interdis ! glapit Arthur.

Son indignation est à son comble. Il est rappelé à l'ordre par l'ambassadeur qui lui intime de suivre l'exemple de sa femme plutôt que de se donner en spectacle. Autant dire qu'entre Betty et Arthur les choses ne sont pas près de s'arranger.

– Montez ! s'écrie Betty.

Elle part avec les cinq hommes sans savoir quels obstacles elle rencontrera. Trois heures après, elle largue les soldats dans les Pyrénées, côté français, puis rentre à Biarritz. Elle obtient la ligne avec l'Angleterre. Lord Beaverbrook répond immédiatement. Cette fille s'avère passionnante.

– Merci, fait-il en raccrochant.

Cette nuit-là, l'Amirauté ordonne le départ des navires de guerre *Verity* et *Veteran*. Deux jours plus tard, ils mouillent dans le port de San Sebastian et accueillent trois cents citoyens anglais. Ils ne savent pas qu'ils doivent la vie à une blonde incandescente au regard mouillé qui n'aime rien tant que coucher pour une patrie qui n'est pas la sienne.

C'est alors qu'elle reçoit un câble de Washington. Quelques mots de Cora. Son père s'est éteint à l'hôpital naval, un cancer du poumon fulgurant. Elle ne connaissait pas son état, personne ne l'a prévenue qu'il était malade. Il ne l'a pas aimée, enfant, il ne l'a pas comprise, adulte. Et maintenant il est trop tard. Elle ne lui a pas dit adieu, elle n'a jamais osé lui avouer son amour. Elle songe que là où il est, il est certainement fier de ce qu'elle est devenue. Car elle le fait aussi pour ça. Pour la première fois depuis une éternité, Betty Pack pleure sans discontinuer.

Au siège du Secret Intelligence Service, le SIS, ancêtre du MI6, un certain Montgomery Hyde dépose un dossier confidentiel que vient de lui remettre lord Beaverbrook. Il y est inscrit « Betty Pack : atout certain ».

4.

Le corps diplomatique s'établit à Saint-Jean-de-Luz. La rade, abritée et pittoresque, rassemble de nombreux hameaux. Le port s'agrandit et l'architecte Pavlovsky s'attelle à la construction d'un phare. Les temps changent. Betty emménage dans une maison du XVIIe siècle, face à l'océan. Elle se réjouit, c'est encore plus proche de la frontière. Denise regrette le jardin de la villa Taldelenia, mais cela n'a aucune incidence sur les choix de ses parents. Arthur aide au rapatriement des réfugiés et tente de transmettre des documents officiels en Angleterre. Betty vibre par tous les sens de son être, la cause nationaliste est sienne, elle est franquiste avant d'être américaine ou catholique.

« Nous ne savons pas combien de temps nous resterons ici, écrit Betty à sa mère. Mon Espagne chérie est torturée, les crimes des républicains sont chaque jour plus effrayants. À Barcelone, ils éventrent les femmes enceintes, puis exposent leurs cadavres dans les vitrines de magasins avec peinturluré en lettres de sang : *Ellas son monjas*, ce sont des nonnes. Des enfants sont pendus par les pieds et laissés ainsi jusqu'à ce qu'ils meurent de faim et de soif. Je me suis juré de combattre ces animaux de toutes mes forces... »

Un soir, on tambourine à la porte, la bonne se hâte et recule effarée, une clocharde insiste pour voir Madame. C'est Carmencita, l'épouse de Carlos, affamée et sans argent. Elle supplie Betty de l'aider. Carlos a été arrêté avec d'autres pilotes. Elle ne sait pas comment elle est arrivée jusqu'ici. Elle a été violée, a dormi dans les montagnes, s'est nourrie de baies sauvages et de racines suçotées, elle n'a pour tous vêtements que ceux qu'elle porte. Betty réfléchit, elle ne peut se précipiter sans plan. Elle héberge Carmencita quelque temps, lui rend figure humaine, puis l'installe à l'hôtel du Palais à Biarritz. Elle y retrouve par hasard son vieil ami le vicomte Altamira, qui l'invite à dîner à Ciboure, dans une auberge sur le port. On y cuisine des sardines et du thon pêchés le matin même.

Altamira descend d'une des plus vieilles familles d'Espagne. Il a accueilli les Pack avec beaucoup de gentillesse à leur arrivée du Chili. Ils étaient rapidement devenus des habitués du Jimmy's. Pour Betty, il n'était qu'un charmeur qui passait son temps à allumer les cigarettes des femmes en coulant son regard dans leur décolleté. L'adversité a transformé l'homme. Il arrive de Burgos, à plus de deux cent cinquante kilomètres, et ce qu'il propose à Betty est au-delà de l'entendement : ravitailler la Croix-Rouge sur le front des combats ! Betty accepte immédiatement, mais elle y met une condition : qu'Altamira mène son enquête et découvre où Carlos Sartorius est détenu. Marché conclu.

Ce soir-là, elle s'allonge sereine aux côtés d'Arthur, qui dort déjà et lui tourne le dos. Quelques heures plus tard, à l'aube, elle s'empare des clés de la voiture et décampe avec un chargement médical offert par l'hôpital de Biarritz. Et des bidons d'essence. Elle ne sait quand elle rentrera. Peut-être jamais. Elle passe la frontière aisément et rejoint Altamira à San Sebastian. Ils se dirigent ensemble vers Burgos avec le laissez-passer du commandant républicain, c'est tout de même très utile d'être une jolie fille. Après cinq heures et demie de route sur des chemins défoncés et en évitant les lignes de tirs, Altamira et Betty parviennent à destination.

– C'est ici, explique le vicomte en se garant dans un terrain vague au nord de la ville.

Le docteur Valero, responsable de la Croix-Rouge, est un homme très grand et mince, à la moustache fournie comme un oiseau qui prend son envol. Il a l'air si las. Il fait visiter à Betty son hôpital de campagne, un camp de fortune, sans lits, avec des hommes qui gisent sur des bâches étendues à même le sol, aux bandages improvisés avec du papier. Des blessés meurent chaque minute, faute de soins et de matériel adéquat. Le docteur Valero donne à Betty une liste de médicaments, pansements, désinfectants, antibiotiques, compresses, scalpels, seringues, produits anesthésiques… Il la supplie de l'aider. Elle comprend l'ampleur du désastre, lui abandonne son chargement et promet qu'elle reviendra vite. Elle tient ses promesses, et effectue régulièrement la navette entre la France et Burgos. Sans jamais retourner à Saint-Jean-de-Luz, pour éviter Arthur et son courroux. Elle partage la chambre de Carmencita à Biarritz et lui confie les dernières nouvelles du front. Deux fois par semaine, elle dépose aux pieds de Valero des caisses remplies d'antiseptiques, de gants, de gaze, d'instruments chirurgicaux et même des ours en peluche pour les enfants. Abasourdi, il refrène ses larmes et la surnomme aussitôt *Providencia*. Celle qui sauve des vies. Il noue autour du bras de la jeune femme un brassard blanc marqué d'une croix rouge.

– Pourquoi ? s'enquiert-il. Pourquoi risquer votre vie pour sauver des gens qui ne vous sont rien ?

Parce qu'elle a ça dans le sang, Doc ! Et dans le regard de cet homme éperdu et tellement plus âgé qu'elle, Betty Pack cherche l'approbation d'un père qui ne lui a jamais adressé un seul signe de reconnaissance, de fierté, ni même d'amour.

Dans chaque ville, à chaque campement, elle interroge prisonniers, blessés et fuyards, en vain. Aucune nouvelle de Carlos. A-t-il été exécuté ? Altamira l'introduit auprès du ministre des Affaires étrangères de Franco, qui lui communique des informations confidentielles à transmettre en Angleterre. Il confirme que Sartorius a été arrêté et qu'il est vivant, mais ne peut rien ajouter. Il promet d'aider Betty si l'ambassadeur anglais soutient son parti. Et Betty saute dans sa Panhard et retourne à Saint-Jean-de-Luz avec la lettre du ministre. Arthur est fou de rage. Elle compromet ses propres actions. Comment l'empêcher d'agir ? Il voudrait qu'elle disparaisse, qu'elle rentre en Amérique. Après tout, elle a une mère à Washington, alors pourquoi demeure-t-elle ici ? Pauvre Arthur, il a beau s'arracher les cheveux, il ne pourra jamais museler sa femme. C'est une furie, une pétroleuse. Un jour, elle tombe dans une embuscade, des franquistes la jettent en prison. On veut la juger, on la prend pour une espionne républicaine. Arthur s'en lave les mains, il ne lève pas un doigt pour l'aider. Mais Altamira la fait libérer et la renvoie illico à Saint-Jean-de-Luz. C'est la femme du commandant républicain qui l'a dénoncée aux nationalistes, jalouse de l'amour grandissant de son mari pour elle.

Les activités de Betty sont dorénavant bien connues des Britanniques, son habilité à franchir les lignes ennemies, la manière dont elle parvient à faire évacuer les réfugiés, le ravitaillement médical, et son sex-appeal auquel personne ne résiste. Elle est belle et repérable, son mari est connu pour être un diplomate, elle peut être arrêtée par les franquistes en tant qu'espionne et par les républicains en tant que sympathisante nationaliste. Elle ne sait pas qu'elle est surveillée et que son destin va bientôt prendre une tournure internationale.

– Ne quittez plus la France, déclare Altamira.

– Je t'interdis de sortir de la maison, ordonne Arthur.

– Arrêtez de vous mêler de ce qui ne vous regarde pas, tonne sir Henry Chilton, l'ambassadeur anglais.

Au-delà du danger, Betty songe à Carlos. Et ce n'est pas en demeurant chez elle qu'elle le retrouvera. Arthur est rappelé en Angleterre pour rendre des comptes. Betty en profite pour s'échapper. Elle laisse un mot à son mari, un autre à la nourrice, abandonne sa fille et prend la route de Toulouse où elle embarque dans un avion pour Valence avec l'idée de remonter jusqu'à Madrid en voiture. Elle songe à Arthur, à la fureur qui le saisira quand il lira sa lettre, et éclate de rire. Elle s'en moque comme d'une guigne, de son mariage idéal.

5.

– Vous êtes complètement folle ! tonne John Leche, chef de la mission diplomatique anglaise, en poste à Valence. Vous allez prendre le premier avion pour la France. Je ne veux rien avoir à faire avec vous !

– J'ai besoin de vous, monsieur.

Leche est un diplomate de carrière à qui rien n'a jamais résisté. Il ressemble à un superbe gitan et louvoie depuis toujours. Il est dans tous les coups, surtout les plus tordus. Il a failli sauter cent fois, il est toujours là. Mais devant cette fille insensée, il tombe des nues. Magnifique, sexy, et complètement dingue. Dans cette ville laminée par la guerre, à l'intérieur de baraquements surchauffés, poussiéreux, elle lui parle d'amour.

– Avez-vous conscience que nous sommes en guerre ?

Il a cet air d'aristocrate débauché, Betty sait déjà qu'elle en obtiendra tout ce qu'elle veut. Lui n'aperçoit qu'une fille éblouissante qui se prend pour une amazone.

– Tous les bandits de grand chemin sont réunis ici. Criminels en tout genre et des deux sexes, et des républicains totalement dépassés par les événements. N'imaginez même pas parvenir à Madrid indemne ! D'ailleurs, il n'en reste rien, la ville a été bombardée. Des carcasses de voitures brûlent nuit et jour, les survivants crèvent de faim, l'ambassade est fermée. Vous risquez votre peau pour un amant qui est certainement déjà mort.

Betty secoue la tête.

– Je suis déterminée à aller à Madrid, c'est la seule piste que j'ai. Je retrouverai Carlos Sartorius.

Leche lève les yeux au ciel. Cette situation est ridicule. Et son interlocutrice vraiment timbrée.

– Vous me placez dans une position épouvantable, Mrs Pack. J'essaie de survivre au chaos, les républicains tiennent tout, et vous, vous souhaitez faire libérer un franquiste… Franquistes, d'ailleurs, qui sont à vos trousses, ils vous prennent pour une espionne. Quant aux républicains, ils vous considèrent comme une ennemie. Ce que vous êtes. Si vous vous faites tuer, j'en serai tenu responsable. Si vous vous faites prendre, j'en serai tenu responsable, et si vous réussissez, j'en serai tenu responsable aussi. Vous me fatiguez, Mrs Pack…

– Betty.

– Betty.

– Je réussis toujours, John, déclare-t-elle avec un sourire moqueur. Toujours, vous dis-je.

Leche essuie son front, il fait une de ces chaleurs. Elle se lève et se dirige vers la porte. La finesse de ces jambes, la volonté de la femme sous la poupée…

– Mais où allez-vous ?

– Trouver un endroit où dormir, je n'ai pas fermé l'œil depuis quarante-huit heures.

Il caresse sa moustache, l'air coquin.

– Vous avez un maillot de bain ?

– Pourquoi ? Vous pensez que je pourrais remonter à la nage le Manzanares jusqu'à Madrid ? C'est plus simple que la voiture ?

– Ma maison est au bord de la mer. Venez, très chère, je vous invite. Vous aimez le mandarin-curaçao ?

Le personnel de l'ambassade est logé dans une demeure coloniale sur la plage de Las Palmeras, à une quinzaine de kilomètres au sud de la ville. Betty a dégotté un bikini et une robe de cocktail dans une boutique qui n'avait pas été pillée, pas encore. Par chance tout lui va, elle est mince comme une allumette. Elle plaît au diplomate, elle plaît à tout le monde. Elle en joue. Il la place à sa droite à table. Le personnel s'incline devant lui et l'appelle Excellence, un titre pompeux pour un voyou de grand chemin au charisme notable. Quand elle sent sa main glisser sur sa cuisse, elle en profite pour lui demander un laissez-passer pour Madrid. Il accepte. Quand il remonte vers son entrejambe, elle se penche à son oreille et réclame une voiture avec chauffeur. Il accepte. Quand il arrache d'un coup scc la petite culotte de soie, elle murmure :

– Nous nous verrons à mon retour, divin John.

– Quelle décision stupide, rétorque-t-il en posant sa main sur la table.

Elle s'en saisit, suce ses doigts, la repose avec délicatesse et murmure :

– Je serais ravie d'être invitée dans votre thébaïde pour le restant de la guerre, mais je me lève tôt demain.

Puis sort de table, et gagne sa chambre où elle sombre immédiatement dans un sommeil profond. Aux aurores, elle embarque dans une vieille Morris avec garde du corps, laissez-passer et visa, direction Madrid. Ils roulent quelques heures dans la campagne désolée, mais aux portes de la capitale, ils sont pris sous les bombardements de l'aviation franquiste. Les amis de Carlos. Ils parviennent tant bien que mal à atteindre l'ambassade, elle est déserte, ça canarde en tous sens. Betty erre dans les vestibules, il y a des gravats partout, du plâtre, les plafonds se sont effondrés, les portraits sont éventrés, Victoria, Edward VII, George V, la reine Mary, Edward VIII, il n'y en a pas un pour racheter l'autre. Les meubles sont recouverts de housses, on entend des tirs d'artillerie incessants, des cris d'enfants, il n'y a rien à faire ici. Soudain, elle songe à son appartement dont on avait barricadé la porte. Elle pourrait essayer de sauver quelques affaires. Au 63 Castellana, la cour est encombrée de débris. En dépit du sceau diplomatique, le logement a été pillé. Écœurée, Betty revient sur ses pas. Elle cherche Carlos Sartorius dans chaque prison, dans chaque lit d'hôpital, les bombardements s'intensifient, Carlos est introuvable et, la mort dans l'âme, Betty finit par retourner à Valence.

À peine arrivée, elle se précipite chez Leche, qui l'accueille avec un immense sourire. Il a obtenu une nouvelle de premier ordre : on a repéré Sartorius dans une prison près de Barcelone. Un endroit imprenable. La seule manière de l'en faire sortir est d'obtenir un sauf-conduit du *señor* Prieto, ministre de la Défense du nouveau gouvernement républicain. Betty s'effondre dans un fauteuil, épuisée. Leche est éperdument amoureux.

– Allez-vous vous dérober à nouveau ? interroge-t-il en lui retirant ses chaussures, puis en embrassant ses pieds fins.

– Non, John, pas si vous m'aidez à retrouver Carlos.

– *By Jove*, vous êtes une véritable nuisance !

Il soupire, se lève et arpente la bibliothèque.

– L'ambassade m'ordonne de vous renvoyer à Saint-Jean-de-Luz. Il semblerait que vous ayez ruiné la carrière de votre époux. On le traite d'incapable et on ne parle que de vous en haut lieu. Mais ne vous inquiétez pas, je vous garde. Dormez, on parlera demain.

– Bonne nuit, Excellence.

Il sourit.

Elle a un mari et une fille en France, un fils en Angleterre, un amant dans les Pyrénées, un autre dans une prison espagnole. Et puis lui, John Leche. Betty Pack n'aime que la bravade, sans se soucier de ce que sera demain. Elle rêve sa vie en termes de conspiration. On entend le bruit des vaguelettes dehors, cela la change des bombardements, Betty s'endort comme une masse. Elle se réveille au milieu de la nuit en proie à un cauchemar et découvre Leche assis dans un fauteuil face à elle. Il la regarde avec intensité. Elle lui ouvre son lit.

– Je t'aime, Betty Pack, je t'ai aimée au premier regard. Tu as la beauté d'une star hollywoodienne et la rage d'un boxeur, tu es rusée comme Satan et aussi dévoyée qu'une vierge. Tu vas hanter ma vie, tu n'as pas de cœur, je le sais, mais promets-moi de rester un peu.

– Le temps que la route de Barcelone soit redevenue praticable, répond-elle en le laissant couvrir son corps de baisers.

Ils font l'amour jour et nuit pendant près de deux semaines. Elle se laisse dévorer avec bonheur avant de repartir seule avec la Morris.

– Je t'en conjure…

– Oui ?

– Reviens, Betty Pack.

Elle roule à fond de train vers le nord avec sur son sein une lettre de recommandation pour le commandant Prieto. Et une liste de noms, dix-sept aviateurs envoyés au trou en même temps que Carlos. À Barcelone, on parle de vingt-cinq mille meurtres, la ville subit des bombardements navals et aériens sans discontinuer, c'est l'enfer. Betty se dirige droit devant, elle fonce à pleins gaz.

Il est affreux et a l'air teigneux. Petit, gras et chauve. Avec un double menton. Il est sale, il pue. Prieto est l'homme le plus important du nouveau gouvernement républicain et le seul avec une envergure internationale. D'ailleurs, Leche l'a prévenue :

– Tous les autres sont des baudruches, mais lui peut t'aider.

C'est un test, un défi, elle ne peut compter que sur son sex-appeal et son intelligence. Elle est prise d'une bouffée d'inquiétude, puis songe à son père, à son courage, et se reprend. Prieto, l'air las et les épaules voûtées, porte un uniforme kaki pas très net avec des auréoles sous les bras. Il ne la reçoit que parce qu'il doit beaucoup à Leche. Une dette de jeu à Monte-Carlo. L'autre l'a sauvé du suicide, il a payé, ça ne s'oublie pas.

– Que puis-je faire pour vous, madame ? demande-t-il en essuyant la sueur sur son front.

– J'aime un homme, Carlos Sartorius. Je l'ai connu j'avais dix ans. Il pourrit en prison. Je donnerais tout pour le faire libérer, lui et ses amis, dix-sept aviateurs. Je n'ai jamais comploté contre le régime républicain. Les hommes dont je demande la libération ne sont pas des ennemis de votre gouvernement. Je donnerai tout, *señor* Prieto, déclare-t-elle en pointant les seins en avant. Vraiment tout…

– Déjeunons, on me dit que le cuisinier a prévu du poulpe à la valencienne, je l'aime avec de la vodka. Vous aimez la vodka, *señora* Pack ?

– Je l'adore, répond Betty en allongeant ses jambes sous la table en bois rustique.

Le poulpe est délicieux, les fraises trop mûres, le café serré et la sieste coquine. Prieto lui accorde le droit de rendre visite à Carlos. Il lui promet une réponse définitive le lendemain. Betty se rue dans la vieille Morris sous le soleil brûlant de juillet. Carlos est retenu dans une immense bâtisse imprenable à quelques kilomètres au sud de la ville. Les gardes sont impressionnés par le sauf-conduit accordé par Prieto, et Betty est considérée avec respect. Comment Carlos peut-il survivre là-dedans ? songe-t-elle. Il doit bien faire cinquante degrés. Elle passe tous les barrages, traverse des corridors sinistres sous les hurlements ou les sanglots des détenus. Enfin le parloir. Sordide, sans fenêtres, une cage en fer. Elle attend. Un surveillant finit par apporter deux chaises avant de refermer la grille derrière lui. Une heure plus tard, la porte s'ouvre et Carlos est introduit. Elle est tétanisée. Son visage s'est émacié, il porte une barbe rousse. Il la serre tant qu'elle étouffe. Elle reprend son souffle et lui raconte la venue de Carmencita, à présent en sécurité en France. Elle explique aussi Altamira, Leche et Prieto, il sourit avec un rien d'amertume.

– Je suis à toi à jamais, Carlos, fais-moi confiance.

Elle pleure, il sèche ses larmes. Il est si pâle, si maigre. Ils parlent pendant des heures. Soudain la grille s'ouvre de nouveau et le garde fait signe à Carlos. C'est fini. Un dernier coup d'œil. Il se souvient de la petite fille cramponnée au grillage du court de tennis de Chevy Chase. Ce jour-là, dans le regard de la gamine à peine pubère, Sartorius a discerné l'espoir, la force et la détermination. Seize ans plus tard, elle s'agrippe aux barreaux d'une cellule avec une ferveur identique. Il ressent exactement la même chose. Il a confiance en elle, il sait qu'elle est là pour le sauver.

– *Adios*, Carlos, *adios, querido*, nous nous retrouverons.

Betty Pack quitte la prison de Barcelone puis le lit de Prieto la tête haute et le cœur léger. Un mois plus tard,

Sartorius et les dix-sept pilotes sont libérés. La mission est terminée. Leche voit Betty s'éloigner avec un immense chagrin.

– Reste, implore-t-il. Personne ne t'attend en France. Je t'aime.

– L'amour en temps de guerre ne vaut pas tripette, John. *So long, baby.*

John Leche ne reverra jamais Betty Pack. Carlos Sartorius non plus. L'un comme l'autre n'aimeront jamais une autre femme. Ils en seront réduits aux divagations des poètes maudits pour le reste de leur existence.

Quand Betty parvient à Saint-Jean-de-Luz, Arthur ne lui pose aucune question, après tout elle n'est restée absente qu'un mois. Il avoue aimer une certaine Maud, et être muté en Pologne. La Pologne, songe Betty Pack, si près d'Hitler et de ses ambitions territoriales, la chose est amusante, jetons-nous dans la gueule du loup !

C'est une jolie petite famille qui embarque dans le Varsovie-Express, le père voûté, l'air sinistre et désenchanté, la mère d'une élégance folle, aux yeux brillant d'un éclat inattendu. Trottinant derrière, une nurse volubile et une gamine qui pleurniche. Et une tonne de malles estampillées CD, Corps diplomatique. *Hasta la vista !*

Fugue polonaise

1937-1938

1.

Ils sont doués pour les identifier, les observer, les recruter. Ils adorent la touche de décadence en eux. Ils les trouvent charmants, souvent fascinants, ils les scrutent. Un jour, ils les enrôlent à leurs fins, les font plonger dans la clandestinité, les initient à la duplicité et à l'entregent. Leur ouvrent la porte d'une confrérie occulte. On y entre comme on entre dans une organisation criminelle, en recevant l'accolade d'une corporation mystérieuse. En ressentant une certaine supériorité, celle de savoir ce que personne d'autre ne sait, celle d'être différent.

C'est ainsi que Betty Pack entame sa fugue polonaise. Épiée, considérée, testée. Particulièrement belle avec ses courbes dangereuses. Elle déploie ses ailes et volette au cœur de la haute société, et séduit tout ce qui touche au ministère des Affaires étrangères. Notamment le comte Michal Lubienski, attaché au service de Józef Beck, celui-là même que l'on soupçonne d'intelligence avec l'ennemi. Betty sait comme il est aisé, entre les draps, d'arracher les confidences des plus fidèles patriotes. Car aucun plaisir n'est plus grand que celui qui naît de l'union d'un homme et d'une femme. C'est dans l'amour que l'on accepte d'ouvrir ses pensées les plus secrètes. Dans ce déferlement d'émotions, tout est révélé. Absolument tout.

Son contact sur place est un certain Jack Shelley, nom de code Wordsworth, attaché militaire à l'ambassade d'Angleterre à Varsovie. Il a pour mission officielle de convaincre la Pologne de l'amitié des Britanniques quelle que soit la manière dont évolue le régime nazi. La paix à tout prix ! Shelley appartient au renseignement, le SIS.

Les Pack s'installent dans un appartement baroque de l'Ulica Frascati, au cœur de la vieille ville. Le voisinage comprend de nombreux diplomates étrangers. Très utile quand on veut prendre le monde d'assaut. Organisée, Betty aménage les lieux en quelques semaines, sous le regard las d'Arthur. Il se sent faible, et souffre de maux de tête et de troubles de la vue. Le médecin diagnostique un surmenage et recommande un congé. En réalité, Arthur est rongé par une dépression nerveuse. Il a dû mettre un terme à sa liaison avec Maud et en est profondément malheureux. Le 31 décembre 1937, alors que le couple fête les trois ans de Denise, Arthur s'effondre, inconscient. Crise cardiaque. Il passe un mois à l'hôpital de Varsovie, puis est envoyé outre-Manche sur l'île de Wight pour sa convalescence. Il y restera onze mois.

En ce tout début d'été 1938, la soirée est chaude, le ciel calme et sans nuages. Dans les salons de la chancellerie, la vaisselle rutile, le cristal tinte, les chandeliers aux flammes vacillantes dispensent une douce lueur. Des bouquets de pivoines jonchent les tables, le champagne est sensationnel et l'orchestre interprète des airs modernes et entraînants. Les hommes sont en habit, certains portent une longue cape de cachemire doublée de soie rouge, on dirait des acteurs de cinéma avant le baiser de la fin. Les femmes rivalisent d'élégance, robes de soie ou de taffetas se frôlent dans un chuintement jaloux, les bijoux scintillent.

Ils s'entendent immédiatement. Elle est attirée par son appétit de vivre et son sens artistique. Ses accès de tristesse ou de gaieté s'accordent étroitement aux siens. Elle est assise à sa droite. Le comte Lubienski est un jeune diplomate très ambitieux qui occupe un poste essentiel au ministère des Affaires étrangères. Il possède la courtoisie surannée des aristocrates et paraît émerger d'une peinture de Caspar David Friedrich. C'est un homme viril au regard pâle et à l'honnêteté troublante. Ils se parlent en français, langue que Betty maîtrise parfaitement. Ils évoquent la politique étrangère, la minorité ukrainienne, les Russes blancs et le corridor de Dantzig. Betty s'intéresse particulièrement au chef de Lubienski, le colonel Józef Beck, que l'on dit très proche des nazis. Qui est-il véritablement et quelles sont les informations dont il dispose ? Voilà ce qu'elle doit découvrir. Telle est la mission confiée par Jack Shelley. Un coup d'œil dans les petites affaires de Beck serait profitable à Dieu et à l'Angleterre. Betty s'en charge. De Dieu et de l'Angleterre. Des nazis et du comte Lubienski aussi. Car Lubienski a accès à tous les documents, il est de chaque conférence, le futur de la Pologne ne peut être négocié sans qu'il en soit averti. Après le dîner, le comte s'incline devant Betty et la prie de lui accorder une valse. Elle se laisse faire, glisse entre ses bras, sa tête tombe sur son épaule, elle sent sa main caresser son dos, puis descendre vers la taille et s'en emparer. Tout est parfait. Cet homme est à elle, elle imagine que c'est celui d'une vie.

– Il se passe quelque chose, n'est-ce pas ? murmure-t-il à son oreille. J'en mettrais ma main au feu.

Elle éclate de rire tandis qu'il resserre son étreinte.

– Puis-je vous appeler demain ? poursuit-il. Puis-je vous revoir ? Je vous en prie…

– J'aimerais beaucoup, répond-elle en minaudant.

Le jour suivant, un énorme bouquet de roses au camaïeu pastel est déposé à son logis. Une carte gravée l'accompagne. « Comte Lubienski, avec son meilleur souvenir. » Elle se penche vers les fleurs aux pétales lourds, le parfum est envoûtant. Elle est en tenue légère, se laisse emporter par le souvenir de la nuit et tourbillonne dans le salon. Denise apparaît pour le petit déjeuner, elle pense que c'est un jeu et se précipite dans les bras de sa mère, qui la repousse. Michal, il se prénomme Michal ! Elle a à peine le temps de terminer son café que la bonne annonce :

– Le comte Lubienski au téléphone pour vous, madame.

Ils dînent ensemble ce soir-là. Et le soir d'après et celui d'après encore. Betty ne mange rien, et ne boit pas grand-chose. Ils bavardent pendant des heures. C'est une évidence, ils sont faits l'un pour l'autre. Il l'avoue tout de suite à Betty : il est marié, il a deux enfants qu'il adore. Ils sont en villégiature sur la Riviera pour les vacances d'été. Sa femme est sa meilleure amie. Il ne veut pas la détruire, il est catholique. Mais il est tombé passionnément amoureux de Betty Pack, il sait que c'est pour toujours. Cette ferveur si slave !

Betty lui confie les clés de son appartement, il arrive le soir quand les domestiques sont couchés et repart de bon matin avant leur réveil. Betty lui raconte Arthur et Denise, elle oublie Tony. Qu'y a-t-il à dire sur Tony ou à expliquer ? L'infamie lui explose à la figure chaque fois qu'elle y songe. Lubienski lui fait découvrir la vieille ville, qu'ils arpentent main dans la main. Voici le château, résidence des rois du XVIe au XVIIIe siècle, la colonne au milieu de la place est surmontée de la statue de Sigismond III, érigée en 1644. Quel charme a ce quartier, un doux mélange de rococo et de classicisme, avec ses portiques et ses maisons aux façades colorées ! Attention, les marches des ruelles sont inégales, les talons de Betty claquent sur les pavés. Ils se nourrissent d'écrevisses dans les tavernes des bords de la Vistule, la ville est gaie, dans les estaminets on danse sur les tables au milieu des rires et des applaudissements. Les conversations vont bon train, il n'est pas question d'avenir. Un jour, ils se baignent complètement nus dans le fleuve. Ce mois de juin 1938 est peut-être le plus beau de la vie de Betty Pack. Elle est follement éprise de Michal Lubienski, cet aristocrate si chic et délicieusement démodé.

Des années plus tard, elle se remémorera ces moments avec un serrement de cœur, les promenades vespérales, les couchers de soleil, les dîners dans les joyeux cafés des rues empierrées de la vieille ville, le vin blanc, les *pierogis*, et le petit club de jazz derrière la place du château où ils dansent collé-serré. Betty se sent doublement heureuse. Elle est aimée par un homme extraordinaire, elle est dévouée à une cause qui lui tient à cœur. Comment associer les deux sans détruire l'un au profit de l'autre ? Ils sont inséparables. Le jour se lève, les forains installent leurs étals et Michal file au ministère. Et c'est là que ça devient vraiment intéressant. Les journées du comte Lubienski se passent aux côtés de Józef Beck, celui-là même qui négocie avec Hitler le partage de la Tchécoslovaquie. L'information est ultra-secrète. Les Sudètes abritent plus de trois millions d'Allemands, Hitler aimerait annexer la région. Pour le prix de son silence, le Führer promet à la Pologne une partie de la Silésie tchèque. Lubienski est loyal. La trahison de Beck le dépasse. Le soir venu, il raconte tout à Betty, avec moult détails. Il se confie sur le redéploiement militaire, le développement de l'industrie lourde, les querelles intestines, et puis Hitler, Hitler, Hitler qui passe son temps au téléphone avec Beck. Quand il la quitte aux premières heures de l'aube, Betty se précipite sur sa machine à écrire, tape des pages et des pages, retranscrit chaque détail, n'omet rien, ne trie pas les informations pour les restituer telles quelles.

– Cultivez l'amitié de cet homme haut placé, dit Jack Shelley à Betty Pack.

Les dépêches émanant de Betty Pack arrivent deux fois par semaine sur les téléscripteurs du renseignement à Londres. Mais le véritable problème du renseignement, ce n'est pas Hitler, ni Józef Beck, c'est le chef du gouvernement britannique lui-même. Le Premier ministre Neville Chamberlain prône l'apaisement et souhaite conserver des relations amicales avec Hitler. Amicales, et puis quoi encore !

Dans l'ombre, Winston Churchill établit un entrelacs d'informateurs qui vont bientôt déferler sur les plaines européennes. Des agents, des amateurs, des hommes d'affaires, des illégaux, des femmes d'exception qui adorent le secret, sentent la menace et ont décidé de matraquer les voyous. Ils interceptent, déchiffrent, rusent, ils se fondent dans la clandestinité. William Stephenson, Jack Shelley, John Leche, Ian Fleming, Roald Dahl, Montgomery Hyde… Autant de silhouettes dans une affolante mascarade. Betty Pack va les rejoindre et devenir l'une des pièces maîtresses du dispositif. L'ennemi a du souci à se faire, il va bientôt connaître le prix du sang.

2.

C'est à Poznań, berceau de l'État polonais, que repose le cœur du problème. À moins que cela soit la solution à tout. Dans une cave, sous un poste de commandement, au fin fond de la forêt de Kabacki, près de la ville de Pyry, à dix kilomètres au sud de Varsovie, il y a ce que l'on appelle la « chambre noire ». Peu le savent, car c'est un secret d'État. Betty connaît l'existence de ce lieu et sait que sont réunis là-bas des chercheurs en mathématiques, spécialisés dans le chiffre et le codage. Ils travaillent sous la direction du lieutenant Ciezki. Leur but : décrypter le renseignement allemand, percer à jour leur chiffre, infiltrer les communications secrètes. Nuit et jour, depuis des années, l'équipe se relaie sur cette machine que l'on surnomme Enigma. Elle a été conçue dans les années 1920 par un Allemand, comme une machine à écrire pouvant transmettre des messages impossibles à décoder. Lui-même s'était inspiré d'un projet hollandais. En 1928, les Américains, qui en possèdent un exemplaire, s'en débarrassent, estimant que cela ne servira jamais à rien. « Les *gentlemen* ne lisent pas le courrier des autres », stipule un secrétaire d'État dont l'Histoire a refusé de retenir le nom. En 1931, l'officier du chiffre allemand trahit son pays à la suite d'un chantage à l'adultère. Il vend Enigma au renseignement français. Mais les Français, petits bras, tombent sur un os et abandonnent vite. Ils passent la machine aux Anglais du SIS, qui parviennent à la même conclusion : Enigma ne peut être décodée. Ils la transmettent alors aux Polonais. En 1932, trois mathématiciens polonais percent le code et décryptent certains messages, mais le problème c'est que les Allemands modifient les codes en permanence. En 1933, les Polonais décodent de nouveau. Depuis, ils patinent dans la semoule et perdent espoir.

En 1934, les Polonais craquent enfin la machine sans prévenir les renseignements français et anglais. Le comte Lubienski, lui, le sait. Enigma et ses évolutions n'ont aucun secret pour lui. Donc aucun pour Betty Pack.

– Enigma, lui explique-t-il, ressemble à une machine à écrire classique. C'est une caisse en bois de trente centimètres de haut, qui pèse une douzaine de kilos. Quand l'opérateur tape une lettre sur le circuit électrique, toutes sont transformées. Le *a* peut ainsi devenir un *z*. La machine traduit des messages en une langue que seuls les Allemands connaissent. Et voilà le problème, il faut découvrir cette langue secrète. Enigma en est capable.

Avec précision, Lubienski explique les circuits électriques et mécaniques, le réseau complexe de fils qui allume une lampe indiquant la lettre chiffrée. Les rotors tournent et modifient la configuration du réseau chaque fois qu'une lettre est tapée. Enigma utilise une roue, le « réflecteur », et un « tableau de connexion », qui intensifient le processus de chiffrement. Les machines Enigma de l'armée et de l'aviation allemandes sont équipées de trois rotors brouilleurs, pour les premières versions. Le 15 décembre 1938, ce nombre est porté à cinq. Chaque rotor est marqué d'un chiffre romain afin de pouvoir les distinguer.

– Pour résumer, ma chérie, explique le comte Lubienski, il

y a cent cinquante-neuf milliards de permutations possibles. En venir à bout est une mission impossible !

– Rien n'est impossible, mon amour, rétorque Betty Pack.

C'est alors que William Stephenson décide de s'en mêler. Nom de code Intrépide. Né à Winnipeg, Manitoba, ce rat de bibliothèque au sens des affaires aigu est aussi curieux qu'infatigable. Héros de l'aviation militaire en 1918. Les cheveux gominés, le visage fermé, le sourire rare. Une beauté un peu rude, rehaussée par une cicatrice au coin des lèvres. Un physique duquel émane une certaine puissance. On dispose de très peu de photos de lui. Dans les années 1920, il s'installe en Angleterre. Dans les années 1930, il investit dans l'acier, et effectue de nombreux voyages en Allemagne. Il y découvre la violation du traité de Versailles, l'Allemagne remilitarise. Il en informe son cher ami Churchill, qui s'alarme. Et c'est ainsi que Stephenson est remarqué par le renseignement britannique. Il va bientôt diriger une organisation très spéciale en son sein, créée par Churchill lui-même, le BSC, un service de renseignement britannique sur le sol américain. Mais n'allons pas trop vite, Churchill n'est pas encore au pouvoir.

Stephenson a des contacts en Allemagne, notamment le baron Thyssen, roi de l'acier et proche d'Hitler. L'Allemagne se prépare à la guerre en s'appuyant sur l'acier et le cryptage. Les Allemands ont une confiance absolue en Enigma, ils en fabriquent cent mille exemplaires, persuadés que les Alliés ne déchiffreront jamais rien. Enigma sera bientôt au cœur de toutes les ambitions. Enigma, cette machine qu'ils ont tous eue entre les mains et qu'ils n'ont même pas été capables de faire fonctionner.

D'Intrépide à Wordsworth : Enigma est vitale.

De Wordsworth à Intrépide : Betty Pack est sur le coup.

D'Intrépide à Wordsworth : Qui est Betty Pack ?
De Wordsworth à Intrépide : Une recrue potentielle.
D'Intrépide à Wordsworth : Il lui faut un nom de code.
De Wordsworth à Intrépide : Attendons qu'elle ait fait ses preuves.
De Betty Pack à Wordsworth : La cible est dans mon lit, tous les espoirs sont permis.

Betty se penche vers Michal et lui caresse les tempes. Il est dévasté. La fin de l'été est proche, son épouse et ses enfants vont rentrer de Monte-Carlo. Il a reçu un télégramme avec les horaires d'arrivée du train. Comment concilier son histoire d'amour avec Betty et le quotidien ? Deux rides barrent son front. Les mêmes marquent celui de Betty, lorsqu'elle feuillette les documents qu'il lui a remis. Tout est là ! Betty transmet toutes les informations dont elle dispose. Le lieu de la « chambre noire » dans laquelle est conçue Enigma, les manuels qui expliquent comment fabriquer la machine, ceux qui analysent son fonctionnement, la bombe cryptologique, l'analyse mathématique du chiffrement, les photographies de la structure, le plan d'assemblage, celui du câblage interne du système de roues permettant le réglage quotidien, les schémas pour la construction d'un prototype… Oui, les modèles pour la construction d'un prototype Enigma ! C'est le chaînon manquant. William Stephenson n'oubliera jamais plus le nom de Betty Pack.

Quelques années plus tard, en 1942, grâce à Enigma, les Anglais décrypteront plus de quatre-vingt-quatre mille messages allemands chaque mois. Enigma précipitera la fin de la guerre et contribuera à la victoire alliée. Les Allemands ne se douteront pas que leurs messages sont décodés. Ils ne connaîtront jamais Bletchley, ce village situé dans une légère dépression du Buckinghamshire, au nord-ouest de Londres, une bourgade réputée pour ses briqueteries et ses gares de triage, et surtout pour être le point le plus éloigné de la mer et… d'un éventuel débarquement à cent kilomètres des côtes. Pas plus qu'ils ne se douteront que dans un manoir du XIXe siècle, au style pseudo-Tudor teinté de baroque hollandais, se réunit chaque jour le club des amateurs de golf, d'échecs et de fromages. Des savants, des aventuriers, des mathématiciens, qui se penchent sur une étrange machine, le secret le mieux gardé de toute l'Angleterre. Le travail d'Alan Turing pour casser les messages allemands a profondément changé le cours de la Seconde Guerre mondiale. Le débarquement de l'été 1944 a pu être préparé en toute sérénité grâce au génie d'un mathématicien et de son équipe. N'oublions jamais qu'avant lui Betty Pack a risqué sa vie pour Enigma. Elle est l'espionne dont l'Angleterre a besoin, elle est enfin la femme qu'elle a toujours souhaité devenir.

3.

– Elle est dans le train pour Nuremberg, déclare Jack Shelley.

– Qu'elle écoute aux portes, puis qu'elle descende à Prague, ordonne William Stephenson.

– Qui est cette fille ? s'étonne Churchill.

– Elle est en première ligne, soupire Montgomery Hyde.

– Elle compte pour vous, n'est-ce pas ? s'amuse Shelley.

– Elle compte pour nous tous, rétorque Hyde, à fleur de peau.

– Prague, la mission est essentielle, tonne Stephenson.

– Il lui faut un complice.

– Accordé.

– Je vais organiser les services secrets, assène Churchill en tirant sur son Romeo y Julieta. Avec Stephenson à sa tête. Cette fille aura sa place.

C'est le matin même en s'habillant que Michal a laissé échapper qu'il partait en Allemagne à la place de Beck. Hitler a ordonné la présence d'un officiel polonais au rassemblement annuel du parti nazi qui se tient à Nuremberg ce 11 septembre 1938. Mais Beck s'affole : l'Allemagne avance trop vite et trop loin, quel tournant terrifiant que l'Anschluss ! Il se méfie des réactions européennes et choisit d'envoyer son bras droit à sa place, le comte Lubienski. C'est lui qui agitera les drapeaux rouge et noir avec la svastika en son centre. Quelle aubaine, songe Betty, Michal va avoir une audience privée avec le Führer.

La compagnie des chemins de fer a prévu de nombreux trains supplémentaires en gare de Varsovie. Toutefois, en cette soirée du 10 septembre 1938, les mauvaises conditions atmosphériques empêchent la mise à quai à l'heure des convois, qui partent avec beaucoup de retard. Une chance pour Betty qui ne trouve pas de taxi. Il y a un encombrement épouvantable, toutes les rues sont bouchées. La vieille horloge de la gare aligne ses aiguilles sur le neuf. Betty Pack se précipite le long du quai, et se repère à la ligne peinte. Cela grouille de familles qui s'en reviennent de villégiature. Des monceaux de courrier sont entassés dans un coin. Des gens cavalent, d'autres s'égosillent, clameurs, gémissements, l'âme humaine est ballottée sens dessus dessous. Betty ne distingue pas grand-chose. Quel est ce brouillard à couper au couteau ? Le Nord-Express vient d'être annoncé. Une lampe signal passe du rouge au vert, un sifflement de vapeur s'échappe des soupapes, les essieux se meuvent dans un grondement sourd, le train va partir. Pas sans elle, Michal l'attend. Le convoi s'ébranle, un coup de sifflet déchire la nuit. Une main se tend, elle bondit sur le marchepied, elle est soulevée, puis étouffée entre ses bras.

– Que s'est-il passé ? J'ai cru que tu n'arriverais jamais...

– Un accident, mais tout est arrangé.

Il la tient par la main le long du corridor étroit, entre les voitures les soufflets sont recouverts de velours vert foncé. À peine installés dans leur compartiment, Lubienski ferme les rideaux pour plus d'intimité. Les petites lampes voilées d'abat-jour rouges se reflètent dans les vitres. Ce que Betty n'avoue pas à son amant, c'est qu'elle a été retardée par sa communication téléphonique avec Jack Shelley. Elle lui a annoncé son départ, il lui a donné son accord après avoir essayé de la dissuader. Trop risqué de perdre un agent aussi valable. Mais Betty Pack n'en fait qu'à sa tête. Lubienski éteint le ventilateur en cuivre. Tout est calme, presque trop. Le barman frappe à la porte, il propose des cocktails et des zakouskis avant le dîner prévu à neuf heures et demie. Michal et Betty n'ont pas faim. Le barman repart l'air grincheux. La voiture-lit est habillée de parois lambrissées en laque, des panneaux de verre moulé Lalique aux motifs de naïades sont enchâssés dans des boiseries de ronce d'acajou. Betty déplie un mouchoir imprégné d'une eau de Guerlain pour sa toilette du soir, elle se déshabille, se love dans la couchette sous la couverture damassée. Michal tire la chaînette de la petite lampe en bronze près de l'oreiller. Quand il s'aperçoit que les étoiles sur l'épaisse moquette de laine scintillent dans la nuit, il se penche pour le dire à Betty mais elle est déjà endormie. Les rails luisants renvoient la lumière rouge, jaune et verte des signaux, les pampilles des appliques en cristal oscillent à chaque tournant. Le train file vers Nuremberg via Prague. Quelques heures plus tard, la sonnette résonne dans la luxueuse pénombre pour annoncer le petit déjeuner, « premier service ».

Betty sourit. Elle sait pertinemment qu'elle ne peut accompagner son amant au rassemblement nazi en tant qu'épouse de diplomate anglais. Ils se retrouveront dans deux jours à Berlin. Si tout va bien.

La locomotive en acier bleu s'immobilise dans un chuintement de vapeur, souffle et crache. Cintrée dans un manteau croisé couleur chameau à grosses surpiqûres sur le col et les manches, sur la tête un feutre crème garni de plumes, Betty Pack saute du marchepied, hèle un porteur pour sa malle. Le temps est frais à Prague. Un esprit de liberté souffle ici. Le tourbillon de l'Histoire aussi, il est tout à la fois bohème, slovaque et moldave. Betty s'enthousiasme pour cette ville, ses ruelles sinueuses aux maisons colorées, ses kiosques baroques et ses belvédères à bulbes. Elle grimpe les deux cent quatre-dix-neuf marches de la tour de l'Observatoire, près de cent clochers s'élèvent au-dessus de la cité. Sur le pont Charles, Betty croise Montgomery Hyde qui lui fait un clin d'œil. Elle sait qui sera son partenaire ce soir.

À minuit, tout est calme. Betty Pack quitte l'hôtel Europa et se dirige vers la synagogue. Les rues sont désertes. Un policier en patrouille pourrait se demander ce que fait une femme seule à arpenter les rues alors que la ville dort. Betty a prévu sa réponse. Elle s'est disputée avec son mari, l'a quitté et, désespérée, elle cherche de l'aide. Mais elle ne croise pas âme qui vive. Elle passe furtivement dans des venelles zigzagantes, longe un exquis jardin de curé, rase des maisons aux façades asymétriques portant de vastes oriels insolites, traverse une porte au gothique effrayant. Elle arrive au 4 Hybernská, devant les bureaux de Konrad Henlein, chef du parti sudète pro-nazi. Un ancien professeur de gymnastique, empêtré dans un scandale homosexuel, qui a vu sa vie changer avec la question de l'autonomie tchèque. Il est à la solde d'Hitler, mais a expliqué à Churchill être en mesure de raisonner le Führer. Le lendemain, il trinque avec Ribbentrop et lui assure que les Anglais ne s'opposeront jamais à l'annexion des Sudètes. Qu'en est-il réellement ? La seule manière de le savoir est de forcer le tiroir secret de son secrétaire. Car le temps presse. Neville Chamberlain, au bout du rouleau, vient de rencontrer Hitler à Berchtesgaden pour négocier l'avenir des Sudètes et prolonger la paix. Trois millions d'Allemands vivant dans la région des monts Sudètes en Tchécoslovaquie demandent leur rattachement au Reich. Mais quelle est la véritable intention du Führer ? Si quelqu'un le sait, c'est bien Konrad Henlein.

Montgomery Hyde émerge de l'ombre et glisse son bras autour de la taille de Betty. Formalités et autres mots de passe sont aussitôt échangés, ils descendent le boulevard comme un couple d'amants. Il l'embrasse sous un lampadaire, sa main caresse la blancheur de son cou, et il lui murmure à l'oreille que l'immeuble derrière eux est celui qu'elle doit surveiller. Attendre devant la porte quoi qu'il arrive et le prévenir en cas de visite inopportune. Betty acquiesce.

– Utilisez votre charme, votre intelligence, votre à-propos, mais empêchez quiconque d'entrer. Et si quelqu'un essaie, mettez-vous à crier que c'est la fin du monde, faites en sorte que la personne craigne pour sa vie et s'enfuie. Il ne s'agit après tout que d'un simple cambriolage, précise Hyde.

Les serrures ne résistent pas longtemps à l'espion confirmé. Le domaine du Tchèque s'offre à lui. En bas, Betty aimerait fumer. Elle pense à Michal qui l'attend à Berlin, à Arthur en Angleterre, à Carlos, elle pense à tout sauf à Montgomery Hyde en train de forcer le bureau de Konrad Henlein. Soudain, une bouche sur sa nuque, il la presse contre lui et s'égare dans un baiser langoureux.

– C'est fait, souffle-t-il à son oreille.

Betty Pack retrouve le comte Lubienski à la gare de Berlin. Ils passent le portillon d'accès au train et rentrent ensemble à Varsovie par le Simplon-Express. À travers la fenêtre en forme de calisson de la porte du wagon, le jour passe. D'élégants motifs en laque sont incrustés dans les lambris en sycomore. Michal relève les lames de verre mobiles de la fenêtre, il fait chaud. Le train tremble, s'ébroue et crépite, la locomotive lance des jets de vapeur, on dirait qu'elle a autant hâte de quitter l'Allemagne que Betty Pack.

– Bientôt nous avancerons chacun de notre côté, peut-être même que nous ne nous reconnaîtrons pas, lance Michal en soupirant.

– Pourquoi dis-tu cela ?

– Si la Pologne rejoint l'Allemagne, nous serons ennemis, chérie. Hitler a promis un soutien absolu à la Pologne dans ses revendications sur la Tchécoslovaquie. Notre histoire est vouée à l'échec, nous allons être séparés, déchirés.

Betty ne répond pas. Elle ne pense qu'à sa mission réussie. Elle place sa serviette en cuir sous la couchette du wagon-lit. À l'intérieur, les photographies des dossiers confidentiels de Konrad Henlein. Dont une carte avec des légendes en couleurs. Des flèches, des suppositions. Des explications glaçantes. C'est le plan d'Hitler concernant l'annexion de l'Europe centrale dans les trois années à venir. Son intention est d'avaler l'Europe, toute l'Europe. Choisir Londres pour capitale. Installer une marionnette sur le trône des Windsor. La profonde nazification de la société est en marche… Betty transmet les documents à Jack Shelley, qui les fait passer immédiatement à Stephenson, puis à Winston Churchill. Ce dernier sait que la fin de la paix est proche. Et que pour lui, c'est bientôt le commencement. « La paix à tout prix », clame Chamberlain à qui veut l'entendre. Pauvre vieux chou rabougri, si tu savais… Le diable n'a pas fini de rire.

4.

Le comte Lubienski a trop lu les romantiques russes. Il répète à Betty qu'il va divorcer pour l'épouser en grande pompe en la cathédrale Saint-Florian. Que d'inconséquence, songe cette dernière qui tente de refréner ses ardeurs. Elle aussi est follement éprise, certes, mais elle doit demeurer dans l'ombre, à l'écoute des secrets d'alcôve qu'il lui rapporte. Lubienski est un homme profondément honnête, il tient le mensonge en horreur. Aristocrate, donc homme d'honneur, il se sent protégé par ses quartiers de noblesse. Il se dit prêt à se battre en duel avec quiconque en douterait. Emporté par sa passion, il se confie au ministre des Affaires étrangères et à sa propre femme. C'est ballot, et les effets ne se font pas attendre.

S'engager avec une Américaine mariée à un diplomate anglais ? Józef Beck lui explique que c'est impensable.

C'est une affaire de politique internationale, et les temps ne sont pas au beau fixe, c'est le moins qu'on puisse dire. Lubienski tombe des nues, chevaleresque, il pensait agir avec panache, il se rend compte que tout le monde le prend pour un imbécile. Pire, Beck menace de le ficher dehors. Quant à sa femme, elle lui claque la porte au nez, embarque les enfants et retourne à Monte-Carlo avec pertes et fracas.

Tant pis pour sa carrière, tant pis pour sa famille. Seule Betty compte, et ce feu intense qui les unit. Leur mariage sera un refuge. Ils s'installeront en Angleterre ou en Amérique, en Pologne ou en France. Peu importe. Il ne verra pas beaucoup les siens au début, mais la situation finira par s'arranger. L'avenir est radieux tant que Betty Pack est lovée dans ses bras. Ils vont fêter sa décision, cette nouvelle vie, en se roulant sur les peaux de tigre de la chambre de sa fiancée. Il se précipite chez elle et tambourine à la porte de l'Ulica Frascati, les bras chargés de caviar et de vodka. Dans la poche intérieure de son veston, le diamant de sa mère, une pierre offerte par un prétendant russe éconduit. Betty ouvre la porte elle-même, elle a libéré les domestiques pour la soirée. Denise et Juanquita sont consignées dans la nurserie avec la scarlatine. Michal se jette sur Betty, interloquée par tant de ferveur. Il lui annonce qu'il a tout envoyé balader, éclate de rire. Il fredonne une fugue de Chopin en la faisant valser. Il poursuit avec le récit du mariage, de la vie à deux et…

– Et pourquoi pas des enfants pendant qu'on y est ! Un chien, un chat ? Enfin, Michal !

Blême, Michal s'agenouille à ses pieds. Elle le repousse et se laisse tomber dans un fauteuil en cuir de Cordoue. Son amant, son meilleur ami, cet homme qu'elle adore est en train de la torpiller avec ses idées saugrenues. Il est sa source la plus sûre. Elle lui doit Enigma et le plan d'annexion de l'Allemagne. Abasourdie, elle balbutie, se reprend, s'étouffe. Que rien ne change, son renvoi serait un désastre. Tout était si parfait. Arthur si loin, en convalescence, Beck en confiance, le renseignement britannique aux anges. Elle ne peut décemment lui expliquer qu'elle est une espionne. Alors elle choisit la froideur.

– Je ne peux pas t'épouser, je suis une solitaire. Je ne suis pas sentimentale, je vais te briser le cœur. Je suis déjà mariée ! Et j'entends le rester, Michal.

– Je ne comprends pas.

– Il n'y a rien à comprendre. Je ne vais pas t'épouser, ma vie n'est pas rangée. Ne peut-on pas continuer ainsi ?

Il est dévasté. Il a cru en cette passion, a imaginé leur vie, il était persuadé qu'elle accepterait, il ne s'en remettra jamais. Il lui en veut terriblement. Comment pourrait-il deviner qu'une espionne n'a pas d'existence propre ? Betty serre les dents. Elle a l'habitude de masquer ses sentiments. Son chagrin, elle l'enfouit au plus profond d'elle-même.

– Récupère ta femme, file chez Beck, évoque un coup de folie, je t'en prie, Michal, pour l'amour de moi, réfléchis, bon sang ! Je suis épouse de diplomate. Nos pays sont au bord d'une guerre mondiale !

Betty veut croire qu'il peut réparer son erreur. Elle se met sacrément le doigt dans l'œil. La comtesse Lubienska s'est répandue dans tout Varsovie, Betty est vilipendée, honnie, accusée d'être une gourgandine. Józef Beck se fend d'une lettre à l'ambassadeur britannique en se plaignant de la conduite éhontée de la dénommée Mrs Pack. Il réclame son extradition immédiate. Quel imbécile. Tout fonctionnait si bien… Betty est anéantie, Michal désespéré. Qu'a-t-il fait, mais quelle bêtise qu'un homme amoureux !

– Tu n'as rien compris, Michal, le mensonge sauve de tout.

– Il faut qu'elle parte, ordonne Józef Beck.

– Cette fille n'est pas ce qu'elle prétend être, estime le chef du renseignement polonais.

– Il faut la couvrir, déclare William Stephenson. Il vaut mieux perdre une bataille qu'une telle source de renseignements.

– J'ai une idée, assure Jack Shelley.

– Promets-moi d'arrêter de jouer les Scarlett O'Hara, supplie Michal, je t'aime tant.

Betty a toujours su qu'elle devrait un jour retourner vers Arthur. Elle ne pensait pas que cela arriverait aussi rapidement.

Et Jack Shelley sacrifie Lubienski pour sauver Betty. Il lance la rumeur. Lubienski serait pro-nazi. Il aurait couché avec Betty pour la piéger, arracher des informations pour le compte de ses amis allemands. Après tout, il travaille sous les ordres de Józef Beck et tout le monde sait de quel côté se situe Beck. La situation est intenable. Betty s'est fait avoir sur toute la ligne. Elle perd l'homme de sa vie, mais Shelley la sauve. C'est brillant, elle doit le reconnaître !

– Vous avez vingt-quatre heures, lui explique-t-il.

Elle le sait déjà, la police spéciale est devant la porte pour l'escorter à l'aéroport. Elle veut lui dire au revoir. Avant de se quitter, parce que cet amour est plus grand qu'eux. Il vient la chercher et l'emmène chez lui. Pour la première fois. C'est grandiose et suranné, comme lui. Un rien poussiéreux et tellement romantique. Dans le hall d'entrée à la hauteur de plafond démesurée, un escalier en chêne spectaculaire. Des tapisseries anciennes se partagent les murs avec des tableaux Renaissance, de vieux messieurs sinistres ou des douairières au regard vicieux qui vous surveillent du coin de l'œil. Betty est ébahie, c'est un palais. Lambris, moulures, bois sombres, carrelage vieillot, fauteuils clubs entourant la cheminée du salon. Un feu s'y consume, la bibliothèque fait le tour de la pièce. Les plombures des vitres évoquent des barreaux de prison, tout est silencieux et austère. Des générations ont vécu ici, le passé de toute une famille s'est engouffré et n'en est jamais sorti, Betty comprend mieux son amant, il vit dans un monde en déliquescence. Il met le bras autour de sa taille, et caresse son visage. Il est si grand, un chevalier prêt à en découdre. Où sont sa lance et son armure, son heaume et son épée ? Le combat du dernier des Lubienski est le plus difficile à mener.

– Je veux que tu laisses ton empreinte ici. Comme eux. Regarde autour de toi, ils sont partout, je vis avec eux depuis si longtemps. Ton souvenir doit demeurer ici, à jamais. Je veux que tu passes tes doigts sur le dos de chacun de ces livres, je veux que tu fixes chaque tableau pour qu'il me renvoie ton image, je veux que tu roules nue sur les tapis, je veux te baiser dans la salle de bain et dans la chambre des enfants, dans la cuisine et le grand escalier, dans mon lit et dans celui de ma femme. Je veux que tu fumes cette pipe que je chéris, je veux te voir offerte dans ce canapé défraîchi, je veux que tu cries, que tu pleures, je veux que tu te donnes et que tu oublies tout, je veux voir ma maison se gorger de toi, Betty Pack, je veux la voir devenir folle, ivre, tourner sur elle-même dans une polka démoniaque. Ainsi, quand tu seras rentrée en Angleterre, je fermerai les yeux, je t'imaginerai, je me souviendrai de toi ici et survivrai peut-être. Tu seras toujours en moi, toujours. Je t'aime, mon amour, et je te retrouverai, crois-moi.

Quelques heures plus tard, elle est conduite à l'aéroport, et jetée dans le premier avion pour Londres. Elle laisse derrière elle un aristocrate dévasté, un pays fragilisé, une nurse chilienne et une fillette de quatre ans.

À l'arrivée, elle se précipite au siège du renseignement, à Baker Street. Là-bas, on les appelle les Irréguliers. On a de l'humour dans l'espionnage, on apprécie Conan Doyle. Bientôt ils seront la section D, pour Destruction, puis SOE (Special Operation Executive). Et enfin BSC, avec l'avènement de Churchill. Ils sont déterminés à mener le combat contre le nazisme envers et contre l'opinion pacifiste, à résister à Hitler par tous les moyens possibles. Leurs armes : le renseignement et les techniques de la guérilla. Pour l'heure, ils l'étudient, l'écoutent, ils savent ce dont elle est capable, ils aimeraient connaître la suite, ils sont curieux, terriblement attentifs. Cette fille a vingt-sept ans, elle voue une haine tenace à Hitler et semble plus audacieuse qu'eux tous réunis. Quand elle tape sur la table, Ian Fleming sursaute, il déteste la violence. C'est pour cela qu'il est le meilleur pour poser des bombes sous l'eau. Il ne les entend pas exploser. Quand elle se met à crier, Roald Dahl soupire, il ne supporte plus le bruit depuis qu'il s'est crashé en Égypte sur son biplan Gloster Gladiator. Impassible, le colonel Stewart Menzies, nom de code C., observe Betty Pack.

– Je vous ai apporté le plan d'invasion du Reich sur trois ans. Et vous n'êtes pas fichus d'assurer mes arrières ? Débrouillez-vous, renvoyez-moi là-bas, je veux lui dire au revoir, fulmine Betty.

– Sous quel prétexte ?

– J'ai laissé ma fille.

– Pardon ?

– Oui, j'ai laissé ma petite fille, n'est-ce pas une bonne excuse ?

– La meilleure, en effet, vous avez une semaine.

Le 20 septembre 1938, Betty obtient du gouvernement polonais le droit de retourner à Varsovie et d'y demeurer sept jours, pas un de plus. Le temps de faire ses malles et de ramener sa sale gamine. Interdiction de rencontrer qui que ce soit. Le problème avec les espions, c'est qu'on n'est jamais sûr de rien. Betty Pack promet, mais elle n'a aucune parole. Et quand elle arrive à l'aéroport, Michal Lubienski l'attend en bas de la passerelle. Elle se jette dans ses bras, ils s'engouffrent dans une Fiat-Polski et filent sur la voie royale vers une datcha au cœur de la forêt de Bialowieza. Personne ne sait ce qu'ils se sont dit. Personne ne les a vus entrer ni sortir. On a supposé des rires, des sanglots aussi, des plaisirs inavouables, l'amour, l'amour toujours ! Une semaine plus tard, Betty Pack regagne l'Angleterre, la nourrice et l'enfant derrière elle.

– Je te retrouverai, Michal, même si cela met vingt ans, promet-elle.

Cela prendra beaucoup plus de temps.

Le 30 septembre 1938, par les accords de Munich, le gouvernement français d'Édouard Daladier et la nation anglaise de Neville Chamberlain abandonnent les Tchèques, donnant satisfaction aux revendications d'Hitler. Winston Churchill est furieux. La veille, il a présenté à Chamberlain le plan d'annexion de l'Europe, cette fameuse carte volée par Betty Pack à Prague, au péril de sa vie.

Chamberlain, dépassé, levant les bras au ciel, a rétorqué :

– L'Histoire est en marche, c'est trop tard, Winston.

– L'Histoire se fera sans vous, Neville, a aussitôt répondu Churchill en vidant cul sec son whisky et en explosant le verre sur la table de marbre.

Betty passe en coup de vent à Dorrington pour rendre visite à son fils. Le petit garçon a huit ans, il est beau et vif, mais ne prononce pas un mot en sa présence. Dans le taxi qui la ramène à Londres, Betty songe qu'il ne bégaye peut-être plus. C'est bien. Arthur semble aller mieux, il est de nouveau muté au Chili. À des milliers de kilomètres de l'Europe, Betty Pack est un espion sans mission.

Un an plus tard, le 1er septembre 1939, la Pologne est envahie par le Reich. Au ministère des Affaires étrangères, le comte Lubienski allume un feu de joie avec tous les dossiers. Puis il pénètre chez lui pour la dernière fois, effleure les meubles touchés par Betty Pack, regarde les tableaux qu'elle a caressés des yeux, ce lit dans lequel elle s'est étendue. Il tire la porte de sa chambre, dégringole le grand escalier, ferme à double tour les serrures du palais familial, jette les clés dans la Vistule, puis prend l'avion pour la Suisse, où il s'établit avec sa famille.

Bon vent, cher journal, j'ai onze ans.

C'est un conte napolitain, il s'appelle Fioretta. *C'est moi qui l'ai écrit. Pour lui. D'ailleurs, je le lui ai dédié. À mon papa, le major George Cyrus Thorpe. C'est une histoire d'amour. Cora a levé au ciel ses yeux quand elle a su. Jane et Georgie Boy se sont jetés sur leurs crayons de couleur pour griffonner des dessins épouvantables. Ils les ont mis sous le nez de Papa en disant : c'est un conte napolitain, c'est un conte napolitain ! Je suis furieuse après ces deux-là. Je déteste les enfants, je n'en aurai jamais. Les enfants, c'est pénible, ça ne sert à rien. Et puis, Georgie Boy a mal au cœur en voiture, et Jane saigne du nez.*

C'est un conte napolitain et c'est pour lui. Il faut qu'il le lise. Je ne suis jamais allée à Naples, mais je connais Pearl Harbor, nous y habitons. C'est sûrement pareil. Papa est le chef d'état-major du Deuxième Corps des Marines. J'aime le soleil et j'aime mon père. C'est tout. C'est pour lui.

Papa a enfin lu Fioretta *et il dit que c'est formidable. Et qu'il faut l'imprimer comme un vrai livre. Il engage un monsieur pour l'illustrer. Je suis tellement fière.* Fioretta, *c'est l'histoire d'amour d'une petite Italienne qui vit à Naples et qui aime son père plus que tout au monde. Elle souhaite détruire tout ce qui les sépare. Elle n'a pas de mère. Elle n'a pas de frère, ni de sœur. Juste lui, son père. Ils sont si forts quand ils sont ensemble. Parfois il y a des obstacles, mais Fioretta ment comme un arracheur de dents, et les obstacles s'évanouissent aussitôt. Fioretta a compris qu'en se cachant derrière un joli sourire, tout lui réussirait. Elle n'en fait qu'à sa tête. Papa est si heureux qu'il montre le livre à tout le monde. Il a promis qu'Harrington, le gouverneur d'Hawaï, se chargerait de la préface. Moi, ça ne me plaît pas. Je n'ai pas écrit ce livre pour le gouverneur, mais pour mon papa. Je veux que Papa écrive la préface. Il a dit non, c'est le gouverneur. Le livre a fait le tour d'Hawaï. Et le journal local en a parlé : « Cet ouvrage de jeunesse, publié par cette enfant si intéressante, montre au public d'Hawaï les grands traits d'une personnalité fascinante. »*

Papa m'a demandé comment j'avais écrit Fioretta. *Je lui ai dit : en restant étendue parmi les fleurs, en écoutant le vent dans les palmiers et le ronronnement des bateaux à moteur dans la baie d'Oahu. J'adore être seule. Ce sont les seuls moments où je ne fais pas semblant, les seuls moments où je me sens bien, je suis ma meilleure amie. Je n'ai besoin de personne, à part lui.*

À l'automne, Papa tombe malade, Cora est très inquiète. Nous rentrons en Amérique pour qu'il se soigne.

– Est-ce que c'est grave ? C'est sa blessure de guerre, c'est ça ?

– Ce n'est pas grave, mais ton père doit se reposer.

Après vingt-quatre années dans la Marine, mon papa prend sa retraite et nous rentrons en Amérique à bord de l'USS Cambria. *Papa possède plusieurs exemplaires de* Fioretta *et il en distribue à tout le navire. Nous sommes même invités à dîner à la table du capitaine, et je suis placée à sa droite !*

– Cette enfant a une intelligence exceptionnelle, dit le capitaine.

– On n'aura pas grand mal à la marier, répond Cora.
Je fais semblant d'aimer ma mère pour me rapprocher de mon père. Je suis un écrivain, je ne veux pas me marier, j'ai écrit un conte napolitain. Bon vent, cher journal, j'ai onze ans.

Pagaille à Santiago

1939-1940

1.

De l'art de la couverture : utiliser ce qui existe et le développer. L'amplifier. L'enrichir. L'exposer. Faire émerger le mensonge de la vérité vraie. Inventer à partir de ce qui est. Ne jamais se prendre pour un démiurge. Ou une énigme. Cela serait faire preuve d'égocentrisme, ou de narcissisme. Souvenez-vous, les espions ne sont personne. D'aucun complot ni d'aucune victoire. Sans revendications ni suppliques. Ils sont dormants, doubles ou transfuges, influents ou provocants. Ils sont clandestins, séducteurs, fins, malicieux, invisibles. Ce sont des guetteurs, des êtres d'une essence supérieure, ils sont adeptes du faux-semblant et de la dissimulation. Leur identité se construit peu à peu, avec patience. Beaucoup de patience.

Depuis le fin fond du Chili, ce trou perdu du bout du monde, Betty Pack s'agace en se demandant vraiment ce qu'elle fiche là. Elle était au cœur des négociations, elle touchait la guerre du doigt, et la voici soudain propulsée sous le soleil de Santiago à siroter des mandarin-curaçao en compagnie d'épouses de diplomates désabusées. Le printemps 1939 s'étire interminablement. Même les condors s'abrutissent, trois battements d'ailes et s'en reviennent épuisés. Adieu le folklore et l'excitation de la nouveauté, Betty s'ennuie et déteste ça. Elle n'a plus d'amant, Alfredo Uribe est parti courir la gueuse sous d'autres cieux. Certes, elle l'a aimé. Carlos aussi. Et surtout Michal, son aristocrate polonais. Betty s'ennuie à mourir dans les cocktails mondains, sur les terrains de polo, aux soirées de l'ambassade, dans le lit de son mari. Et puis avoir Denise dans les pattes est plus qu'elle ne peut supporter. Varsovie l'a transformée, Betty Pack veut de l'action, du sang, des larmes, de la peur, du danger ! Elle a l'impression d'avoir perdu tout contact avec le Service, elle ne comprend pas. Ce qu'elle leur a apporté était de tout premier ordre. Pourquoi ce silence ? Que s'est-il passé ? Elle ne sait qui contacter. John Leche est aux abonnés absents, Jack Shelley de même. Les frontières du monde ont évolué, l'Allemagne galope droit devant dans une cadence infernale, elle engloutit l'Europe. Et le renseignement dans tout cela ? Il est partout, c'est un fantôme. Il est puissant, c'est un conquistador.

Ce que Betty ignore, c'est qu'ils la testent. Ce dont elle n'a pas conscience, c'est la couverture qu'ils sont en train de fabriquer et dont elle usera sa vie durant. Après la fugue slave, il était impensable de l'installer en Angleterre ou aux États-Unis. Cela aurait soulevé trop de questions. Pourquoi son gouvernement la protégerait-il ? Les relations avec le comte Lubienski ont donné lieu à des échanges d'informations, mais qui était le chat et qui la souris ? La renvoyer au Chili leur a semblé la solution la plus sage. Bon retour dans les Andes, une affectation qui n'est pas une gloire pour Arthur, plutôt une planque, un pas en arrière dans sa carrière. Il ne comprend pas ce qu'il fait là, elle non plus. Il met cela sur le compte de sa propre santé défaillante, mais ne peut s'empêcher de soupçonner sa femme d'adultère et d'irrévérence vis-à-vis de l'ambassadeur. La seule personne heureuse de la tournure des événements est la nourrice chilienne, mais qui se soucie des états d'âme d'une domestique ?

Pour le renseignement, qui n'a jamais perdu Betty des yeux, le plus grand mystère demeure la solidité du couple Pack. Car ce mariage est primordial, il est partie intégrante de la couverture. Épouse de diplomate, elle peut avoir accès à tous les attachés militaires. L'aubaine en vaut bien la chandelle. Betty est indispensable aux services secrets britanniques. Ils ne sont pas pressés de la voir en action. Ils la façonnent à leur gré, vont en faire un agent que rien n'arrêtera, avant de l'envoyer en enfer. Ils espèrent qu'elle en sortira indemne.

Betty possède de nombreux talents dont celui de l'écriture. Ses rapports sont bien tournés et vont droit à l'essentiel. Et puis, on sait pour *Fioretta*. Un ouvrage de jeunesse ? Certes, elle avait onze ans, mais qui sont les enfants qui écrivent à cet âge ? Sur sa fiche à Baker Street, chez les Irréguliers, une liste de qualités. Le mensonge, le charme et la sensualité, une aptitude littéraire aussi. Alors pourquoi ne pas transformer l'épouse de diplomate en journaliste ? Une autre manière d'accéder à l'information. Et le renseignement reprend contact avec Betty Pack…

Ainsi donc ils ne l'ont pas rayée de leurs tablettes, elle soupire de soulagement.

Écoutez, racontez, telles sont les directives.

Elle prête l'oreille, comme elle le faisait à Varsovie.

Elle interroge, on lui fait des confidences, elle n'aime rien tant que celles qui évoquent la guerre et ses avancées. Le Chili est bourré de pro-nazis, la communauté allemande y est importante. Betty transcrit tout ce qu'elle entend. La source est toujours mentionnée ainsi que le niveau de fiabilité de cette dernière, une explication de la situation au cours de laquelle l'information a été recueillie, et l'avis personnel de Betty elle-même sur la question. Mais comment faire passer ses rapports à Londres en toute sécurité ?

C'est alors qu'elle entend parler du colonel Montagu Parry-Jones. Elle l'épie et découvre ses habitudes. C'est un excellent cavalier. Ancien élève d'Eton puis d'Oxford, il est exalté, épris de traditions chevaleresques. On dit qu'il a lu Thomas Malory dans le texte et ne rêve que de se retirer aux environs d'Avalon. Tous les matins, il monte au Parque Forestal, une oasis de fraîcheur aux voies ombragées qui courent le long des rives du fleuve Mapocho. Le soleil est encore caché derrière les sommets andins quand il rejoint la promenade réputée. Moulée dans des jodhpurs beiges et une veste cintrée, campée sur une jument baie, au croisement d'une allée de sable, Betty guette sa proie. Elle la voit arriver de loin, légère, aérienne, en parfaite harmonie avec sa monture. Betty entame un petit galop, fait trébucher intentionnellement son cheval et s'écroule sous les yeux du colonel. Il est attaché militaire à l'ambassade d'Angleterre, elle aurait pu le rencontrer de mille autres manières. Mais l'imaginaire l'a emporté. Le gentleman se précipite auprès de cette pauvre jeune femme commotionnée, la soulève, la transporte dans ses bras, elle ouvre un œil verdâtre et mouillé, et soupire :

– Il était temps.

Il l'a sauvée, il lui est dévoué *ad vitam aeternam*, il se veut son esclave éperdu. Le colonel Montagu Parry-Jones accède aux désirs les plus fous de Betty Pack. Auprès d'elle, il est Arthur Pendragon, le roi-guerrier qui terrasse les menaces humaines et surnaturelles. Betty Pack est sa Guenièvre enchanteresse, l'ambassade devient Camelot, tout cela est tellement excitant, le colonel se bat pour l'autre monde dont il rapportera des trésors dans un chaudron magique. Betty a les mains libres, le colonel a omis toute cette partie du mythe qui mentionne la trahison avec Lancelot. On ne va pas réécrire l'histoire tout de même ! Laissons cela aux affreux. Il dit oui à tout. Ainsi, elle pénètre aisément dans la chambre de codes, fouine à loisir et transmet ses messages sans intermédiaire.

2.

Au Chili, les deux principaux journaux sont *El Mercurio* et *La Nación*. Les éditoriaux du premier font preuve d'une sympathie certaine pour les ambitions expansionnistes de l'Allemagne. Betty a rendez-vous aujourd'hui avec Carlos Prendis, le rédacteur en chef de la très libérale *Nación*, dont le slogan est : « Sin *La Nación*, la nación no sería la misma. »

Santiago est une ville de contrastes où les maisons les plus pauvres côtoient les immeubles dernier cri, charrettes et imposantes automobiles américaines contribuent aux embouteillages monumentaux, les trottoirs sont encombrés, agités, colorés, et Betty ne peut s'empêcher de s'amuser des différences entre son quartier huppé au pied de l'élégante colline de Santa Lucia, les taudis du centre-ville et la gangue de buildings imposants du Barrio Cívico où sont installés les organes de presse.

– Nous prêtons surtout attention aux problèmes sociaux qui affectent une partie de la population, explique le pâle Prendis.

– Il est essentiel de faire entendre la voix des Alliés, on ne peut laisser *El Mercurio* répandre ses idées nazies sans répondre ! C'est inimaginable ! s'écrie Betty.

– Je suis d'accord, assure le rédacteur un peu dépassé par

l'ardeur de la jeune femme. Encore faut-il que je trouve un bon journaliste qui accepte de se mouiller. Et croyez-moi, ce n'est pas si simple.

– Moi, déclare Betty.

– Comment ça, vous ?

– J'écrirai pour vous, contre les nazis et pour rien.

– Pour rien ? Pourquoi ?

– Parce que je hais Hitler. Et que je veux voir mon travail publié. Que ma voix soit entendue, qu'elle fasse des vagues. Je veux secouer cette population amorphe qui s'abreuve de mensonges et applaudit bêtement.

Prendis est sidéré. D'où sort cette passionaria ?

– Le problème, poursuit-il, méfiant, c'est que nous avons une forte communauté allemande propriétaire de magasins, d'usines. Ils donnent du travail aux gens d'ici, ils les font vivre, cela pourrait créer un climat délétère...

– Et le climat en Europe, il est comment ? s'insurge Betty.

Mais Prendis s'entête, c'est un timide, un couard, il craint les représailles. Voyant que rien n'y fait, Betty Pack use de sa meilleure arme, son charme. On en arrive toujours à la même conclusion avec les hommes. Dieu qu'ils sont niais ! Pourquoi essayer de résister quand ils finissent par acquiescer à tout... Betty est consternée.

Et la voici bientôt qui signe Elizabeth Thomas. Elle aime l'idée du pseudonyme. Arthur encore plus. Il n'en peut plus des frasques de son épouse. Il ne peut s'empêcher de la comparer à la douce Maud, dont il est toujours profondément amoureux, Maud exilée à Rome. Il se demande ce qu'elle devient et sombre alors dans la déprime.

Les rotatives tournent, les cylindres s'emballent, les stéréotypes sont bien cintrés, le plomb coule, les moules se renversent, les bobines déroulent des kilomètres de papier,

Cuidado, *Escucha*, *Mira*, *gente de Chile*, on imprime à grand tirage ! *La Nación* déferle dans la ville, dans les régions, dans les provinces les plus éloignées, jusqu'à l'île de Pâques ! Les articles s'enchaînent. Violents, engagés, ils font frémir les lecteurs. La une du jour rapporte les paroles exactes d'Hitler concernant la Pologne : « J'ai envoyé à l'est mes commandos de la mort avec ordre de tuer sans pitié tous les hommes, femmes et enfants de race polonaise ! C'est de cette façon seulement que nous conquerrons l'espace vital dont nous avons besoin ! »

On s'insurge, ce n'est pas possible ! Qui est Elizabeth Thomas et d'où tient-elle ses sources ? Carlos Prendis affirme ne rien savoir. Il est aux abonnés absents. Les articles se suivent, toujours plus virulents, alimentés par Jack Shelley, planqué dans une Varsovie occupée. Le but du renseignement britannique est de montrer au monde entier le vrai visage d'Hitler. Hurler la vérité à l'univers. Car ils sont ignorants. Ils ne savent rien. Un jour, ils se réveilleront et seront submergés par l'effroi, et il sera trop tard, la plupart auront été décimés. On ne l'oubliera jamais. On évoquera le devoir de mémoire. En attendant, ils sont quelques milliers à tenter par tous les moyens d'alerter les consciences.

Betty Pack la première. *La Nación* lui laisse carte blanche ! Voici les derniers mots du Führer : « Soyons sans pitié. Les citoyens de l'Europe occidentale doivent trembler d'horreur ! »

Le 4 septembre 1939, le lendemain seulement de l'entrée de l'Angleterre et la France dans la guerre, Elizabeth Thomas fait passer un nouvel article, sur le corridor de Dantzig, Hitler se répand sous sa plume : « Les frontières de la Pologne sont un obstacle à la politique d'expansion de l'Allemagne et surtout au programme de domination nazie. »

Avec l'accord du Service, elle publie le document volé un

an plus tôt à Prague dans le bureau de Konrad Henlein, cette carte qui établit la politique d'expansion de l'Allemagne dans les années à venir. En ce mardi 12 septembre 1939, *La Nación* titre : « Le dernier pillage d'Hitler : voici les prévisions ». Et en une s'étalent les dates suivantes : « 1940 : marche sur la Yougoslavie, la Roumanie et la Bulgarie. 1941 : marche sur la France, la Suisse, le Luxembourg, la Hollande, la Belgique et le Danemark. 1942 : marche sur l'Ukraine soviétique. »

Et le Chili tremble. Et la communauté germanique s'agace. Et le renseignement britannique se félicite : cette fille, c'est de la TNT ! Elle s'élève seule contre l'Allemagne depuis Santiago du Chili.

Elizabeth Thomas devient la voix des services secrets au Chili. Ils la guident, elle suit les directives, prend des risques, elle n'a peur de rien, surtout pas de ces chiens enragés de nazis. D'un ton aussi clair et détaillé que ses rapports, ses articles condamnent l'expansion galopante du Reich. On ne parle plus que d'elle. Elle se fait des ennemis, notamment Thomas Kreiser, un journaliste local qui a juré sa perte. Il l'attaque, elle le traite comme un domestique que l'on congédie. Mais bientôt son identité fuite. Elle reçoit des lettres anonymes, elle est menacée de mort. On veut s'en prendre à son mari et à sa fille, mais cela ne la trouble pas outre mesure. Ses articles dérangent. L'ambassadeur allemand la trouve embêtante et cherche à la faire expulser. Elle dort avec un revolver sous son oreiller, et passe ses après-midi au club de tir. Carabine, revolver, fusil n'ont plus aucun secret pour elle.

– Je leur enfoncerai des rasoirs dans la verge, assure-t-elle à Carlos Prendis, médusé.

3.

La conférence panaméricaine se tient à La Havane au cœur de l'été, les gouvernements sont conviés. Quel nid d'informations pour un espion ! Le 4 juillet 1940, le RMS *Orbita* appareille de Valparaiso avec à son bord la délégation chilienne. Betty Pack fait partie des journalistes accrédités. Elle est là sous sa propre identité, épouse de diplomate et reporter international, la couverture est imparable. Sa mission pour le Service : découvrir qui sont les soutiens nazis en Amérique du Sud et les infiltrer pour mieux les détruire. La croisière est paradisiaque, les dîners joyeux, la vaisselle en porcelaine de Sèvres, les verres incrustés d'émaux… et les eaux troubles. Betty est de toutes les agapes. Sa beauté trop parfaite, sa silhouette à damner Hollywood et son profil de déesse romaine en font un sujet d'admiration constant. Son fourreau est évasé, une fente court le long de sa jambe, sa petite veste en vison aux manches ballon très courtes démode toutes les autres femmes. Les nuits sont fraîches sur les paquebots. Elle danse toute la nuit joue contre joue avec un diplomate argentin pro-nazi à la peau grêlée, Betty Pack ne recule devant rien. Quarante-cinq délégués, donc. Betty en compte bientôt six dans le camp allemand. Ils entament des discussions enflammées avec le gouvernement chilien pour le convaincre d'abandonner sa neutralité et de se ranger aux côtés du Reich. Betty n'en perd pas une miette.

Et puis il y a cet homme improbable, Courtenay Forbes, ambassadeur anglais au Pérou, qui n'a que faire des Allemands « et de leur cirque ». Il ne s'intéresse qu'à cette Américaine flamboyante qui se dit journaliste.

– Encore une de ces poules qui grattent le papier pour éviter le devoir conjugal.

À l'escale de Callao, Betty est tirée de son lit au beau milieu de la nuit. On tambourine à sa porte, et avant qu'elle ait eu le temps de réagir, un homme pénètre dans sa cabine et se jette sur elle. Courtenay Forbes s'est mis en tête de la violer. Pauvre chéri, tu ne sais pas à qui tu as affaire ! Betty tire un peu sur sa nuisette et d'un coup de pied envoie valdinguer le malotrus sur le hublot. Il se fracasse la tête contre le bord en cuivre, étouffe un juron et se redresse avec peine en s'appuyant sur les panneaux de laque. Elle lui colle une paire de claques et le somme de s'excuser. L'ambassadeur n'avait pas compris que Mrs Pack était une femme fidèle. Il s'empresse de l'inviter à déjeuner lors de la prochaine escale à Lima. Betty accepte, elle adore jouer au chat et à la souris avec les imbéciles et les nazis.

– Je promets d'être sage, ajoute Forbes.

Elle lui explique qu'elle couvre la délégation pour un magazine américain et qu'elle est à même d'entendre tout ce que l'on veut bien lui révéler.

– Je vous en confierai encore plus si vous acceptez de demeurer à Lima à mes côtés, je pourrais même faire de vous ma première concubine.

Betty soupire. Ah, les propositions grivoises, cela faisait longtemps. Elle explique qu'elle est mariée et a une petite fille, dont elle ne précise pas l'âge car elle l'a oublié.

– Je pense que vous êtes une espionne et que vous avez fui le Chili car les Allemands sont à vos trousses, ils doivent vous faire taire. Je vous offre une nouvelle couverture et un moyen de diffuser vos informations. Réfléchissez, Mrs Pack.

Elle éclate de rire, elle ne le croyait pas si malin, l'odieux personnage.

À La Havane, Betty retrouve son parrain catholique, sir George Ogilvie-Forbes. Il l'aide à transmettre à Baker Street les rapports issus de la traversée. Betty ajoute son avis sur la question chilienne : « Le gouvernement chilien ne croit absolument pas que les Allemands résidant au Chili passeront à l'action, à moins que l'Allemagne gagne la guerre. Le gouvernement est certain qu'Hitler ne tiendra pas six mois. Mon impression est que le gouvernement est bien plus préoccupé par la menace communiste au Chili. »

Une fois de plus, Betty Pack vient de montrer ce dont elle était capable.

4.

Le 10 mai 1940, Winston Churchill est nommé Premier ministre du Royaume-Uni. « Je n'ai à offrir que du sang, du labeur, des larmes et de la sueur », clame-t-il trois jours plus tard devant la Chambre des communes.

Le 11 juin 1940, le colonel Stewart Menzies, chef des services secrets britanniques, décide avec le Premier ministre d'installer un bureau à New York : le BSC. À sa tête, William Stephenson, quarante-trois ans, super-espion. Sa mission, obliger l'Amérique à s'engager dans cette foutue guerre !

À Baker Street, on brûle les dossiers. Enterré le club des amateurs de golf, d'échecs et de fromages, les Irréguliers sont morts.

– Le nerf de la guerre, aujourd'hui, c'est la rumeur, rugit Churchill lors de l'ultime comité. Interceptez la rumeur, je vous trouverai les interprètes !

Il est fasciné par cette guerre secrète.

– L'adversité plaît aux Britanniques, ils adorent les routes tortueuses, mais le temps est venu de mobiliser l'opinion américaine, *damn it* ! tonne lord Beaverbrook en martelant le bureau gainé de cuir.

– Nous avons besoin des Rockefeller et des Rothschild, des Astor et des Vanderbilt. Nous avons besoin d'or et d'influence. Or nous n'en avons pas ! insiste le colonel Menzies.

– Les Rockefeller et les Astor, je sais où les trouver, répond William Stephenson. Ils nous appuieront. Mais il faut agir au niveau du Président.

– Je me charge de Roosevelt, déclare Churchill.

– Et moi de Hoover, assure Stephenson.

La cicatrice au coin de sa lèvre s'élargit dans un étrange sourire.

Edgar Hoover a quarante-cinq ans. C'est un homme trapu à la mâchoire carrée, aux yeux noirs comme des boutons de bottine. On dit qu'il a la main un peu lourde parfois, disons qu'il ne fait pas dans la dentelle. Sans sa coopération tacite, l'espionnage et le contre-espionnage sont impossibles sur le sol américain.

– Personne ne doit être au courant, pas même le Département d'État. Absolument personne, ordonne-t-il.

Stephenson acquiesce.

– Il vous faut un contact constant, quelqu'un qui tienne le Président au courant. Quelqu'un qui ne soit pas moi. Un homme alliant intégrité et discrétion. Élitisme et courage. Il sera chargé du renseignement des opérations clandestines.

Et Stephenson place l'Irlandais Bill Donovan à la tête de l'OSS (Office of Strategic Services), une agence qui, à la fin de la guerre, deviendra la CIA. Bill Donovan est à Franklin D. Roosevelt ce que William Stephenson est à Winston Churchill : son âme damnée !

Ce que construisent ensemble Stephenson et Donovan est inimaginable : un réseau d'agents qui contrôle tout le business américain dans ses rapports avec l'Allemagne : ils infiltrent ambassades et cercles diplomatiques, côtoyant milliardaires et entrepreneurs internationaux. C'est le service le plus secret du monde. Renseignement, dissimulation, organisation en sont les maîtres mots. Donnez-leur la vérité, ils la manipulent. Edgar Hoover est au courant, Hoover est au courant de tout. Edgar Hoover ne bouge pas, il ne bouge jamais. Toutes les opérations effectuées par le BSC et l'OSS sont illégales. Leur plus ardent supporter : Franklin D. Roosevelt, l'agent à la meilleure couverture !

Et puis, il y a les autres. Les puissants. Ils ont en commun d'avoir reçu la même éducation dans des pensionnats chics de Nouvelle-Angleterre, d'essaimer sur tout le territoire. Ils se nomment Belmont, Carnegie, Pierpont Morgan, Rockefeller, Gould, Astor… Ils sont à la tête d'empires de plusieurs millions de dollars, mais ils ont besoin d'excitation. Ils aiment l'aventure. Leur but est d'obtenir des informations. Celui-ci revient de Chine, cet autre a des choses à révéler sur la situation au Japon. Tout est transmis à Bill Donovan. New York devient le centre nerveux de la résistance britannique. Bien avant la bataille de l'Atlantique, bien avant le débarquement sur les côtes françaises, le BSC et l'OSS affrontent un ennemi terriblement insidieux, l'isolationnisme américain.

Ainsi, quand l'*Excalibur*, paquebot américain, appareille pour New York en octobre 1940, l'enseigne de vaisseau Paul Fairly saute allégrement à son bord. Cet Irlando-Américain originaire du Midwest a pour mission d'étudier une cible, d'établir si un jour on pourra ou non s'appuyer sur elle. Vérification et remise en cause sont essentielles. Le hasard n'existe pas dans les services secrets.

– Observez-la, lui ordonne Donovan. Scrutez-la et rapportez tout à William Stephenson.

Intelligente, polyglotte et sans accent, courageuse, piquante, la cible de Paul Fairly a le sens de la survie, sa seule défaillance est de tomber follement amoureuse de ses proies. Elle se nomme Betty Pack et s'apprête à accoster à New York. Dans sa main, un télégramme froissé : « Reviens immédiatement. Stop. Arthur. » Mais Betty Pack regarde droit devant. *Welcome to America !*

Nom de code : Cynthia

1940-1941

1.

À Washington, elle descend au Ritz-Carlton, une habitude. Chambre 2275. Elle a donné rendez-vous à sa mère pour déjeuner à l'Old Ebbitt Grill sur F Street, et le regrette déjà. Cora Thorpe pénètre comme une furie dans l'ancienne mercerie transformée en restaurant, longe le bar en bois verni noir et s'enthousiasme devant chaque gravure, poussant des cris d'orfraie et roulant des yeux d'enfant. Pathétique, songe Betty accablée.

– Il fait un froid de gueux, ma chérie, l'hiver ici, tu vas devoir t'y habituer, il neige si souvent.

Elle retire ses gants en piaillant. Gaie, joyeuse, frétillante et si vaine. Elle n'a pas changé. Une idiote qui s'est toujours crue supérieurement intelligente, car elle a fait des études. Et le clame haut et fort. L'idée de voir sa fille revenir dans le giron familial l'enthousiasme, elle imagine déjà soirées, thés, matchs de tennis. Il va falloir renouer avec Chevy Chase, participer à la tombola des Débutantes…

– Oh, ma chérie, Washington ne serait pas Washington sans ses innombrables dîners officiels, réceptions et autres bals. Je suis si heureuse de te savoir près de moi ! Nous avons tant de choses à rattraper, ils vont tous t'adorer !

Cora en a des frissons de plaisir dans le dos et se redresse.

Elle compte bien supplanter Evalyn Walsh McLean, la détentrice du fameux diamant Hope, celui dont on dit qu'il porte une malédiction. Evalyn est la reine de la ville et Cora ne peut le supporter ! Sa fille va l'aider à récupérer sa place dans la haute société, elle en est persuadée. Betty soupire en attrapant son paquet de cigarettes. Elle allume une Lucky Strike. Chacun porte une croix dans la vie, se dit-elle, elle vient de comprendre quelle est la sienne.

Les services secrets ne partagent pas son avis. Rien de mieux que la vie mondaine washingtonienne pour croiser des personnalités politiques, militaires, diplomatiques et culturelles. Quelle plus belle occasion de grandes manœuvres et d'échanges d'informations ? La futile Cora Thorpe sera un pion parfait, Betty va devoir apprendre à l'utiliser avec subtilité. Et pourquoi pas la fracasser si l'occasion se présente. Le déjeuner à peine terminé, elle s'en retourne à l'hôtel avec une migraine épouvantable et des envies de meurtre. Au moment précis où elle pénètre dans le lobby, elle se heurte à un beau gosse qui s'effondre sur son sac à main. Lequel répand son contenu sur les marches en marbre de l'entrée. Exaspérée, Betty resserre son vison, il gèle à pierre fendre. L'homme s'agenouille pour récupérer poudrier et rouge à lèvres et se confond en excuses. Il se redresse, replace son chapeau et remarque :

– Oh, mais je vous reconnais, mademoiselle, vous étiez sur l'*Excalibur*.

– Madame. En effet. Vous êtes ?

Elle devine qu'il n'est pas là par hasard, qu'il l'attendait. Elle le trouve joli garçon, il doit avoir son âge, pas beaucoup plus, brun au teint doré, le regard ardent et le sourire moqueur, Paul Fairly est un sacré tombeur !

– Le monde est si petit, certes, mais personne ne peut oublier votre flamboyance. Je vous observais de loin, vous fumiez sur le pont avec cet air si distant, et triste parfois. Oh, pardonnez-moi, je suis Paul Fairly. Je serais ravi de vous emmener boire un gin tonic dans un endroit de débauche pour me faire pardonner.

– J'adore la débauche, mais pas le gin tonic, mon nom est Betty Pack.

– Champagne ?

– Martini dry !

Il le sait déjà. Paul Fairly sait tout d'elle. Ses amants, sa famille, Enigma et la guerre d'Espagne. Il est là pour entrer en contact, évaluer ce qu'elle apportera au Service, voir si elle est susceptible d'être un agent prêt à mourir pour l'Angleterre. Paul Fairly est un appât, un recruteur, collecteur d'informations en tout genre. Il peut, à l'occasion, se muer en cambrioleur ou en perceur de coffre-fort. Il a le permis de tuer comme celui de coucher, et en use à loisir. Pour l'heure, il admire cette fille aux jambes démesurées et au sourire dévastateur. Et lui donne rendez-vous le soir même dans le quartier noir de la ville.

U Street, une rue qui ne dort jamais. Le bruit de la circulation se mêle à la musique venant des salles de billard, aux cris des marchands de vin et de cannabis. Drugstores, salons de coiffure, bouges cavistes, snacks, *diners* mais aussi de nombreuses églises, des plus miteuses aux plus luxueuses. Ici, les cabarets et les clubs de jazz proposent les meilleurs artistes du moment. On se précipite au Bohemian Caverns et au Club Bali ! Paul sait où l'on a la chance de croiser l'immense Duke Ellington. Le pianiste est né dans le quartier, il est resté fidèle à la cité. Fairly entraîne Betty au Lincoln Theatre.

– Mais c'est un cinéma… Je pensais que nous allions danser.

– Faites-moi confiance.

Ils descendent des marches bringuebalantes et empruntent un tunnel inquiétant qui débouche sur une salle de bal surchauffée et enfumée. L'éclairage y est tamisé, la moquette en peau de panthère, les murs laqués rouge, ciselés de filets dorés. Les tables juponnées ploient sous les seaux à champagne. Un vieux perroquet prénommé Coco règne sur le bar. Des noceurs furieusement à la mode gigotent, tressaillent, sursautent, c'est un ragtime. Les hommes sont blancs, les hommes sont noirs, certains en habit à plastron piqué, d'autres en chemise, les femmes portent des chaussures multicolores, et des jupes si serrées qu'elles ont du mal à guincher. Tous boivent tellement qu'ils en oublient de se haïr, la ségrégation ne passera pas par là, quel tourbillon de plaisir ! Au piano, Duke Ellington entame *Caravan*. Au micro, une ravissante chanteuse de vingt-trois ans, Ella Fitzgerald.

– Ventrrrre à terre, imbéciiiiile, au sooool tout de suite, piaille le perroquet.

Betty éclate de rire.

– Allons danser, Betty.

– On ne s'entend pas.

– C'est parfait pour faire connaissance.

Il est vraiment très beau, cela fait longtemps que son cœur ne s'est pas emballé ainsi. Depuis Michal en fait, Michal dont elle a repoussé le souvenir au plus profond d'elle-même. Enterré, ça valait mieux. Paul Fairly serre Betty contre lui, il prend sa nuque dans la main et chuchote à son oreille. Il explique qu'il n'est pas en train de flirter même s'il adorerait. Il a pour mission de la tester, il fait partie des services secrets anglais. C'est un excellent danseur, il donne à sa cavalière l'impression d'être seule au monde avec lui. Betty est bien, légèrement ivre. Il la presse contre son aine et trace des cercles languissants dans son dos. Sa main se perd entre ses omoplates et joue avec l'avalanche des boucles mordorées. Betty Pack répond qu'elle est prête. Un parfum capiteux flotte dans le cabaret, des effluves de jasmin et de cigarette, de whisky et de vétiver. Betty ferme les yeux, s'étourdit. Quel délicieux vertige. Fairly resserre plus encore son étreinte, appuie sa joue contre la sienne et murmure :

– C'est dangereux, Betty, vous pouvez y laisser la vie.

Il laisse ses lèvres courir sur sa chevelure.

– Vous allez être contactée, faites vos preuves.

– Il me semblait les avoir déjà faites.

– Ils demandent toujours plus.

Leurs lèvres se frôlent, elle ouvre la bouche, avale sa langue. Il glisse la main le long de ses reins, empoigne ses fesses. Il doit la garder à l'œil, pas coucher avec elle. Il est son contact, comme John Leche en Espagne ou Jack Shelley en Pologne. Shuffle along, be-bop, rhythm and blues et rock'n roll, Betty et Paul dansent à perdre haleine. Il la raccompagne au Ritz-Carlton et lui tend une lettre cachetée. Elle court jusqu'à sa chambre, balance ses chaussures au milieu de la pièce et s'effondre sur son lit en déchirant l'enveloppe.

New York City
25 novembre 1940

Chère Mrs Pack,

Je suis désolé d'avoir manqué notre rendez-vous samedi dernier. Nous devons absolument évoquer l'avenir de votre fille, Denise. Auriez-vous l'obligeance de me téléphoner quand vous serez à New York. ATWATER 9-8763

Bien à vous,

Howard

Betty Pack ne connaît aucun Howard. L'avenir de sa fille n'a pas le moindre intérêt pour elle. Ses yeux brillent d'excitation. Le lendemain, aux aurores, elle saute dans le premier avion pour New York.

2.

Il lui a donné rendez-vous dans une rue sombre et malfamée. Entrepôts vides, docks délabrés, bars odorants, friture et bocks de bière, logements à l'abandon. C'est ici pourtant, il n'y a aucun doute. Il semblerait que l'endroit ait été en construction à un moment donné, puis tout s'est arrêté. Ce sont des choses qui arrivent à Brooklyn Heights. Betty gravit les escaliers en fer forgé, puis pénètre dans la maisonnette en briques rouges. Dans la pièce miteuse, une planche sur des tréteaux et deux chaises de bois. Il n'y a pas de téléphone, mais une impressionnante collection de grands crus et des verres en cristal. Betty jette un coup d'œil par la fenêtre. Les rideaux sont crasseux, des enfants à peine couverts jouent dans le caniveau avec une crécelle. C'est la veille de Noël, mais il n'est pas certain que Santa Claus leur apporte un cadeau. Quel trou à rats ! Il neige, les flocons légers fondent aussitôt, mais le froid est saisissant. Le regard de la jeune femme s'égare vers l'autre rive, Manhattan. Les gratte-ciel s'élèvent, les lumières de la ville qui ne dort jamais. Le Chrysler Building et l'Empire State Building sont les symboles de la modernité. Roosevelt vient d'être réélu en promettant qu'il « n'enverrait pas de garçons américains dans des guerres à l'étranger ». Il est une heure du matin, tout est désert. Une femme ivre morte, en haillons, traverse la rue à grands pas, elle soulève des gerbes de papiers et braille à tout-va le « Star-Spangled Banner » d'un air halluciné…

– Si vous vous faites prendre, le mieux que vous puissiez espérer est une mort rapide.

Elle ne l'a pas entendu arriver. Il gratte une allumette, enflamme la mèche de la bougie et se dirige vers les bouteilles. Il les regarde, semble hésiter. Certaines sont poussiéreuses. Il essuie les étiquettes. Puis sort de sa poche un ouvre-bouteille. Il débouche l'une d'entre elles, à la robe jaunâtre. Il tend un verre à Betty, en sert un autre pour lui-même et s'assied. Elle fait de même, puis retire ses gants pour prendre une cigarette. Il tend un briquet allumé, elle aperçoit son visage aux traits fins.

– Une mort rapide, bien entendu, monsieur.

Il la savoure, cette gorgée, ferme les yeux quelques secondes, puis cherche une approbation qui ne vient pas.

– Château d'Yquem.

– Liquoreux.

– Vous exagérez. Je préfère évoquer une certaine extravagance.

– Vous êtes poète.

– Je suis Howard.

Il se nomme John Arthur Reid Pepper. Nom de code Howard. Fonction : officier traitant. Il est très grand et blond avec des yeux lavande, il a un côté mauvais garçon qui a échappé à son destin de malfrat. C'est aujourd'hui un homme d'affaires réputé, sanglé dans un pardessus en drap épais à col de renard. Sa mission : recruter des agents potentiels. Des personnes inconnues de l'ennemi. Lui-même a été repéré par Vincent Astor et mis à l'épreuve par Bill Donovan. Aujourd'hui Howard évalue Betty Pack. Elle raconte l'Espagne et la Pologne, le Chili et son mariage. Elle mentionne Carlos et

Pablito, Michal Lubienski et Pablo Uribe. Elle confie Jack Shelley et John Leche et puis Montagu Parry-Jones.

– Qu'est-ce qui pousse une Américaine à vouloir aider les Anglais ?

– Je possède la nationalité britannique par mon mariage.

– Foutaises.

Elle sourit.

– Je voue une haine farouche à l'idéologie nazie.

– La directive numéro un émane du Premier ministre, Winston Churchill. Amener les Américains à entrer dans cette guerre. C'est le seul moyen de combattre le nazisme.

– J'en ai bien conscience.

– Sinon, c'est fichu, ma chère Betty.

– Mon cher Howard.

Il sourit, propose un autre verre qu'elle accepte. Ils ont dit qu'elle était belle, ont précisé qu'elle avait la tête dure. Ils n'ont pas menti.

– Selon nos informations, poursuit-il, en Europe, les forces ennemies gagnent du terrain. Et sur tous les terrains. Ici même, les partisans isolationnistes sont en force. Avez-vous entendu parler du mouvement America First ? Savez-vous qui est Charles Lindbergh ? Vous sentez-vous prête à espionner vos propres concitoyens ? Vous sentez-vous assez habile pour les piéger ? Pensez-vous être capable de les entraîner vers ce qu'ils fuient ? Savez-vous que le FBI met son nez partout ? Connaissez-vous Edgar Hoover ? Avez-vous entendu parler du Neutrality Act ? Savez-vous qu'il peut vous conduire en prison ? Avez-vous compris qu'en cas d'emprisonnement, nous ne lèverons pas le petit doigt ? Ne faites jamais appel à nous. Nous n'avons jamais entendu parler de vous. Nous ne vous connaissons pas. Qui êtes-vous ? Betty Pack, nous ne connaissons personne de ce nom. Pour nous, vous êtes Cynthia.

– Cynthia ?

– Votre nom de code, à dater de ce jour.

Ils trinquent.

– Je vous demande d'espionner vos compatriotes américains pour le compte de l'Angleterre. Je vous demande de trahir vos compatriotes américains pour un certain Winston Churchill. Je suis américain, vous êtes américaine, Vincent Astor est américain. Vous risquez la mort. Vous risquez de voir votre mari ou votre fille menacés. Acceptez-vous la mission ?

– J'accepte.

– Nous n'obéissons qu'au Premier ministre, Winston Churchill. Nous agissons pour lui. Winston Churchill veut l'entrée des États-Unis dans cette fichue guerre. En dépit du Neutrality Act. Franklin D. Roosevelt a les mains liées par les sénateurs. Votre mission est d'aider Roosevelt et Churchill à s'entendre. Avez-vous compris ?

Betty acquiesce.

– Oui. Je suis consciente de tout, et j'accepte tout. J'agis par idéologie et par goût. Ma motivation n'a rien à voir avec l'Angleterre ou l'Amérique. Je veux la défaite des nazis. Et les risques personnels que j'encours ne rendront ma victoire que plus douce.

– Bien, rétorque Howard. Installez-vous à Washington, louez une maison ou un appartement dans le quartier de Georgetown. Un endroit où vous pourrez recevoir, et donc travailler. Quelque chose de chic, mais pas d'ostentatoire, quelque chose de discret, mais dont on sait qu'il vous appartient. Rencontrez des gens, renouez avec la haute société. Votre mère vit là-bas, je crois.

Betty fait un signe de la tête.

– Faites-moi savoir quand vous serez installée. Évoquez votre fille, je comprendrai. Ne soyez pas trop pressée.

Infiltrez la communauté. Évitez d'attirer l'attention du FBI. Nous n'avons rien contre, mais rien pour non plus.

– Très bien.

– Votre contact à Washington est Paul Fairly. Chaque semaine, vous viendrez à New York faire votre rapport à Marion. Vous la retrouverez à une certaine heure, à un certain endroit. Votre loyer et vos frais seront réglés par l'organisation. Écoutez-moi bien, Cynthia, car je ne me répéterai pas. L'organisation est le BSC mis en place à New York le 11 juin 1940 sur autorisation du Premier ministre Winston Churchill. Son action : déployer des agents anglais sur le sol américain. Son but : enquêter sur les activités de l'ennemi aux États-Unis et mobiliser l'opinion pro-britannique en Amérique. Son allié et son ennemi à la fois : Edgar Hoover, qui estime que le diable que l'on connaît est préférable à celui que l'on ne connaît pas. Son chef : le Canadien William Stephenson, un homme sec et nerveux, droit et efficace, qui semble concentrer en lui toutes les forces de l'univers. Il chuchote à l'oreille de Churchill ainsi qu'à celle de Roosevelt. Son bureau se situe aux 35e et 36e étages du Rockefeller Center au 630 de la 5e Avenue. Une petite plaque à l'entrée principale du gratte-ciel indique « Siège du contrôle des passeports britanniques ». Son pouvoir s'étend dans toute l'Amérique du Nord et du Sud. Avez-vous bien compris, Cynthia ? Ce vin est inimaginable, un cru exceptionnel, savourez-le bien, demain vous serez peut-être morte.

3.

C'est une demeure georgienne du XIXe, au 3327 O Street, à Georgetown, le quartier chic de Washington. Celui des ambassades et des soirées huppées, des allées pavées, bordées d'arbres centenaires, aussi calme qu'un cimetière la nuit par temps de brouillard. La maison est construite dans le style fédéral typique, avec d'immenses baies vitrées aux rideaux tirés. L'endroit est confortable et discret, les plafonds hauts, les parquets cirés en chêne. Betty adore l'atmosphère bourgeoise qui s'en dégage. La cuisine s'ouvre sur une véranda qui donne sur une terrasse surplombant un vaste jardin, on peut y observer le soleil se coucher sur les eaux tumultueuses du Potomac. On peut surtout entrer dans la maison ou en sortir incognito. Derrière, une cabane en bois à l'ombre d'un noyer, une barrière voilée qui débouche sur la 33e Rue, et qui n'est visible de nulle part. Betty loue six mois d'avance et emménage le 7 février 1941.

De Cynthia à Howard : Nous devons parler de Denise.
D'Howard à Cynthia : 10 février, quelque part dans Lexington Avenue.

Elle arpente l'artère de long en large depuis une heure. Soudain, elle sent son souffle chaud.

– Je suis installée.

– Retrouvez votre vie de jeune fille, utilisez votre mère, recevez. Vous êtes journaliste, vous avez quitté le Chili car vos articles étaient trop virulents, on vous a fait sentir qu'il était temps de partir. Votre mari est désespéré, il vous adore. Mais sa mission est là-bas. Pas la vôtre. Vous êtes revenue auprès de votre mère car vous n'aviez nulle part où aller.

Il disparaît, elle ne s'est pas retournée.

Cora Thorpe vit au 2139 Wyoming Avenue, c'est une hôtesse fort appréciée de la communauté internationale. Elle se réjouit de voir sa fille aînée inscrite dans le Bottin mondain.

Howard a raison, tout est simple, les invitations pleuvent. Betty croise les amis de Cora, ainsi que ceux de Jane, récemment installée dans la région. Betty n'a jamais été proche de sa sœur cadette, mais Jane a épousé le propriétaire du Roosevelt Hotel. On ne sait jamais, ça peut servir, au cas où elle doive disparaître quelque temps. Et Betty renoue avec Jane, et Betty sort avec Cora, Betty s'enthousiasme, elle a les yeux qui pétillent et prend l'air sérieux dès qu'on lui adresse la parole. Une cigarette au bout de ses doigts fins aux ongles carmin, un martini dry, Betty plaque un sourire artificiel sur son visage, lève le menton, et pointe les seins en avant. Le monde lui appartient, le monde de ceux qui ne sont personne. Mentir, toujours. Faire semblant, dissimuler.

– Oh, vous êtes journaliste, c'est formidable !

– Le Chili est peuplé de sauvages, non ?

– Quoi, des nazis là-bas ? Si loin ? Ça traverse les océans ?

– Les Incas existent-ils encore ?

Elle a juste un léger souci, elle est enceinte de trois mois du bébé de Paul Fairly. Il y a un progrès, Betty connaît le nom du père. Mais ni lui ni elle n'ont de temps à perdre avec la bagatelle, elle se débarrasse de la chose, est malade quinze jours, évoque une grippe et se relève au meilleur de sa forme.

En Angleterre, le Blitz fait rage, Londres est exsangue. Les maisons sont détruites, les immeubles évacués, des rouleaux de barbelés barrent les rues, des trous d'obus remplis d'eau croupie parsèment les chaussées. Des pans entiers d'immeubles effondrés, réduits à l'état de briques et de morceaux de bois, laissant pendantes les armatures quadrillées de béton armé. Les conduites de gaz sont éclatées pour la plupart, le réseau téléphonique et l'électricité fonctionnent par intermittence. Des équipes de secouristes s'affairent dans les décombres. Même le palais de Buckingham est touché, au grand soulagement de la famille royale qui se félicite que la terreur soit partagée entre les nantis et les humbles. Outré qu'on puisse lui résister, Hitler veut abattre le moral britannique. Il sème la terreur parmi les civils, les quartiers populaires de l'East End sont dévastés, et la ville de Coventry est rayée de la carte. Ports et industries, tout est anéanti. Les Allemands projettent de débarquer sur les côtes anglaises avec une importante flotte rassemblée à Boulogne, à Calais et à Dunkerque.

– Si Hitler avait envahi l'enfer, je me serais débrouillé pour avoir un mot gentil pour le diable, avoue Churchill.

Chaque semaine, Betty assiste à un débriefing au Ritz-Carlton de New York. Là, dans une chambre, elle passe une heure avec Marion. Dix ans plus tard, elles se croiseront au Train bleu, le restaurant de la gare de Lyon, à Paris. Elles se regarderont fixement. Marion, accompagnée d'un homme bien en chair et de deux enfants blonds, Cynthia au bras de Charles Brousse. Elles ne se salueront pas, ne se souriront même pas. Dix ans après la guerre, Marion et Cynthia ne seront personne.

– C'est une lettre top-secret, explique Marion en ce 20 février 1941. Elle est arrivée à la Maison Blanche en décembre dernier. Elle décrit le Blitz, les bateaux coulés par les sous-marins allemands, les entrepôts vides, plus de munitions, plus d'armes. Churchill explique à Roosevelt que les chances de gagner sont minces. Il ordonne au Président américain de prendre conscience du désastre. Il le supplie d'entrer en guerre, poursuit Marion, très grave, en retirant ses lunettes.

Elle ajuste son chignon bas et reprend :

– En voici un extrait : « Les petites nations flambent une à une comme des allumettes… Il n'est pas impossible que vous vous trouviez, en un temps étonnamment bref, devant une Europe totalement asservie et nazifiée. » C'est signé Vieux Marin. Roosevelt cherche par tous les moyens à le soutenir, mais il ne peut afficher ses intentions bellicistes. Il est coincé. Et c'est là où vous intervenez. Avez-vous entendu parler de la loi Prêt-Bail ?

Betty Pack étend ses jambes. L'action est là, et avec elle le danger, l'imminence et la victoire au bout. L'excitation la saisit, elle en éprouve un plaisir fulgurant. Ne jamais faillir. Elle allume une cigarette.

– Vous fumez trop, commente Marion qui continue. La loi Prêt-Bail permet à l'Angleterre de recevoir du matériel sans payer comptant. Une vive opposition s'est déclarée parmi les isolationnistes. Ces derniers pensent que si l'Allemagne gagne la guerre, la sécurité des États-Unis n'en sera pas affectée. Pourquoi l'Amérique s'engagerait-elle dans une guerre quand ses intérêts ne sont pas en jeu ? Connaissez-vous Charles Lindbergh ? Et sa clique de germanophiles ? Joseph Kennedy et compagnie ?

Betty acquiesce et Marion poursuit.

– Lindbergh est surnommé « l'Aigle solitaire », il entre

dans la légende en devenant le premier pilote à relier, à bord de son avion *Spirit of Saint Louis*, sans escale et en solitaire, New York à Paris le 21 mai 1927, en trente-trois heures et trente minutes. Il est le leader du comité America First, un mouvement anti-guerre.

– Pourquoi Roosevelt ne prend-il pas position contre America First ?

– Parce qu'il a les mains liées par les sénateurs. Il ne peut pas forcer les banquiers américains à prêter de l'argent aux Anglais pour remplir leurs entrepôts ou consolider leur flotte. Roosevelt ne peut rien faire. C'est là où la créativité de Winston Churchill entre en jeu ! Il invente un prêt remboursable à très long terme, le Prêt-Bail !

Et Marion de se lever et de se diriger vers la porte. Elle pose la main sur la poignée et se retourne vers Betty.

– Il faut maintenant faire plier les sénateurs. Ils doivent approuver le Prêt-Bail. Roosevelt et Churchill ont besoin de vous. Le vote au Congrès a lieu dans trois semaines. À vous de jouer !

Et Marion disparaît.

4.

– Cette guerre n'est pas un problème américain, qu'on se le dise ! clame Robert Taft, sénateur de l'Ohio. Prêter des équipements de guerre, c'est comme prêter un chewing-gum. Aucune envie qu'on vous le rende ! Non au Prêt-Bail !

– Non au Prêt-Bail ! entonnent de conserve le démocrate texan Thomas Connally et le républicain Arthur Vandenberg, élu du Michigan.

Il s'agit de les anéantir. Avec subtilité, charme et finesse. Car ils sont puissants et virulents, ils sont dangereux, ils ne craignent rien ni personne. Mais Betty Pack non plus, et elle est bien décidée à leur faire exploser la tête. Et c'est là que la futile Cora intervient. Pour la mise en scène, une idiote, il n'y a pas mieux.

Debout dans le grand salon circulaire du 2139 Wyoming Avenue, la mère de Betty consulte ses fiches et distribue les ordres au majordome.

– Nous sommes quarante, donc quatre tables de dix, très bien. Cette soie plissée grenat sera parfaite pour la nappe. Les fleurs, où sont les fleurs ? Je veux être noyée sous les fleurs ! Des roses et des pivoines. Des catleyas aussi. J'ai commandé des bouquets ronds. Les voilà. Je sais que ce n'est pas la saison, mais justement !

– Ils sont terriblement petits, madame, je me demande…

– Taratata, on doit se voir par-dessus. Où sont les boules de cristal ? Non, ne faites pas le malin, je vous vois venir.

– Je n'ai rien dit, madame.

– Vous avez souri, Edward. Regardez, elles sont veinées, ce sont des sulfures, imbécile ! Ah, Betty chérie, tu es là, quelle bonne surprise ! Je suis en train de définir le plan de table et…

– Je m'en charge, maman, coupe cette dernière en l'embrassant.

Cette pauvre Cora en a le cœur retourné, c'est bien la première fois que sa fille aînée fait preuve d'affection à son égard. Elle songe qu'elle devrait organiser des dîners plus souvent, cela la rend plus agréable. Nous sommes le 28 février 1941, il reste à peine deux semaines à Betty pour s'acquitter de sa mission.

Le Big Band de Glenn Miller vient d'arriver. Cora se demande si elle les installe dans l'encadrement des fenêtres ou dans l'entrée.

– Dans le salon, propose Betty. Qu'on les entende !

– Pas trop fort tout de même, s'inquiète Cora.

– J'adore les conversations confidentielles, maman. De toute manière, l'orchestre de Glenn est à la frontière entre le jazz et la musique d'ambiance, ne te fais pas de souci, tout sera irréprochable.

Cora glousse, elle devine que sa fille a une idée en tête. Un homme, sûrement, mais lequel ? Cora n'a jamais osé demander, pour le divorce. Betty est-elle vraiment divorcée, d'ailleurs ? Peu importe, tout ce qui compte est qu'elle soit bien accompagnée. Elle l'observe. Tiens, Betty a effectivement déplacé les noms pour s'asseoir entre deux sénateurs terriblement ennuyeux. Et mariés. Thomas Connally et Arthur Vandenberg n'ont rien de sexy. Décidément, s'étonne Cora, sa fille est un mystère.

Quelques heures plus tard, boudinée dans sa mousseline rose tombant en fût de colonne, des cailloux étincelants à tous les doigts, Cora Thorpe évalue son œuvre. Quel tableau admirable ! Les valets de pied en livrée rouge galonnée d'or sont au garde-à-vous. Une noria de Cadillac, d'Oldsmobile, de Nash et autres Pontiac Torpedo se succèdent dans la rue. Des flocons emportés par des bourrasques glaciales viennent mourir sur la forêt de plantes rares dans le hall. Visons, renards argentés, hauts-de-forme, capes et cannes à pommeau, gants de chevreau immaculés s'abandonnent dans un prodigieux froufrou. Cora laisse dans son sillage des effluves de violette de Parme. Les hommes sont tous milliardaires, les femmes se veulent fatales. Elles ont sorti le grand jeu, les rivières de diamants encerclent leurs cous fripés. Rubis, saphirs et émeraudes pullulent. Ce sont des épouses de sénateurs, des fleurs sous globe ayant une peur bleue de se faner, de petits oiseaux multicolores, des taches de couleurs vives au bras de tyrans en habit ou uniforme amidonné. Toutes se tiennent au bord d'un gouffre. Et eux n'ont qu'une envie, c'est de les y précipiter.

Un halo givré se découpe sur les fenêtres. Glenn Miller saisit son trombone, « In the Mood », « Chattanooga Choo Choo », « Moonlight Serenade », « Tuxedo Junction », « American Patrol », ça swingue en mesure, l'ensemble est inouï, les lambris et les colonnades, les miroirs et les draperies, Cora évolue dans un brouillard doré.

– Cora reçoit divinement.

– Qui est la beauté à couper le souffle ?

– Sa fille, tout juste rentrée du Chili. Une putain, affirme-t-on de source sûre.

Ce soir-là, Betty apparaît dans un fourreau en satin blanc qui moule sa taille et fait ressortir sa carnation. La courbe de ses fesses se dessine, outrageuse et indécente. Une mèche de cheveux clairs tombe en cascade sur son œil droit, elle passe son temps à dégager son visage. Son rouge à lèvres est vermillon, ses talons vertigineux. Si elle n'était pas si blonde, on pourrait la prendre pour cette actrice autrichienne qui a fait scandale en tournant un film pornographique…

– Hedy Lamarr, elle ressemble à Hedy Lamarr, voilà le nom que je cherchais. Qui est-ce ? demande Arthur Vandenberg à son hôtesse.

– Votre voisine de droite, mon cher Arthur, répond Cora.

Betty est happée par un Français, un vrai pot de colle. Un écrivain, un certain André Maurois qui se dit anglophile. Alors pourquoi estime-t-il que la bataille est perdue d'avance et qu'il est inutile d'aider ces fichus Alliés ?

– Il vaut mieux conserver cette politique isolationniste, explique-t-il en serrant le bras de Betty. Un jour l'Amérique aura besoin d'armes pour affronter le Japon.

– Non, monsieur, vous êtes assis en face, lisez le carton.

– Je vais les permuter.

– Ma mère ne vous le pardonnerait jamais.

– Je suis descendu au Ritz Tower, si jamais vous faites un saut à New York…

Il est puant et antipathique, Betty s'en défait et se tourne vers son voisin Tom Connally. Il sait tout sur tout. Il est ambitieux, sûr de lui et narcissique. Bel homme d'une soixantaine d'années aux cheveux blancs qui ondulent, un peu dandy, il porte un smoking divinement coupé et une chemise avec des clous de perle. Il est arrogant, dirigiste, riche à millions grâce à son épouse, il aime les yachts et les clairs de lune, les plages de sable fin, il peut tout acheter et le crie bien fort. La presse le qualifie de flamboyant, il adore ça. Il est vent debout contre le Prêt-Bail, refuse que l'Amérique s'engage dans le conflit, que des jeunes aillent mourir sur les plaines de France, ce pays qu'il déteste. Il s'est engagé en 1917, et ce qu'il a vécu, il ne le souhaite à personne. Les plats se succèdent, les assiettes restent chaudes, les saucières, les légumiers affluent, l'argenterie rutile.

– Beaucoup plus majestueux que chez cette vieille pie d'Eleanor Roosevelt, chuchote-t-il à l'oreille de Betty. Une sacrée gauchiste, celle-là, ce n'est pas bon du tout pour notre pays.

Il s'amuse de l'intérêt de Betty pour le Prêt-Bail.

– Bien entendu que vous essayez de me persuader. Mais c'est peine perdue, chérie, vous y laisserez votre peau. Vos charmes sont exquis, certes, mais j'ai les mêmes à la maison. En mieux.

Betty a compris qu'elle n'en tirerait rien, et se tourne vers Arthur Vandenberg à sa gauche. Aussi imbu de lui-même que Connally, il se pavane, tresse ses propres lauriers. Il est complètement opposé au Prêt-Bail et rien ne le fera changer d'avis.

– La participation des Américains à la guerre en 1917 a été une énorme erreur, ma chère Betty. Et la participation du pays à une nouvelle guerre serait encore plus dramatique !

Mais il existe une différence fondamentale entre les deux sénateurs, Vandenberg est coureur, il adore les jolies femmes et ne peut leur résister. Tout le monde le sait. Le jeu de la séduction obéit à des règles strictes auxquelles les adultes consentants doivent se plier. Betty se plie à tout et Vandenberg est un sacré acrobate. Elle sourit, bat des cils, s'amuse comme une folle et se laisse raccompagner chez elle.

– J'aimerais connaître vos secrets, Arthur *darling*.

Et Betty prend le pouvoir à l'horizontale.

Arthur Vandenberg est conquis. Cette fille incroyable a le sang chaud et la chair éruptive, c'est un tourbillon, il n'en a jamais connu de pareille. Et quand il s'agit de voter le Prêt-Bail, non seulement le sénateur du Michigan annonce qu'il a changé d'avis, mais il entraîne un bon nombre d'amis avec lui.

– L'Angleterre souffre, l'Angleterre a besoin de nous, clame-t-il. Qui sait si demain nous ne devrons pas affronter nous-mêmes le Reich ! Oui, soutenons l'Angleterre, avec le Prêt-Bail et plus encore si cela est possible !

Le 11 mars 1941, la loi Prêt-Bail est votée au Congrès. Elle autorise le Président des États-Unis à « vendre, céder, échanger, louer, ou doter… tout matériel de défense à tout gouvernement dont le Président estime la défense vitale à la défense des États-Unis ».

Bon vent, cher journal, j'ai quatorze ans.

Dana Hall School, Wellesley, Massachusetts. Une devise : Non ministrari sed ministrare *(ne pas être servies, mais servir), significatif, n'est-ce pas ? La directrice l'a bien spécifié à Cora :*
– Nous donnons une excellente éducation aux femmes qui joueront un rôle dans le monde. Et cette enfant a une intelligence vive, mais on ne sait jamais ce qu'elle pense. Cache-t-elle une blessure ?
– Absolument pas, répond Cora.
Idiote.

Pour les vacances d'été, cette année, nous retournons à Newport. Papa a loué un cottage avec vue sur la mer, il traîne son ennui au yacht club. Il a pris sa retraite, je ne prendrai jamais ma retraite. Je suis persuadée que c'est Cora qui le fatigue. Elle me casse les oreilles, alors je m'éclipse toute la journée. J'enfourche ma bicyclette, je pédale à perdre haleine le long de Thames Street, je passe devant les Breakers et puis Marble House, d'abominables choux à la crème avachis sur des meringues tarabiscotées. Décidément, les Vanderbilt n'ont aucun goût ! J'ai rendez-vous avec Sean Sullivan. Je l'aime beaucoup. C'est un grand rouquin qui ne se mêle pas aux autres. Il ne participe à aucun tournoi de tennis, à aucune régate. Il n'accompagne jamais ses parents à l'église ou au club. Je l'ai rencontré à Easton's Beach, allongé sur le sable fin, endormi sous un recueil de poésies. J'ai soulevé le livre, j'ai découvert un joli garçon à la peau dorée, au visage dévoré par les taches de rousseur, presque un homme. Je crois que c'est ça qui m'a plu. Il m'a lu des vers de Yeats, puis m'a emmenée au sanctuaire des oiseaux sauvages. Plus tard, on a pris un thé au Corner Café. Du thé irlandais. Avec du black pudding. J'aurais préféré du homard de la baie de Narragansett, mais je n'ai rien dit.

– J'ai vingt et un ans, Betty Thorpe, n'es-tu pas trop jeune pour que je te courtise ?

– À quatorze ans, on a envie de grandir.

– Tu n'as pas de copains ?

– Non, juste un frère et une sœur stupides, une mère vaine et un père extraordinaire qui ne sait pas que j'existe.

– Alors te voilà aussi désespérée que moi.

– C'est grave ?

– Non, c'est bien, partageons nos angoisses, je ne me suiciderai pas cette année.

Nous nous retrouvons tous les jours sur la plage ou dans le parc Touro. Il me fait lire Joyce, A Portrait of the Artist as a Young Man. *J'en découvre l'ironie. Mais c'est surtout la voix de Sean et la manière dont son visage s'illumine à chaque phrase qui me plaisent. J'aime l'observer. Allongé sur la plage, sa main faisant barrage au soleil, le vent effleurant ses mèches rousses, il est magnifique, il est à moi. Je m'assieds sur lui, il est un peu surpris. Je dégrafe les crochets de ma robe en vichy, il rit, mal à l'aise. Pauvre chéri, tu croyais versifier avec une gamine, et te voilà plaqué au sol par une femme. Je m'étonne de la force de mes émotions. De mon désir. Sean Sullivan me fait doucement entrer dans un univers inattendu. Je m'y égare avec délice, puis je me reprends. J'ai quatorze ans et enfin un premier amant. Je me découvre. L'impression de me voir pour la première fois. J'éprouve une sensation nouvelle, celle de la puissance. Sean me répète que je suis jolie. Tout ce que je sais c'est que mon corps est en feu. Mais je devine qu'il ne faut pas le montrer. Cela serait une preuve de faiblesse. Et je perdrais le pouvoir que je pense avoir sur l'autre. Apprendre la froideur, la distance pour forcer le respect. Jouer avec lui pour mieux le tenir. Sean se met en tête de m'épouser. Comme si se répandre en moi lui conférait ce droit. Il a le sens de la conquête, moi de la victoire. Le captiver puis l'écraser. Exit Yeats et Joyce, soudain la poésie n'est plus à l'ordre du jour, et je quitte Sean Sullivan. Depuis, il pleure toutes les larmes de son corps. Finalement il se suicidera cet été-là. Je suis bronzée et svelte. J'ai un corps de garçon avec de longues jambes et de petits seins. Ma silhouette va-t-elle changer ?*

Et c'est alors que l'Italien paraît. Mon capitaine de frégate se nomme Alberto Lais. Il doit avoir une quarantaine d'années. Grand et ténébreux, une moustache qu'il tripote à longueur de temps. Je voudrais être cette moustache. Nous le rencontrons au country club, à la piscine, lui et sa famille. Cora dit : « Va surveiller les enfants. » Je les laisse se noyer pour avoir la paix, mais Cora hurle, la femme du capitaine aussi, et Papa se précipite. Moi je m'allonge auprès de lui pour voir ce que ça fait. Le capitaine me regarde. Tout le monde me regarde. Je lui demande de m'enduire de crème solaire. J'adore bronzer. Il effleure ma peau en chuchotant :
– Boucle d'or, je vais t'appeler Boucle d'or.
Il se passe quelque chose. Je crois que tout le monde s'en rend compte. Cora crie : « Betty ! » alors j'arrête. Mais je lui donne rendez-vous quand les autres font la sieste. Il fait une chaleur infernale depuis une semaine. Newport n'est pas habitué à une

telle étuve. Abattus, tous s'enferment chez eux. Moi, je fonce à travers les ruelles sur ma bicyclette, je passe devant les maisons victoriennes, les manoirs, et puis le port, les voiliers. Je le retrouve sur la falaise en plein vent, il fait bon ici. Il est fier, cet homme qui m'attend. De loin, on dirait mon cher Papa. Il a cette même manière de se tenir un peu voûté quand il est troublé. Je me demande si ses mains sont aussi douces que celles de Papa, qui pourtant ne me touche pas beaucoup, il n'est pas affectueux. Je suis persuadée qu'Alberto l'est, lui, c'est un Italien.

– Alberto, hou hou, Alberto !

Je laisse mon vélo sur le bas-côté et me précipite dans ses bras. Un peu surpris, il me serre contre lui et murmure :

– Boucle d'or, oh, ma jolie petite fille, il ne faut pas, tu sais.

– Viens, mon chéri.

Je l'entraîne jusqu'à l'extrémité ouest d'Easton's Beach. Avec le coucher de soleil, c'est si romantique !

– Cela va aller très vite, Boucle d'or, explique-t-il. À partir du moment où le soleil tombe dans l'eau, trois ou quatre secondes à peine sont nécessaires pour l'engloutir.

– C'est plus qu'il n'en faut pour un baiser.

– Oh, Boucle d'or, non.

Il caresse mes cheveux, passe le doigt sur mes lèvres, je l'aspire et le suce. Alberto devient tout blanc soudain, le sang se retire de son visage, et je me demande alors s'il ne va pas mourir. Je me jette sur lui et l'embrasse à pleine bouche. Il suffoque un peu, résiste.

– Boucle d'or, mon amour, je ne peux aller plus loin, je suis marié.

– Pas moi.

– N'es-tu pas un peu jeune pour ce genre de choses ?

– C'est ce qui te plaît, Alberto, n'est-ce pas ?

Il pétrit mes bras, pleurniche un peu. Je saisis sa main et la

mets entre mes cuisses. Il la retire aussitôt et me fixe comme si j'étais le diable.
– Boucle d'or, je n'ai pas le droit, je suis catholique.
Je me lève. Il reste allongé sur la plage. Je retire mon T-shirt et mon short, je ne porte rien d'autre. Il bafouille, soudain rouge carmin. Il me tourne autour en hurlant : Boucle d'or.
– Je t'aime beaucoup, tu sais, je dis en français.
Il est très impressionné. Oui, je parle français couramment, je l'ai appris en trois mois aux Essarts, un château lugubre perché au-dessus du lac de Genève. Et je continue dans cette langue.
– Je veux que tu me fasses jouir.
Là il devient écarlate. Il prend sa tête entre les mains, et gémit :
– Ma famille, mes enfants.
J'aime tant les couchers de soleil avec mon capitaine.

Oh, mon cher journal, je vais adorer être une femme, c'est si savoureux de jouer avec eux. Il suffit d'un clin d'œil, de deux ou trois phrases bien senties et on en fait ce qu'on veut. Pourquoi Cora ne m'a-t-elle jamais appris ça ? Le sait-elle ? C'est la fin des vacances, le capitaine rentre en Italie, il est terriblement affecté. Je lui tends Fioretta.
– Je te l'offre. Je l'ai écrit il y a quelques années. C'est l'histoire d'un amour fou, celui d'une petite fille pour un homme plus âgé. Elle construit une forteresse autour d'eux pour les isoler et ils vivent heureux jusqu'à la fin de leurs jours. Une forteresse autour de toi et moi, mon Alberto.
Il geint comme un pauvre vieux chien qui agonise.
– Boucle d'or et moi dans une forteresse, oh, quel doux rêve !
Quelques jours avant son départ, le capitaine organise une réception à l'ambassade italienne pour Fioretta. *Après tout c'est un conte napolitain. J'ai l'impression de recevoir le prix Nobel.*
C'est la fin des vacances, mon capitaine. Tu m'auras tripotée

dans tous les sens sans jamais prendre possession de moi. Pas fortiches, les Ritals, tout de même, que de la gueule !

Dissimulons, dissimulons, cher journal, pour s'amuser encore. Je suis bien plus jolie que je ne l'aurais supposé. J'ai trop d'émotions en moi, elles se bousculent, il faut que je les déguise, que je me cache dans l'uniforme d'une petite fille de Dana Hall, c'est tordant ! Bon vent, cher journal, j'ai quatorze ans.

L'Italien

printemps 1941

1.

Il vient d'être nommé attaché naval à Washington. Son épouse américaine s'en réjouit. Il faut dire que Rome sous Mussolini, ce n'est pas vraiment *la dolce vita.* Le Duce, ce fils de forgeron, ne possède pas de manières. Pas plus que son camarade Hitler, un de ces ploucs, celui-là ! Leonora est heureuse de quitter Rome et la via Appia pour une luxueuse villa à Georgetown. Elle jure que bien malin sera celui qui l'en délogera. Leonora ne rencontrera jamais Betty Pack, qui vit à cent mètres. C'est pourtant elle qui sera à l'origine de son expulsion. Expulsion de cette maison. Expulsion de ce pays.

– Dégommez-moi ces foutus Ritals de mes deux ! hurle Churchill.

Entre les Britanniques et les Italiens, c'est la haine à l'état pur. L'Angleterre bombarde Gênes à tout-va. En Méditerranée, la flotte souffre. «*Il nostro Mare Nostrum*», clame Mussolini en inspectant la Regia Marina, ses navires de guerre à la solide réputation, sa grande fierté.

Toujours est-il que l'ambassade d'Italie se trouvant vacante à Washington, le gouvernement fasciste envoie un élément remarquable pour asseoir sa position en Amérique, nation neutre s'il en est. Un certain Alberto Lais, amiral de cinquante-neuf ans, fervent catholique, marié et père de deux grands enfants. L'homme a déjà été en poste ici par le passé, il est la personne idéale pour apaiser les relations internationales. Car s'il est une vérité universelle, c'est que Franklin D. Roosevelt a beau être un homme ouvert et charmant, il n'apprécie pas le gros Benito.

Et c'est là que Stephenson entre en scène. Et avec lui, Betty Pack. Les Anglais réclament le chiffre italien. « Réclament » est un euphémisme. Le chiffre permet de décrypter les messages des Italiens et d'anticiper leurs positions. Or ce chiffre est aux mains de l'attaché naval. *Il signor* Alberto Lais, donc. Celui-là même qui, il y a une quinzaine d'années, s'enflammait pour une nymphette à la moue avide. Celui-là qui haletait : « Boucle d'or » dans son joli cou d'albâtre en transpirant à grosses gouttes. Boucle d'or. Le chiffre. Lais. Howard le sait. Howard sait tout.

D'Howard à Cynthia : Nous devons parler de votre fille Denise. Ce soir.
De Cynthia à Howard : J'arrive.

14 mars 1941. En cette soirée encore hivernale, au 36e étage du Rockefeller Center, Cynthia se déleste de sa fourrure, croise les jambes, attrape une cigarette, et se penche vers Howard qui ouvre son Zippo d'un coup sec. On dirait un ballet, chaque geste semble avoir été mille fois répété.

– Un amiral vient d'être nommé à l'ambassade d'Italie. Il possède le chiffre. Nous voulons le chiffre. Vite.

– Quel est son nom ?

– Alberto Lais !

Betty éclate de rire, tourne les talons, sort du Rockefeller

Center, hèle un taxi. Direction l'aéroport. Retour à Washington.

D'Howard à Intrépide : La mission est lancée.

15 mars 1941.

– Passez-moi l'amiral Lais, je vous prie.

– De la part ?

– De son épouse.

– Vous êtes en ligne.

– Leonora ?

– C'est ta Boucle d'or, mon chéri. Je suis à Washington et j'aimerais te voir.

Un blanc. Interminable. Puis un chuintement. Il bafouille, tousse. Un autre blanc. Quand il reprend son souffle, c'est d'une voix glaciale qu'il prononce :

– Il est impensable que nous nous voyions, Miss Thorpe. Je suis désolé, mais je suis très occupé. *Arrivederci !*

C'est gagné, se dit Betty. Elle attend. Elle devine qu'il va l'appeler sans tarder.

De Cynthia à Howard : Contact établi.

16 mars 1941.

– Madame, c'est l'ambassade d'Italie pour vous.

Le soleil n'est pas levé encore et la bonne a hésité avant de frapper à la porte de la chambre. Betty ne lui en tient pas rigueur. Elle enfile un déshabillé avant de coincer le combiné à son oreille. La bonne apporte un plateau avec du café noir.

– Allô ?

Elle ne comprend rien. La ligne grésille, on dirait que quelqu'un est en train de s'étouffer.

– Allô ? Qui est à l'appareil ? Allô ? Dois-je raccrocher ?

– Non, non, s'il te plaît, non. Oh, Boucle d'or, Boucle d'or…

Et de nouveau les bruissements insolites.

– Alberto chéri, est-ce toi ?

– Boucle d'or, je ne peux me le permettre, c'est trop dangereux. Boucle d'or, te voir ruinerait ma carrière.

– Mais enfin, Alberto, de quoi parles-tu ? Je suis journaliste, c'est mon métier de rencontrer les diplomates, de les interviewer, de faire entendre la voix de leur pays.

– Mais Boucle d'or, toi et moi, tu sais ce qui nous lie.

– Tu ne veux donc pas que je transcrive le message du Duce ? Il ne s'agit que de cela, de quoi as-tu peur, enfin ?

– *Va bene !* Comment faire, je ne peux pas te recevoir à la chancellerie. Ni chez moi. Les hôtels, je ne suis pas certain que…

– Chez moi, cher Alberto. Viens chez moi. Mais pas en uniforme, ainsi tu passeras inaperçu.

– Oh, merveilleuse Boucle d'or. À la tombée de la nuit, congédie ton personnel.

– Bien entendu, et tu entreras par la porte du jardin. Sur la 33e Rue. Elle est cachée par un énorme noyer, tu ne peux te tromper.

– *Mia cara*, mon cœur bat la chamade.

Elle raccroche.

De Cynthia à Howard : C'est pour ce soir.

Il est un peu plus de neuf heures, il n'y a pas un chat dans les rues de Georgetown. Depuis la véranda de sa cuisine, Betty aperçoit une torche qui s'agite au fond du jardin. Le voilà, le bel amiral, fringant, et tout énervé à l'idée de revoir celle qui n'en finit pas de hanter ses nuits depuis quinze années. Betty le voyait beaucoup plus grand, l'homme s'est voûté. Il porte un costume de ville à chevrons, très bien coupé.

– Ma Boucle d'or, souffle-t-il, tu n'as pas changé, je t'ai apporté du chianti.

Il l'embrasse sur les deux joues comme ferait un père pour son enfant. On se souvient que s'il y a bien une personne qu'aime Betty, c'est son père. Aujourd'hui, il végète six pieds sous terre, elle en ressent un manque profond et une tristesse infinie. Elle ne fait aucun effort pour s'extraire des bras de l'Italien. Il s'en rend soudain compte et la repousse comme si elle était brûlante. C'est lui qui est brûlant. Il ne peut détacher ses yeux d'elle. Il transpire beaucoup, il éponge son front avec un mouchoir en soie. Il ne sait pas quoi faire de ses bras, il regarde autour de lui. Il voudrait fermer les rideaux. Elle l'entraîne dans le salon et s'assied sur le divan. Elle glisse ses jambes sous ses fesses et lui indique la place à côté d'elle en tapotant le coussin. Il choisit le fauteuil en face.

– Tu n'as pas changé non plus, mon Alberto, sourit Betty.

C'est faux. Ses cheveux sont gris et clairsemés, sa moustache aussi. Ses épaules se sont arrondies, comme celles des vieillards. Et puis il a l'air si malheureux.

– Viens près de moi, chéri, ordonne Betty en désignant le sofa.

Cette fois-ci, il obéit. Elle se saisit de ses mains.

– Je n'ai pas arrêté de penser à toi, Boucle d'or, cela me torture depuis tant d'années.

– Moi aussi, Alberto, je n'ai pas osé. J'ai respecté ta famille.

– Toi et moi vivons un amour pur, en dépit de tout, *cara mia*.

– Mais oui.

– Tu es toujours ma petite fille.

Et Betty comprend que c'est le rôle qu'elle doit jouer. Ils

dînent tranquillement dans la petite salle à manger aux rideaux tirés. Un feu crépite dans la cheminée, les chandeliers diffusent une lumière voilée. Ils vident la bouteille de chianti. Il est un peu surpris qu'elle le traite en oncle vénérable. Il est déçu. Il pensait, il pensait, mais tu pensais quoi, Alberto ? Oh, elle est inouïe dans sa robe moirée. La fumée de sa cigarette auréole son visage d'un halo ouaté. Ce qu'il voit, ce qu'il a là devant lui est au-delà du mystère de la Sainte Trinité. Il ne s'y attendait vraiment pas. Il a en mémoire l'image d'une petite fille qu'il aimait tripoter. Ce n'est plus Boucle d'or. Non c'est le péché fait femme, Ève, elle-même, celle qui aime, qui attire et qui comprend, celle qui emporte et dont on ne revient jamais. Et Alberto avoue tout. Sa vie de couple pas si réussie que ça, Leonora épousée par raison et à qui il est resté fidèle par conviction. La lourdeur de la politique actuelle, le chemin de Mussolini pavé de croix gammées. Betty écoute. Les confidences, ça la connaît. L'amiral Lais doute de l'avenir de son pays au sein de l'Axe. Il se répand sur ses déceptions, ses peurs. Betty confesse à son tour un triste mariage, un homme violent et méchant, manipulateur, pervers. Arthur lui a retiré la garde de sa fillette de quatre ans (six en fait mais Betty n'est pas au point là-dessus). Elle a mis des années à s'échapper des griffes maritales, elle est seule à Washington, américaine, loyale à son pays, si heureuse de vivre à côté de sa chère maman. Mais ce dont elle a réellement besoin aujourd'hui c'est d'un ami fidèle. Elle n'a personne sur qui se reposer, nul ne la serre contre soi avec affection.

– Notre vieille complicité ne s'est jamais éteinte, j'ai si souvent pensé à toi, Alberto, en ces heures si moroses de ma vie !

– *O cara mia*, Boucle d'or, *piccola ragazza d'oro, mia piccola ragazza.*

Alberto se précipite sur sa petite fille en or en lui faisant jurer de ne jamais briser les liens de son mariage. Betty va encore se faire malaxer dans tous les sens. Ah, l'hypocrisie de la religion catholique ! Soudain elle songe au père Pablo qui ne reculait devant rien, surtout pas devant le corps de la Madone. Betty couche à l'italienne et ce n'est pas fracassant.

De Cynthia à Howard : En progrès.
D'Howard à Cynthia : Foncez, vite.

17 mars 1941. L'amiral prend ses habitudes. Le portillon en bois occulté par le noyer est le plus beau des sésames. Lais passe ses soirées chez Betty, qui éponge les moiteurs de son front.

– Boucle d'or, ma petite fille, halète-t-il en couvrant son corps souple de baisers.

La danse des sept voiles, elle excelle, Betty est une ensorceleuse. L'amiral est béat d'amour et d'admiration. Il la caresse, la contemple, la fait tournoyer comme une poupée. Ils boivent du chianti, fument des cigarettes italiennes, il lit D'Annunzio, n'évoque pas beaucoup Mussolini, jamais l'Angleterre, encore moins le traité de Versailles qui favorisa la Yougoslavie au détriment de l'Italie. La rancune est tenace.

D'Howard à Cynthia : Ça commence à bien faire.
De Cynthia à Howard : J'enclenche la vitesse supérieure.
D'Howard à Cynthia : Le chiffre naval. Qui y a accès ? Où est-il détenu ? La chose est vitale.
De Cynthia à Howard : Oui.
D'Howard à Cynthia : Le temps joue contre nous.

19 mars 1941. Et Betty Pack sort le grand jeu. Alberto lui demande de s'allonger toute nue sur le lit. Son lit, son

royaume. Il s'assied dans le fauteuil en tapisserie et la dévisage, la câline, l'effleure, lui chuchote des douceurs. Il passe chastement sa main sur son corps sans retirer son costume. Il sort de la poche intérieure de son complet une boîte en ébène et or, en partie émaillée, et si finement ciselée.

– Un trésor de Benvenuto Cellini, *mia cara*, tu la garderas toute ta vie, tu te souviendras que c'est moi que te l'ai offerte.

C'est le moment, songe-t-elle.

– Et je la chérirai car elle vient de toi, mais il y a autre chose qui me ferait plaisir.

– Tout ce qui est en mon pouvoir.

– Justement.

Elle pose sa tête sur son épaule et lui prend la main. Elle évoque le chiffre naval en lui léchant les doigts. Lais ne réagit pas immédiatement. En réalité, il est stupéfait. Il ne s'attendait pas à cela. Il se lève pour aller chercher un verre d'eau. Elle lui tend une vodka. Cela lui fait un bien fou. Il s'assied de nouveau, se tient la tête entre les paumes. Il est terrifié.

– Pourquoi ? demande-t-il simplement.

– Pour l'Amérique.

– L'Amérique n'aime pas Mussolini.

– L'Amérique veut le meilleur pour les Italiens. L'Amérique dispose d'un plan pour la libération de l'Europe.

– Jure-moi que ce n'est pas pour ces salopards d'Anglais.

– Mais je suis américaine, *caro mio*.

– Tu me demandes de trahir mon pays, Betty, ni plus ni moins.

Il sort sans un mot. La lune est pleine et l'éclaire, il ne se retourne pas.

– Demain, je t'attends demain soir, n'est-ce pas ?

Il ne répond pas. Mon Dieu, songe-t-elle, je suis allée trop loin.

2.

20 mars 1941. Betty tend l'oreille, il est bientôt neuf heures du soir. Soudain un grincement, c'est lui. Betty est soulagée. Il apparaît dans le jardin. Peut-être plus raide que d'habitude. Le voici sur la terrasse, elle l'accueille avec un sourire enfantin. Il ne l'embrasse pas, mais il est là et c'est déjà une victoire.

– J'ai bien cru que tu ne reviendrais jamais, dit-elle en se jetant dans ses bras.

Il la serre contre lui. Gagné, songe-t-elle.

– Pourquoi, ma petite fille en or ?

– Ma question, hier.

– J'ai été surpris, c'est tout, il suffit que ça passe.

– Tiens, chéri, fait-elle en lui tendant un verre.

– Nous allons en parler un peu, Boucle d'or, et puis nous passerons à autre chose.

– Oui.

– Je ferai tout pour toi, mais je ne te donnerai pas le chiffre italien. C'est impossible.

Betty se déshabille lentement et s'allonge nue devant la cheminée.

– Viens, murmure-t-elle, viens près de moi, viens me faire la conversation.

Il tremble un peu, baise ses doigts et prononce les mots suivants :

– Ce que je ne peux te donner, Giulio, lui, en est capable.

Elle prend sa main et le conduit vers la chambre.

De Cynthia à Howard : Demain, envoyez photographe et récompense.

D'Howard à Cynthia : Bravo.

21 mars 1941. Deux secrétaires se prénomment Giulio au bureau de l'attaché naval. Betty n'a aucun mal à les faire parler, ils sont à des postes subalternes. Un troisième est chargé de la sécurité. Il est absent aujourd'hui, mais vit au Shoreham Hotel à deux pas des bois de Rock Creek Park. À midi tapant, Betty frappe à la porte de sa chambre et son plan s'effondre quand une ravissante brunette ouvre la porte. La femme de Giulio. C'est délicat. Betty ne peut courir aucun risque, Giulio est la source. Elle explique qu'elle est journaliste, que l'amiral Lais la recommande et qu'elle aimerait interviewer le chargé du chiffre naval, c'est essentiel pour les liens entre les deux pays. Coquette, l'épouse de Giulio quitte la pièce pour se repoudrer le bout du nez dans la salle de bain, Betty dégage ses jambes et tend un morceau de papier avec son adresse à l'Italien.

– Chez moi, ce soir. Il est plus aisé d'être interviewé en tête à tête, je compte sur vous.

Giulio se saisit du message.

De Cynthia à Howard : Ce soir donc.

D'Howard à Cynthia : Photographe et mallettes à huit heures.

Le même soir aux alentours de dix heures, on sonne au 3327 O Street. Giulio. C'est un homme d'une quarantaine d'années, assez ténébreux, un Italien dans toute sa splendeur, un peu macho sur les bords, enjôleur, fatigant. Prise d'une soudaine inspiration, Betty se met aux fourneaux et lui cuisine des spaghettis. Tandis qu'il l'aide en plaisantant sur ses aptitudes culinaires, elle lui explique que les Américains sont intéressés par le chiffre. Cela ne le trouble pas outre mesure, au contraire, Giulio est ravi. Personne ne fait jamais attention à lui et cette femme magnifique le reçoit chez elle et mitonne son plat favori. Rien que pour lui. Il va lui donner tout ce qu'elle veut et plus encore.

– Comme j'aimerais vivre ainsi, déclare-t-il en balayant la pièce d'un coup d'œil envieux.

Betty le tient. Et ça va aller très vite.

– Rien de plus simple, rétorque cette dernière. Donnez-moi le chiffre naval et vous vivrez dans le luxe jusqu'à la fin de votre existence. Nos amis américains sont puissants et fidèles, ils tiennent toujours parole. Tout peut être réglé dès ce soir. En agissant ainsi, vous aidez votre pays qui s'égare du droit chemin.

Mais Giulio n'écoute plus, l'Italie, il s'en moque, et le droit chemin encore plus. Aucun traître ne reconnaîtra jamais agir pour l'argent, et pourtant c'est le cas la plupart du temps. L'autre raison peut être l'amour. Betty possède tous les atouts dans sa manche.

– Ce soir ? interroge Giulio.

– Ce soir.

– Vous me donnez deux heures ?

– Oui.

Il est une heure du matin. Dans la cuisine de Betty Pack, un Italien compte religieusement les billets de banque. Dans la chambre, un photographe shoote les différents documents qui constituent le chiffre naval. Il termine à peu près en même temps que Giulio. Betty rend le livre de code à l'Italien, qui sort par la porte du jardin et s'en va replacer le précieux carnet dans le coffre de l'ambassade. Ni vu ni connu. Il tient en bandoulière une serviette en cuir remplie de grosses coupures. Des dollars américains. Pas des lires italiennes.

– *Così è la vita*, fait-il en agitant la main.

On n'entendra jamais plus parler de lui.

De Cynthia à Howard : Mission accomplie.

21 mars 1941. À six heures du matin, Betty Pack prend l'avion pour New York. À dix heures, Montgomery Hyde embarque pour Londres. Dans la valise qu'il garde sur ses genoux, les photographies du chiffre naval italien. « *Giovinezza, giovinezza, primavera di bellezza, per la vita, nell'asprezza, il tuo canto squilla e va !* », chantonne Betty Pack dans l'express qui la ramène à Washington.

22 mars 1941. À Bletchley Park, les scientifiques Dilly Knox et Mavis Lever viennent de casser le chiffre italien. Les messages sont immédiatement mis à la disposition de la Royal Navy. Les Anglais prennent connaissance des mouvements de la Regia Marina et des opérations à venir.

28 mars 1941. Au Sporting Club d'Alexandrie, l'amiral Andrew Cunningham, commandant en chef de la flotte méditerranéenne, joue au golf avec le lieutenant Hugh Lee. Dix-huit trous, c'est exactement ce dont il a besoin avant de torpiller la flotte mussolinienne. Cunningham inflige une raclée mémorable au lieutenant Lee. En quittant le golf, il est d'humeur joyeuse, il croise le consul japonais dont il sait que c'est un espion de l'Axe. Assez fort pour que le Japonais l'entende, Cunningham lance à Hugh Lee :

– Nous vous attendons ce soir à huit heures pour le dîner.

– Ma femme s'en fait une telle joie, répond Lee.

Ce soir-là à sept heures précises, le commandant Cunningham embarque sur le HMS *Warspite*, il dirige une flottille de navires britanniques armés pour surprendre et détruire la flotte italienne. Nous sommes au cap Matapan, au large de la Grèce dans le sud du Péloponnèse. La bataille navale entre la flotte du Duce et la Royal Navy peut commencer. Grace au décryptage du chiffre italien, le commandant Cunningham sait précisément où sont placés les navires ennemis. Sur le HMS *Valiant*, l'officier de marine Philip de Grèce, magnifique éphèbe d'un mètre quatre-vingt-dix, au regard éclatant comme la richesse d'un vitrail, aux cheveux blonds aryens, contemple la photographie d'une jeune fille de quinze ans, Elizabeth, héritière du royaume d'Angleterre. Il la glisse dans la poche intérieure de son uniforme. Plaquée sur son cœur. À dix heures et vingt minutes précises, le commandant Cunningham ordonne à ses vaisseaux de braquer leurs faisceaux lumineux droit devant. Et dans la noirceur de la nuit se détache la flotte italienne.

– Feu ! s'écrie Cunningham, depuis le HMS *Warspite*.

– Feu ! s'écrie le lieutenant Hugh Lee, depuis le HMS *Barham*.

– Feu ! s'écrie Philip de Grèce, depuis le HMS *Valiant*.

À l'aube du 29 mars 1941, la mer brûle toujours. Carcasses, ferrailles, cadavres flottant. Près de deux mille quatre cents Italiens perdent la vie ce jour-là. Contre un marin anglais de Winchester. Le commandant Andrew Cunningham vient d'anéantir la Regia Marina. Elle ne s'en remettra jamais.

À Downing Street, Churchill porte un toast à Betty Pack, cette fille qui vient de changer le cours de la guerre.

D'Howard à Cynthia : Vous avez les félicitations du Vieux Marin.

3.

Ce même 29 mars 1941, à neuf heures du soir, toute à la victoire britannique du cap Matapan, Betty s'accorde un bain moussant et parfumé en sirotant un martini dry. La tête rejetée en arrière, elle exhale la fumée de sa cigarette sur les bulles de savon qui volettent autour d'elle. Soudain la porte s'ouvre et Alberto Lais apparaît, tel un diable hors de sa boîte, le visage défait, lugubre et sinistre.

– Boucle d'or, si tu savais, si tu savais, hier soir, une bataille mémorable, c'est catastrophique…

Bien entendu qu'elle sait. Mais que fait-il ici ?

Elle s'était dit qu'il comprendrait et s'en irait par d'autres chemins. Un peu abattu certainement, qu'importe, à la guerre comme à la guerre ! L'amiral italien n'a rien compris. Les Anglais ont anéanti sa flotte, il est dévasté. Son pays est en train de sombrer, il est désespéré et se tourne vers son tendre amour, la seule en qui il a une confiance infinie, sa chère Boucle d'or. Betty savourait un instant de grâce mérité. Les hommes, ces égoïstes, ne respectent rien. L'amiral Lais vient quérir caresses et réconfort, la geisha émerge de son écrin, le corps ferme et blanc, la mousse glisse le long de ses reins. C'est plus qu'il n'en faut pour Lais, qui s'effondre, rampe jusqu'à ses pieds qu'il couvre de baisers. Pour un peu on en ferait une carpette, se dit Betty, une carpette romaine.

Qui mieux qu'une petite fille en or pour apaiser les terreurs d'une âme blessée ? Ce grand sentimental n'imagine pas une seconde que le cap Matapan soit lié de près ou de loin à Betty Pack, à Giulio ou encore à sa propre inconséquence. Giulio n'est pas venu travailler ce matin, personne ne l'a remarqué, tout occupés qu'ils étaient à rapiécer les morceaux du fascisme qui s'effiloche.

Nue et ruisselante, Betty descend dans le salon concocter un remontant pour son soupirant. Et non seulement il pleurniche en la suivant, mais il s'épanche à n'en plus finir, et c'est beaucoup plus que n'en demandait Betty. Elle écoute avec lassitude et soudain : une information stupéfiante.

– J'ai dû donner un ordre, ma Boucle d'or, un ordre qui fait saigner mon cœur. Je me sens si misérable.

– Quel ordre, *mi amore* ?

– Celui de saborder tous nos navires et destroyers mouillant dans les ports américains.

Et il explique.

– À cause de la défaite, Mussolini est persuadé que les Américains vont bientôt abandonner leur neutralité, et refuse que sa flotte soit saisie par l'ennemi éventuel, d'où une destruction par anticipation.

– Mais de combien de navires s'agit-il, *mio amore* ?

– Cinq amarrés dans le port de Norfolk en Virginie seront coulés par des bombes à retardement. D'autres seront mis hors d'usage par leurs propres équipages. Près d'une trentaine en tout.

Elle est interloquée, lui affligé. Il attend son absolution. Elle a autre chose à faire, elle voudrait téléphoner, avertir Howard au plus vite, sauver les navires et les appréhender.

C'est une question de secondes. Mais il est là, collé à elle, larmoyant.

– Chéri, je vais te faire couler un bain, cela te fera un bien fou.

– Non, je ne...

– Je vais t'y rejoindre.

– Mais tu viens d'en prendre un et...

– Amiral, on ne conteste pas les injonctions d'une femme !

– Oh, *mia* Boucle d'or.

Jamais eau n'aura coulé si vite, jamais homme n'aura été débarrassé de ses vêtements aussi rapidement. Elle le plonge dans le bain et appuie sur ses épaules.

– Je vais t'apporter un verre de chianti, détends-toi, mon amour, prends une cigarette.

Elle ferme la porte de sa chambre et appelle Howard. Elle raccroche tout juste quand Alberto, nu et trempé comme une soupe, pénètre dans le boudoir, affolé.

– Il y a deux hommes dans l'allée, je viens de les apercevoir par la fenêtre, ils sont là pour m'arrêter.

Betty éteint la lumière, soulève les rideaux, et se penche à son tour. Il a raison, le FBI, certainement. Les individus, alertés par l'obscurité soudaine, lèvent la tête vers la fenêtre. Alberto panique, les informations concernant le sabordage doivent être connues, ils sont là pour lui. Betty le calme, attrape une serviette et le sèche comme un enfant, en frottant bien chaque jambe puis les bras et enfin le torse. Un dernier petit coup sur la tête, les cheveux en bataille, voici un peigne. Elle l'aide à s'habiller, l'entraîne vers la cuisine, le fait passer par la porte de derrière. Quelle aubaine, cette sortie dissimulée ! Betty Pack s'en félicite chaque nuit.

– Va directement à l'ambassade, mon chéri, tu y seras protégé, personne ne t'arrêtera là-bas. Je défendrai ton honneur quoi qu'il arrive, assure celle qui vient de le marquer du sceau de la trahison *ad vitam*.

La sonnette retentit.

– Sauve-toi !

– Boucle d'or, cette guerre, quelle horreur, je suis anéanti. Vraiment, les Alliés n'y mettent pas du leur !

– *Vattene !*

La sonnette résonne de plus belle. Et Lais file tel un voleur. Betty est soulagée de le voir disparaître. Elle n'ouvre pas, les agents du FBI s'en retournent, dépités, faire leur rapport.

De Cynthia à Howard : Les ports concernés sont Norfolk, Newark, New Jersey, Philadelphie et Jacksonville et le canal de Panama.

De l'agent spécial S.K. McKee à Edgar Hoover :
Objet : Mrs Arthur Pack – Espionnage
Dossier 65-435239
Suite à votre lettre, nous maintenons surveillance sur le sujet Pack, nous jugeons qu'une enquête discrète sera à même de fournir des informations de valeur.

D'Edgar Hoover à John Arthur Reid Pepper, dit Howard :
Objet : Mrs Arthur Pack
Suite à votre lettre, nous vous informons que nous ne menons aucune enquête sur le sujet Pack, qui n'a pas d'intérêt pour nous.

Mais les lourdeurs bureaucratiques américaines empêcheront de sauver et de saisir la flotte italienne. Franklin D. Roosevelt est sur son yacht au large de la Floride, et c'est au bout de huit heures seulement qu'ordre est donné à l'amiral R.R. Waesche, commandant des garde-côtes, de prendre les dispositions nécessaires. Quand les patrouilles abordent les navires, c'est pour constater que la plupart d'entre eux sont déjà sabordés. Dans le port de Newport, cinq bâtiments explosent et causent d'immenses dégâts. Des bombes placées dans la salle des machines. Les bateaux sont irrécupérables. Les instructions de l'amiral Lais ont été suivies avec diligence. Sur vingt-huit embarcations, deux seulement seront arraisonnées, une demi-douzaine sont rendues inutilisables et les vingt autres nécessitent des réparations importantes avant de pouvoir reprendre la mer. La moitié pourront être réparées et serviront la cause alliée.

L'amiral Alberto Lais est alors convoqué par le gouvernement américain, les actes commis sont en infraction avec les lois d'un pays neutre. Il est désigné *persona non grata*. Il est signalé comme traître à son pays, traître à l'Amérique, et révoqué. Les médias américains s'emparent de l'affaire avec force photos des sabotages. La perfidie italienne s'étale dans la presse. Et fait basculer l'opinion publique américaine.

D'Intrépide à Howard : Bravo.
D'Howard à Cynthia : Bravo.

Lais est expulsé des États-Unis. Il ne comprend pas son limogeage. Il passe sa dernière soirée au Plaza à New York avec Boucle d'or. Un ultime au revoir à sa *cara mia*. Il la caresse, l'embrasse, ne se lasse pas de la contempler. Allongée nue sur le lit, lui dans le fauteuil, toute la nuit à la dévorer des yeux. On dirait l'Olympia de Manet, l'odalisque de Boucher, la muse de Modigliani, à chacun son empire des sens. Il lui offre de tout quitter pour partir avec lui. Betty évoque l'amour de sa petite Denise qu'elle ne peut abandonner. Bien entendu, Lais comprend. Quand il s'endort enfin, elle se précipite pour fouiller ses bagages et en envoie une description complète à Howard.

À dix heures du matin, le 25 avril 1941, une Lancia du consulat italien s'arrête devant le Plaza, elle attend l'amiral. Betty monte avec lui et se pelotonne dans ses bras. Quand il sort de la voiture, elle se pend à son cou. Il est conduit *manu militari* à bord du transatlantique qui l'emmène au Portugal, puis en Italie.

Depuis le quai, Betty envoie des baisers. À quelques pas derrière elle, Leonora Lais et ses deux enfants, ahuris, ne comprennent pas pourquoi on leur enlève leur époux et père, ni qui est cette fille qui s'agite ainsi.

C'était un être doux et sentimental, mais pour Betty Pack, cela ne signifie rien. Elle ne le reverra jamais. En quinze ans, il ne lui aura jamais fait l'amour. Fait-il une fixation sur les gamines ou est-il seulement impuissant ? On ne le saura pas. Il passera les dix années qu'il lui reste à vivre à rêver de Boucle d'or en relisant pour la énième fois *Fioretta*, ce si joli conte napolitain. Betty, elle, a accompli sa mission. Pour l'Angleterre et pour le roi, pour Churchill et pour les Alliés. Elle est à ce jour la personne la plus importante de ce que l'on appellera bientôt la Seconde Guerre mondiale. Quant à la boîte en ébène et or, en partie émaillée et si finement ciselée, elle l'offrira à Howard qui louchait dessus avec envie. Les espions, ces grands enfants !

4.

Le mois de mai est doux à Washington. Dans le jardin de Betty, les asphodèles s'épanouissent en grappes de fleurettes serrées, blanches et rosées. Elles attirent de nombreux insectes qui forment un nuage éphémère, un mouvement permanent, aérien, que Betty ne se lasse pas de contempler. Elle laisse retomber le rideau et attrape sa montre sur la coiffeuse, il est midi. La femme de chambre frappe doucement et annonce une visite, quelqu'un attend dans le salon. Sans prévenir ? s'étonne Betty. Mon Dieu, et si c'était un agent provocateur ? Le FBI devient de plus en plus méfiant. Il aimerait savoir quel jeu elle joue. Betty Pack joue solo. Elle vérifie que le petit revolver caché dans la table de nuit est chargé et le glisse dans son sac à main avant de s'habiller.

Il s'est installé dans la bibliothèque, alors que la bonne lui indiquait le salon. La tête tournée vers la fenêtre, il observe le jardin derrière la cuisine. Il connaît bien entendu le noyer et le portillon de bois. Il sait qu'il grince. Cet homme ramassé et sec est un boxeur poids léger à la beauté un peu rude. Le visage marqué, le teint bronzé, et des mains si longues que l'on a envie de les caresser. Il a quarante-cinq ans et dégage une virilité folle. Et puis ce léger défaut, cette cicatrice au coin de la lèvre qui se retrousse et lui confère un cynisme irrésistible. Des yeux très clairs, perçants. Jeune, il a dû être fringant et impétueux. Betty se souvient d'une conversation avec Roald Dahl à son propos. « Il donne dès le premier abord l'impression d'une force immense. Rien d'indécis chez lui. Vous vous savez dans la fosse aux lions et pourtant vous n'éprouvez aucune crainte. »

Il se lève, lui explique être venu lui témoigner ses hommages. Il ne se présente pas. Il évoque la saison, plus chaude cette année, les arbres fruitiers en fleurs, il adore les cerisiers, le calme de la rue l'enchante. Betty acquiesce, et lui propose un café. Il préfère un martini dry. Il la teste. La seule chose que Betty ait appris de Cora, c'est l'art de confectionner le martini dry. Et c'est déjà pas mal. Cora elle-même l'avait reçu de sa mère, étant incapable d'inventer quoi que ce soit. Une mesure de gin ajoutée à une demi-mesure de vermouth blanc sec dans un verre à mélange. Une cuillère en argent pour remuer dans un certain sens, à une certaine vitesse pour ne pas en gâcher l'humeur ni en troubler le nectar. Elle remplit de glace aux deux tiers. Cogne rapidement avec la cuillère de haut en bas. Elle le sert filtré sans glaçons, y ajoute une olive verte percée d'une pique, surtout pas de zeste de citron.

– Une recette de ma mère, déclare-t-elle en lui tendant le verre frappé.

– Oui, on la lui a sans doute enseignée à la Sorbonne.

Une manière discrète de lui montrer que d'elle il sait tout. Un clin d'œil approbateur. Son regard change de couleur et d'intensité à chaque instant. Ce n'est jamais le même homme. On dirait qu'il économise ses mouvements, ses sourires, et cette puissance qu'il dégage. Il n'est pas dans la séduction. C'est un homme d'action. Il possède cette fougue qui effraie les timorés et stimule les audacieux. Se reconnaissent en lui ceux qui sont faits du même acier. Trempé. Pour se mesurer à lui et gagner son admiration. C'est un seigneur de guerre.

– Votre travail a été très apprécié, précise-t-il en posant son verre sur le guéridon.

– Est-ce là votre opinion personnelle ou celle de votre chef ?

Il sourit et la cicatrice s'étend.

– Oh, le chef, vous savez comment il est, terrible !

Elle éclate de rire.

Quand rien n'est dit, on peut continuer à faire semblant, et c'est exactement ce qu'ils font pendant deux heures. Ils bavardent de tout et de rien. Surtout de tout, à mots couverts. Avant de partir, il lui demande :

– L'impossible vous effraie-t-il ?

– Rien n'est impossible, répond-elle aussitôt en allumant une cigarette.

Lui ne fume plus, il a les poumons fragiles, une attaque au gaz moutarde en 1916. Il était alors un jeune pilote canadien et venait d'intégrer le 73e Squadron du Royal Flying Corps. Il avait abattu plusieurs avions allemands et donné des renseignements très précis sur les mouvements ennemis. Il a un tel goût de la bagarre. Son gibier, c'était le Baron rouge, le célèbre baron Manfred von Richthofen, et son frère le dangereux Lothar. Piqués, boucles, tonneaux, rase-mottes, adieu les Richthofen. En 1918, il est tombé derrière les lignes ennemies. Fait prisonnier, il s'est évadé du camp grâce à un ouvre-boîte. Dans les années 1930, aux côtés du professeur Frederick Lindemann, « le Prof », il a sonné l'alarme de la remilitarisation allemande. Il a l'oreille de Winston Churchill.

– Et si l'impossible existait ? poursuit-il.

– Je le vaincrais, déclare-t-elle.

Il est venu voir de quelle étoffe les héroïnes sont faites. Il a sous les yeux une ravissante Américaine en pleine possession de ses moyens. Elle est capable d'agir seule, de faire face à n'importe quelle situation. Elle ne se sent pas dominée par les hommes, au contraire, elle connaît son ascendant sur eux. Liberté de mœurs ? Non, rigueur de principes personnels ! L'air de rien, souriant à cet homme qui n'existe pas, Betty Pack apprend à William Stephenson qu'elle accepte la mission impossible. Et cette mission, c'est l'assaut de l'ambassade de France !

Vichy, nid d'espions

1941-1942

1.

En mai 1941, l'ambassade de France à Washington dépend directement du gouvernement de Vichy, et donc de son chef, le maréchal Pétain, et de son vice-président du Conseil des ministres, l'influent amiral François Darlan. En résumé, une bien jolie taule pour une bande de nazillons. Avec qui l'Amérique entretient des relations diplomatiques, ce qui exaspère les Anglais.

Ils sont nombreux à être impliqués dans cette affaire. Le Canadien Stephenson, l'Américain Howard et l'Irlandais Hyde. C'est-à-dire l'OSS et le BSC. Mais pas le FBI. Des codes, toujours des codes, Vichy est un vrai nid d'espions ! L'affaire, tout ce qu'il y a de plus vague, est très précise en réalité. Il s'agit d'infiltrer la chancellerie pour se rendre maître du chiffre français. Si la chose est beaucoup moins aisée qu'avec l'Italie, cela tient à un trait essentiel : les Français sont des emmerdeurs. Avec eux, tout est toujours compliqué.

Pétain et Darlan ont scellé un pacte avec le diable. Le nord du pays est dirigé par les Allemands, quand la France libre est sous gouvernement vichyste. Lequel léchouille avec délectation la paume tendue du Führer. Autant dire que la Résistance a du souci à se faire. Le plus malin dans tout ça, c'est de Gaulle, qui finira par en récolter tous les lauriers sans beaucoup se mouiller. À l'ambassade, rebaptisée Naziland par les Britanniques, les documents confidentiels, câbles, ordres et autres échanges avec le Reich sont vitaux pour le renseignement. Quelles sont les intentions de Vichy concernant la flotte française ? L'Angleterre n'a pas envie de la voir tomber entre les mains ennemies. Qu'en est-il des réserves d'or planquées à la Martinique ? Trois cents millions de dollars, un joli butin pour qui saura s'en emparer.

– Je ne suis pas du tout satisfait avec ce que l'on sait des bouffeurs de grenouilles, fulmine Churchill. Zone occupée, zone libre, je veux être au courant de tout !

Et c'est là que Stephenson songe à Betty Pack. Elle est sur place, parle français couramment, elle a montré de quoi elle était capable, il est temps de la précipiter dans la gueule du loup. Ce que n'ont prévu ni Stephenson ni Churchill, c'est que Betty va tomber folle amoureuse du loup et que cela durera jusqu'à la fin de sa vie.

> D'Howard à Cynthia : Collectez informations, rumeurs, carnets, tout est bon.

Pour Betty, la première étape consiste à repérer sa cible, à l'étudier pour convenir du meilleur endroit où frapper. Ménager cette cible, qu'elle n'aille pas se plaindre auprès du gouvernement américain, nation neutre en mai 1941. L'ambassadeur français à Washington se nomme Gaston Henry-Haye. C'est un petit homme aux fortes sympathies fascistes. Infidèle et riche. Le premier conseiller de l'ambassadeur est Georges Bertrand-Vigne, un snobinard ingérable. Et puis il y a Charles Brousse, le play-boy. Attaché de presse, responsable de la communication, marié trois fois, volage et séduisant. As des as, croix de guerre, c'est un pilote remarquable, il déteste les Allemands. Son épouse Kay a beaucoup d'argent, il en dépend. Il est propriétaire d'un château fort dans les Pyrénées et d'un journal régional, *L'Indépendant.* Alors, l'ambassadeur, le conseiller ou le play-boy ?

Cora Thorpe a conçu son jardin comme un boudoir. Un havre de paix pour commérages en tout genre. Des tubéreuses au parfum épais, une balancelle, des rocking-chairs en fer forgé bombé blanc et d'épais coussins en gros drap. Un store à rayures jaunes et blanches abrite la terrasse du soleil printanier.

– Il est magnifique, il a le profil fin et aristocratique, très grand. Si chic, admet Cora. On dirait, voyons, ma chérie, un acteur de cinéma. Veux-tu du thé, Betty ?

– Merci, oui.

Ne surtout pas interrompre le flot de paroles. Cora adore les visites de sa fille aînée. Elle ne la comprend pas toujours, mais souhaite compter pour elle. Elle lui rappelle tellement son époux. La femme de chambre pousse une desserte roulante qui croule sous les pâtisseries, doughnuts et autres tartelettes, Betty comprend mieux pourquoi sa mère a doublé de volume.

– C'est Clark Gable tout craché, mais sans la moustache. Un rien de Gary Cooper, Betty chérie, ne le regarde pas de trop près, tu vas en tomber passionnément amoureuse. Je ne veux pas m'immiscer dans ta vie privée, je ne sais pas ce qu'est devenu ton mari, mais enfin personne ne peut se mesurer à Charles Brousse. Il a quelque chose de ce jeune acteur, James Stewart peut-être. Souviens-toi de lui dans ce film de Cukor sorti l'an dernier…

– Je ne sais plus.

Betty cherche son boîtier à cigarettes.

– C'est un coureur, il trompe sa femme à tour de bras, tout le monde le sait. Elle se nomme Catherine Calhoun Graves, on la surnomme Kay. Elle est l'arrière-petite-fille d'un Président.

– Vice-président, il me semble…

– Brousse déteste les Allemands, poursuit Cora, il le crie bien fort, mais il est loyal à son gouvernement. Ces Français sont tous très cavaliers, avec des maîtresses en veux-tu, en voilà ! Il doit avoir une cinquantaine d'années, il pourrait être ton père !

L'intérêt de Betty est aussitôt éveillé. Charles Brousse est la cible choisie.

Le 19 mai 1941, Betty Thorpe, journaliste réputée, appelle l'ambassade de Vichy et sollicite une entrevue avec Gaston Henry-Haye. On la transfère à Charles Brousse, qui gère sa communication.

– Monsieur Brousse, je suis reporter, j'éprouve un grand amour pour la France, j'y ai fait mes études.

– Je veux bien le croire, madame, vous n'avez aucun accent.

– Vous me flattez. J'aimerais beaucoup interviewer l'ambassadeur et donner à mes lecteurs une image flatteuse de votre si beau pays. Les temps sont compliqués pour vous, et je pense que quelques mots de M. Henry-Haye pourraient clarifier la situation.

Brousse ne répond pas. Betty a-t-elle commis une bourde ? Elle insiste :

– Peut-être me suis-je trompée d'interlocuteur, vous n'êtes pas en mesure…

– Je suis l'interlocuteur privilégié, madame, répond-il, irrité. Je me demande juste si mon ambassadeur se pliera à cela. Je vous propose de passer demain vers deux heures et nous discuterons.

Betty raccroche en souriant.

De Cynthia à Howard : Contact établi.

Verte, elle l'a choisie verte. Car elle sait que cela accentue la profondeur de son regard. Une robe moulante au décolleté carré terminé par un petit col plat, des manches trois quarts. Elle porte un bibi assorti, de courts gants blancs, un collier de perles. Elle se rend à pied à l'ambassade, repère le terrain. Elle avance doucement, étudie avec précision chaque mètre qui la rapproche des lieux. La demeure est d'inspiration victorienne assez vaste, avec un porche monumental et des baies vitrées qui courent le long du rez-de-chaussée. Alors qu'elle gravit les dernières marches et pénètre dans l'entrée, Betty réalise qu'elle est en territoire ennemi.

Le capitaine Charles Brousse l'accueille avec un sourire ensorceleur. Oui, l'homme est magnifique, sa mère a raison, il possède un côté hollywoodien inouï. Il explique que l'ambassadeur a été retardé, entraîne Betty dans son bureau et flirte outrageusement. Il est immense, avec une prestance folle. Il scrute Betty comme une proie à dévorer. Elle s'en amuse et l'interroge sur les décorations qui ornent son uniforme. Elle lève le sourcil, s'étonne, en fait un tout petit peu trop. L'un et l'autre savent parfaitement que tout cela n'est que foutaises et qu'autre chose est en jeu. L'attraction prodigieuse qui les pousse l'un vers l'autre. Deux amants bientôt engloutis par une passion saisissante. Et ça, ce n'était prévu ni par lui ni par elle. Et encore moins par le renseignement britannique.

Brousse n'a guère de sympathie pour l'ambassadeur, qu'il prend pour un parvenu. Il éprouve une vive jalousie à son égard, considérant que la place lui revenait, du fait de sa naissance et son réseau. Et puis Gaston Henry-Haye est un proche de Pétain, il est lié aux nazis français ainsi qu'à Otto Abetz. Membre influent de la célèbre association France-Allemagne, il rassemble des informations sur les sympathisants du mouvement initié par de Gaulle, en vue de persécutions sans merci sur leurs familles demeurées en France. Autant dire un sale type ! L'ambassadeur est enfin prêt à la recevoir. Petit homme hautain et sans allure, il se dit heureux d'accorder une interview à la jeune et jolie journaliste, il vante les mérites du Reich à chaque mot.

– Il est évident, chère madame, que le futur de la France passe par l'Allemagne. Nous devons coopérer, c'est notre devoir. À ce jour, je suis infiniment fier des décisions prises par mon pays. Même si les Américains, vos compatriotes, ont un peu de mal à accepter mon point de vue.

Betty pose un sourire béat sur son visage et prend des notes. Au bout de deux heures, il la raccompagne, il sera enchanté de la recevoir de nouveau. Brousse attend dans le couloir et reconduit Betty à la porte de la chancellerie.

– Au revoir, Betty Thorpe.

– Au revoir, Charles Brousse, à bientôt.

– J'espère, s'amuse-t-il en retenant sa main dans la sienne.

Elle part en baissant les yeux, puis revient vers lui.

– Charles, voulez-vous aider votre pays ?

– Bien entendu, Betty, pourquoi cette question ?

– Parce qu'il est certain que nous nous reverrons.

Le jour suivant, un énorme bouquet de pivoines éclatantes est livré chez Betty. Assorti d'une invitation à déjeuner au Ritz-Carlton. Cintrée dans une toilette en mousseline de soie au miroitement indéfinissable, Betty est sensationnelle, on dirait qu'elle a inventé la taille haute. Charles Brousse la regarde s'approcher, il est assis à une table dans un coin sombre, il se lève.

– Cela vous convient-il ? Auriez-vous préféré être installée près de la fenêtre ?

– J'aime être dissimulée aux yeux du monde, je suis une fleur amorale.

Elle retire ses gants. Plus sexy qu'une stripteaseuse. Et il s'y connaît ! Comment pourrait-il deviner que, quelques années plus tard, une actrice à la chevelure auburn enflammera l'éternité en faisant de même. Champagne ! L'attirance de la veille se mue en désir fou. Elle lui raconte son triste mariage, son divorce latent et son père trop aimé. Il se saisit de sa main, baise ses doigts, il aime le reflet de la lumière sur ses boucles blondes. Le cœur de Betty Pack explose. Il admet à son tour son mauvais ménage, l'argent de sa femme si utile à l'entretien de son château, l'adultère facile qui l'ennuie.

– Il n'y a rien de pire que de s'éveiller aux côtés d'une fille qu'on n'aime pas. On ne sait pas quoi lui dire, on se méprise soi-même. Alors on s'enferme dans la salle de bain en espérant ne pas entendre le son de sa voix, on prétexte un rendez-vous impromptu et on quitte l'hôtel en prenant ses jambes à son cou.

– Vous m'en direz tant !

Il se doit de respecter son gouvernement, même s'il hait Hitler. Il est déchiré par le tournant que prend Vichy. Il est loyal, s'efforce d'aider son pays à surmonter la cuisante défaite. Il en veut aux Britanniques pour Mers el-Kébir, il ne s'en remet pas. La seule pensée de l'amiral Somerville ordonnant d'ouvrir le feu le met dans une rage folle. Un millier de soldats tués, il n'oubliera jamais. Tragique malentendu. Betty est ivre, Betty est amoureuse, Betty vient d'enregistrer une information essentielle : ne jamais avouer qu'elle travaille pour les Anglais.

– Voulez-vous me raccompagner, capitaine ? Je suis légèrement éméchée.

Il fait aussitôt approcher sa Delage bleu roi aux sièges tapissés d'ocelot. Il démarre sur les chapeaux de roues. Ce garçon est à moitié fou. C'est un mélange de tradition et d'extravagance, de devoir et de révolte, il ne sait pas très bien où se situer dans le monde qui l'entoure, elle vient de décider pour lui. Il sera son allié, son ami, son amant. La porte de l'entrée claque, elle n'a pas le temps de retirer son boléro, il la plaque contre le mur. Soudain il la soulève, l'emporte dans l'escalier. Betty songe qu'elle n'a pas donné son congé à la bonne. Elle chavire, elle le désire tant. Mais sa mission, sa mission ! Pour la première fois de sa vie, la mission de Betty Pack passe après. Il la jette sur le lit, se déshabille en la fixant d'un air moqueur, tant de malice dans ses yeux noirs. Il est Heathcliff et Darcy pour la folie et la grandeur, un rien de Sherlock Homes évidemment, il possède la noirceur d'un héros de Poe, la fragilité de Shelley, la violence de Byron. Comment le décrire si ce n'est en puisant dans ce qu'elle connaît ? Il lui fait l'amour comme Michal Lubienski et l'abbé Pablo, comme Carlos Sartorius et Paul Fairly, comme John Leche et Alfredo Uribe. Charles Brousse est la quintessence de tous les amants de Betty Pack. Il la dévore, elle défaille, elle sent son corps se cabrer, elle est totalement désarticulée, ses mains sont lentes, chargées d'électricité. Il enfonce ses ongles dans le creux de ses hanches, ses doigts la font naître au plaisir, soudain elle a soif de son avidité. Ce n'est pas un être humain, c'est la force, la splendeur et le péché, il est l'abîme sans fond dans lequel elle veut s'égarer. Charles Brousse, Français de Vichy, vient de prendre possession de Betty Pack. Elle ne sait pas combien de temps dure l'extase, si on les a entendus, quel jour on est, quelle heure, quelle année, elle s'en moque, elle en veut encore. Le goût de sa peau, la douceur de ses lèvres, le mordre encore, elle lui donne sa bouche et son sexe, ses seins et son ventre, elle crie, elle hurle, elle veut tout maintenant et que cela dure toujours. Il adore ses gémissements, son léger accent aristocratique, ce chic inné et cette sensualité. Le capitaine Charles Brousse est au-delà du plaisir, de l'amour, de la tendresse, cette fille est Cléopâtre et Scarlett O'Hara à la fois, elle n'est pas captivante, elle est pire, c'est une magicienne.

– Tu aurais fait une remarquable épouse d'ambassadeur, assure-t-il.

Soudain elle se souvient. Vichy, Pétain, Darlan, Hitler, Stephenson, Churchill et *tutti quanti*. Mon Dieu, quel tour de cochon que le destin, elle n'a plus qu'une solution, faire basculer Brousse de son côté. Adossé à la tête de lit, il la contemple avec un sourire paternel. Il regarde sa montre, pousse un cri et s'habille en vitesse, il se sauve après un ultime baiser. Elle décroche son téléphone.

De Cynthia à Howard : Contact accroché.
D'Howard à Cynthia : Allez-y doucement.

Betty Pack vient de rencontrer l'homme de sa vie. Il suffit de les regarder pour voir qu'ils sont faits l'un pour l'autre. C'est le genre d'amour que tout le monde espère rencontrer un jour.

Ils se voient chaque soir. Elle ne l'interroge pas directement. Tout pourrait se retourner contre elle. Elle est dans l'impossibilité d'asséner le coup fatal avant d'être sûre de lui. Il est très fort. Il a tous les pouvoirs, et notamment celui de faire semblant. Semblant de ne pas comprendre, d'être choqué par sa demande. Quel sera le prochain pas de Betty, ira-t-elle ou pas ? Qu'obtiendra-t-elle ? Camouflet ou adhésion ? Qui est Charles Brousse ? À ce stade des opérations, bien malin qui peut le dire.

D'Howard à Cynthia : Foncez maintenant.

Les nuits se poursuivent, toujours plus sensuelles, les matinées ne sont que déchirements, les après-midi attentes, et soudain plus rien. Trois jours sans nouvelles. Elle s'inquiète, elle a si peur d'être découverte, abandonnée. Et puis ce mot écrit à la hâte et déposé par une arpette : « Je te retrouve ce soir, pardon. »

Il débarque un peu avant neuf heures, l'air préoccupé.

– Tout s'emballe, mon amour. Darlan a envoyé un télégramme étonnant. Il veut la liste de tous les navires britanniques mouillant en Amérique, de leur état, et savoir si des réparations ont lieu actuellement.

– Qu'a fait l'attaché naval ?

– Il a transmis des réponses très précises.

– Ainsi les Allemands peuvent tendre une embuscade aux Anglais au moment même où ils quittent les ports américains.

– Absolument.

– Pourquoi me communiques-tu ces informations ?

– Parce que je sais que tu en feras bon usage. Viens, bébé, viens, tu m'as manqué.

Son visage est empreint de mélancolie, il baise les yeux admirables de cette femme qu'il adore. Il trahit son pays, mais refuse de s'étendre là-dessus. Les premières divulgations sont toujours les plus difficiles à obtenir. Passons à autre chose, au sexe, au plaisir, aux libations. Et Betty se laisse glisser dans les bras de Brousse, certaine que bientôt il s'engagera à ses côtés pour les Anglais.

De Cynthia à Howard : Darlan main dans la main avec Hitler. Preuves demain au bureau.

Non seulement la Marine anglaise renforce ses bâtiments, mais aussi sa surveillance sur tous les navires français en poste aux États-Unis. Navires français dont les positions précises ont été confiées par Brousse à Betty. Car il coopère, l'air de rien. Il répond à toutes les interrogations de Betty. Ils se mentent sur leurs intentions, en jouent pour ne pas affronter la vérité. Quand Brousse va-t-il devenir opérationnel ? Quand Betty va-t-elle avouer le pot aux roses ? Le timing doit être parfait. Avancer trop vite les conduirait à la catastrophe.

Ce que Betty n'avait pas prévu, c'est l'arrivée d'Arthur à Washington pour assister à une conférence en présence de lord Halifax, ambassadeur britannique aux États-Unis. Il profite de sa venue pour voir sa femme et lui donner des nouvelles de leur fille. Pas de leur fils, car l'un et l'autre ont occulté son existence. Et ce qu'il propose est au-delà de l'entendement.

– J'aimerais que tu rentres au Chili avec moi et que nous reprenions la vie commune. Je te pardonne tes transgressions. J'ai cru comprendre que tu avais connu d'autres hommes, je fermerai les yeux. Tu n'as rien à faire ici, nous sommes une famille, Betty !

Un extraterrestre en provenance de la planète Mars lui ferait le même effet. D'une voix glaciale, elle riposte :

– Je reste à Washington. Je suis amoureuse d'un Français. Je ne retournerai jamais avec toi.

– Et Denise ?

– Je l'espère en bonne santé. Elle est certainement plus

heureuse au Chili avec toi, il est difficile d'élever des enfants à Washington, tu sais.

– Selon la loi anglaise, Betty, nous pouvons tenter une réconciliation.

– Selon la loi américaine, Arthur, nous pouvons engager la procédure de divorce. Appuie-toi sur mon adultère avec Paul Fairly.

– Je croyais qu'il était français.

– Le Français est marié, poursuit Betty, Paul Fairly ne verra aucun inconvénient à ce que son nom soit cité.

Arthur s'en retourne furieux à Santiago, sa femme est impossible. Dans l'avion, il se rend compte qu'elle ne lui a même pas demandé une photo de Denise.

Juillet 1941, cela fait près de deux mois que Betty Pack et Charles Brousse vivent une idylle sans nuage. Mais un soir, il arrive bouleversé, et annonce brutalement :

– On me renvoie dans mon pays. Viendrais-tu avec moi en France ? Je ne peux vivre sans toi, Betty, tu le sais.

Vichy coupe dans le budget de l'ambassade et décide de se passer de son chargé de communication qui lui coûte une fortune. Charles ne peut rester à Washington, à moins de demander à sa femme de subvenir à leur train de vie. Elle l'a déjà tellement fait qu'il n'ose plus tirer sur la ficelle. Pour Betty, la France, c'est être au cœur de l'ennemi, envoyer des informations au BSC avec la plus parfaite des couvertures, maîtresse d'un diplomate de Vichy.

De Cynthia à Howard : Nous devons parler de Denise.

Et l'après-midi au Rockefeller Center.

– Oui, répond Howard, oui, l'idée est fascinante. Mais elle est à sens unique. Si vous partez là-bas, vous ne pourrez jamais revenir. Nous risquons de vous perdre. Cynthia, vous êtes notre meilleur agent. Par ailleurs, vous n'avez toujours pas percé le secret de l'ambassade, nous en avons terriblement besoin. Confrontez Brousse à la réalité, c'est maintenant ou jamais.

Maintenant ou jamais, certes. Mais il déteste les Anglais. Comme avec Alberto Lais, Betty ne dévoile que la moitié des choses. Ce soir-là, au beau milieu de leur lit transformé en champ de bataille, Betty Pack, exquise en toute circonstance, nue, la tête tendue en arrière telle une nymphe prête à être sacrifiée, avoue sa vérité. En le regardant droit dans les yeux.

– Je travaille pour les services secrets américains. J'aimerais te recruter, Charles. Avant que tu répondes quoi que ce soit, sache que nous n'agissons pas contre la France, mais contre Vichy. Nous voulons faire plier Pétain, Darlan, et cette pourriture de Laval qui n'hésite pas à prendre des mesures contre les Juifs de la zone libre. Je t'offre l'opportunité de te ranger aux côtés des Américains pour rendre son honneur à la France, être certain que jamais plus l'armée allemande n'empruntera les grands boulevards à Paris.

– Betty…

– Je n'ai pas terminé. Tu me dis qu'on supprime ton poste par manque de budget, mais l'ambassadeur propose de te garder en divisant ton salaire par deux. Accepte. Le renseignement paiera la différence. Et plus encore. Tu demeures à Washington, moi aussi, nous travaillerons ensemble pour les Américains. Partage ma vie, Charles, toute ma vie, même ses dangers. Veux-tu avancer avec moi, ta main dans la mienne ?

Avant que le jour soit levé, Brousse accepte.

De Cynthia à Howard : Notre nouvelle recrue travaille pour les Américains.
D'Howard à Cynthia : Bien entendu.

Et Charles Brousse fournit à Betty Pack des rapports quotidiens, qu'elle transmet immédiatement à Howard. Il prend des risques énormes. Il en est conscient. Il a peur de la police secrète de Vichy qui inspecte chaque millimètre de l'ambassade. Il sort des documents confidentiels dans la journée, les confie à Betty qui les photographie avant de les lui rapporter. Il les replace exactement au même endroit. Ni vu ni connu. Brousse a des convictions. Plus que tout, il est fou de cette fille, arpenter avec elle le chemin du renseignement l'enthousiasme. Deux fois par semaine, Betty fait un aller et retour à New York pour remettre les dossiers à Howard. Mais Howard veut plus encore, il est persuadé que Charles Brousse ne donne pas tout ce qu'il a. Les Anglais obtiennent les mouvements de la flotte française, le lieu des réserves d'or en Martinique, les messages de Pétain, ceux de Darlan, Charles Brousse est l'espion au sein de Vichy. Chaque jour est frappé du sceau du danger. Confidentiels, top-secrets, tels sont les messages qui transitent via l'ambassade et terminent entre les mains de William Stephenson, puis celles de Churchill. Chaque folle nuit que passent Betty et Charles dans les bras l'un de l'autre pourrait bien être la dernière.

2.

Décembre 1941. Pearl Harbor est une baie peu profonde de l'île d'Oahu, dans l'État d'Hawaï, à l'ouest d'Honolulu. Autrefois, elle était considérée comme la résidence de la déesse Ka'ahupahau, qui protégeait l'île des requins mangeurs d'hommes. Le 7 décembre, l'océan Pacifique prend feu. Et les requins se mettent à proliférer. Ils viennent de partout, envahissent Mamala Bay, Pu'uloa et Middle Loch et se gorgent du sang de jeunes Marines américains. Ils croient en la vie éternelle et en la renaissance de l'empire de Mikololou, le roi des requins. Ce soir-là, au 10 Downing Street, bercé par les légendes hawaïennes, Winston Churchill s'endort du sommeil du juste. Et dix jours plus tard, après une traversée en mer qui n'est pas de tout repos, il dîne à Washington en compagnie de Franklin D. Roosevelt. La conversation est animée, la cave de la Maison Blanche bientôt vidée, Eleanor ressemble de plus en plus à une chouette hululante, il est temps d'évoquer ces fichus Fritz. Dans ses mains si féminines aux ongles pointus, Churchill tient un cigare qu'il brandit comme une arme. Pour lui, il n'y a qu'une seule manière d'entamer ce partenariat, c'est par une attaque frontale en Afrique. Débarquer sur les plages africaines et anéantir l'Afrika Korps de Rommel. Rouvrir le canal de Suez. La victoire est garantie ! Mais les Américains ne sont pas convaincus.

Janvier 1942. Churchill convoque le MI6, le BSC et l'OSS au Rockefeller Center.

– Les mouvements de la flotte française en Afrique du Nord doivent être décodés. La clé de la réussite, c'est le chiffre naval français ! Localisation, décryptage, état, etc. Mettez-moi une équipe là-dessus !

– On y travaille, rétorque Stewart Menzies.

Ian Fleming n'en finit pas de lui chanter les louanges de Cynthia qui n'a peur de rien. Stephenson confirme. Bill Donovan acquiesce.

De C. à Intrépide : Nous voulons le chiffre naval français détenu à l'ambassade de Washington.
D'Intrépide à C. : Vichy, c'est Fort Knox, impossible.
De C. à Intrépide : Pour le patron, impossible n'existe pas.
D'Intrépide à Howard : Ils veulent le chiffre de Vichy.
D'Howard à Intrépide : Infaisable.
D'Intrépide à Howard : Pas pour C., il suggère Cynthia.
D'Howard à Intrépide : Elle ne réussira pas le même exploit deux fois de suite.
D'Intrépide à Howard : Ils l'ordonnent.
D'Howard à Cynthia : Ils veulent le chiffre de Vichy.
De Cynthia à Howard : OK.
D'Howard à Cynthia : Les Américains s'en mêlent, l'OSS prend le relais avec Hunter.
De Cynthia à Howard : OK.

Février 1942. L'ambassade de Vichy à Washington est l'endroit le mieux gardé de l'univers. Gardé par les Français, mais aussi par le FBI, à la suite d'un accord secret avec cette fiotte d'Hoover qui bouffe à tous les râteliers. Cet après-midi-là, l'ambassade est déserte. L'ambassadeur est en goguette et l'attaché de presse conte fleurette à une beauté mordorée. Betty accueille son amant, elle est nue derrière la porte du 3327 O Street. Il éclate de rire, la prend par la taille et referme derrière lui.

– Tu devrais m'appeler plus souvent l'après-midi.

– Viens.

Elle sautille dans les escaliers, il la suit en s'émerveillant des courbes parfaites de son corps. Elle entre dans la chambre en chantonnant et se dirige vers la salle de bain. Un bain parfumé attend Charles Brousse.

– Tu vas me demander quelque chose, je le sens.

– Oui, plonge avec moi, chéri.

Elle pénètre dans la baignoire, il la suit aussi rapidement que le lui permettent ses boutons de manchette. Elle dépose un baiser sur son front. Puis lui tend un martini dry bien frappé. Elle allume une cigarette qu'elle glisse entre ses lèvres, et se cale tout contre lui. Elle sent les pulsations de son cœur, sa peau colle à la sienne.

– Alors, beauté fatale, dis-moi, que veux-tu ?

– Le chiffre naval.

Le cœur de Charles Brousse s'arrête de battre. La cigarette se noie dans l'eau mousseuse. Il pose le cocktail par terre. Son corps est dur comme du béton, il en a la chair de poule. Il fait pivoter Betty et lui fait face.

– C'est de la folie pure, cet endroit, c'est...

– Fort Knox, je sais, c'est ce qu'ils disent tous.

– Tous ?

– Le renseignement américain.

Il sort du bain, il n'a pas envie de discuter. Il est en colère, contre elle, contre lui, contre la guerre. Elle se met debout à son tour, dégoulinante, les mains calées sur la taille.

– Écoute-moi bien, Charles Brousse, car je n'ai jamais été

aussi sérieuse de ma vie. Il y a une guerre, certes, et j'ai décidé d'y jouer un rôle essentiel. Tu dis que tu m'aimes, alors aide-moi. Sache que j'irai au bout de cette mission. Avec ou sans toi.

Il est interloqué, puis explose :

– Tu me demandes l'impossible ! Tu connais aussi bien que moi les conditions de sécurité qui entourent le chiffre. Pendant la journée, les employés sont envoyés dans le bureau pour décoder les câbles qui arrivent et coder ceux qui partent, et ce, sous la surveillance de l'officier du chiffre. Les seules autres personnes qui pénètrent dans cette pièce sont l'ambassadeur et l'attaché naval. Certainement pas l'attaché de presse. Le soir, les cahiers chiffrants sont mis au coffre. Deux épais volumes de la taille d'une bible. La porte de la pièce est verrouillée. Un gardien avec un chien patrouille la nuit dans la chancellerie. Et une police militaire secrète fait des rondes impromptues.

– Il faudrait emprunter ces livres, les photographier, et puis les remettre à leur place avant que l'on soupçonne quoi que ce soit.

– As-tu entendu ce que je viens de te dire ?

– Oui, Charles.

Il s'allonge sur le lit, trempé. Il soupire, attrape une cigarette et se souvient qu'il voulait arrêter. On dit que c'est mauvais. Mais cette fille a le don de l'exaspérer, car rien ne lui résiste. C'est de la folie.

– Betty, entrer clandestinement dans une ambassade et emprunter les cahiers chiffrants, c'est synonyme de trahison et c'est passible de la peine de mort.

– Tu exagères, prison à perpétuité tout au plus.

Le lendemain, Charles dépose chez Betty les plans détaillés de l'ambassade française.

Mars 1942. Elle déménage au Wardman Park Hotel à un jet de pierre de la chancellerie. Elle est aux premières loges. Et la chose est d'autant plus pratique que Charles et son épouse Kay résident aussi au Wardman. Betty a peur d'être pistée par le FBI, il est essentiel que sa liaison ne soit pas connue. Vivre à proximité, c'est plus discret. Le Wardman Park Hotel a deux entrées, une sur Connecticut Avenue et une sur Woodley Road. Il y a tellement d'allées et venues que la surveillance du FBI est rendue compliquée.

À New York, Howard, envoyé sur le terrain en Europe, a laissé la place à Hunter. Un Texan, plutôt bel homme, ancien joueur de football américain, c'est une légende. Il a le sourire flamboyant, quarante-huit ans à peine, et adore patauger en eaux troubles. C'est le portrait craché du père de Betty, il peut lui demander n'importe quoi, elle le suivra au bout du monde.

> D'Hunter à Cynthia : L'objectif est le chiffre naval français. Les Français détiennent des informations sur l'ennemi. Nous voulons être capables de les décrypter. Si vous êtes prise par les Français, vous risquez la mort. Si vous êtes prise par les Américains, c'est la prison à vie. Nous ne serons pas là pour vous en sortir. Nous vous précipitons dans la gueule du loup. Montgomery Hyde va vous briefer.

Le 30 mars 1942, Betty Pack a rendez-vous avec Montgomery Hyde à New York. Elle est plus déterminée que jamais.

3.

Avril 1942. Elle emprunte souvent Connecticut Avenue et musarde devant l'ambassade, l'air de rien. Selon les plans fournis par Charles, cette pièce d'angle au premier étage est le bureau de l'attaché naval, bureau qui conduit à la salle des coffres, où le chiffre est abrité. La fenêtre donne sur l'arrière, elle est dissimulée par un chêne centenaire. Une échelle est indispensable. Et l'alarme ? L'intervention doit être préparée avec précision.

– Il se nomme Charles Benoît, explique Brousse, il est l'officier en charge du chiffre. Il arrive le matin, ne dit bonjour à personne et passe sa journée dans la salle du chiffre. Si tu entres, Benoît te dénoncera aussitôt. C'est un travailleur honnête et sans ambition, qui fait bien son travail. Il est heureux en ménage, et proche de la retraite. Ah, il déteste Laval, qu'il traite de commis voyageur !

Or, le 18 avril 1942, le maréchal Pétain nomme Pierre Laval à la tête du gouvernement, l'amiral Darlan conserve le portefeuille de la Défense nationale. Peu après, Laval prononce un discours retentissant qui marque les mémoires. « Je souhaite la victoire de l'Allemagne, parce que, sans elle, le bolchevisme demain s'installerait partout. » Charles Benoît et quatre autres employés de l'ambassade donnent immédiatement leur démission.

– Juif ? demande Betty.
– Je ne sais pas, répond Brousse, il reste à Washington. Il a toujours l'accès.
– Je peux le persuader ?
– Non. Il est tranquille et sans histoire.

C'est une maison familiale, confortable et pimpante au bout de Chesapeake Street, au 4220. Avec un jardin de curé aux massifs colorés. Lilas commun et seringa faiblard. Pas une seule mauvaise herbe. Un potager et un carré d'aromatiques. Charles Benoît est tatillon, il prend soin de ses fleurs comme des codes navals. Avec amour, délicatesse et beaucoup de respect. Un vrai petit bourgeois. Betty, dans un tailleur aussi jaune que les jonquilles qui bordent la façade, tire la sonnette avec vigueur.

– Bonjour, cher monsieur, explique-t-elle dans un français parfait, mon nom est Betty Pack et j'aimerais m'entretenir avec vous d'un sujet vital pour la France.

Interloqué par cette jeune femme au sourire éclatant, puis curieux, il la fait entrer dans le salon et lui indique un fauteuil en tapisserie. Il s'assied face à elle sur le canapé recouvert d'un plaid tricoté. Betty songe que son épouse est habile de ses mains. Il lui propose un café qu'elle accepte. Elle l'observe pendant qu'il vaque à la cuisine. Cet homme d'un certain âge au visage rond et aux cheveux gris se tient aussi droit qu'un militaire, il y a beaucoup de dignité en lui. Betty comprend immédiatement qu'il ne sert à rien d'essayer de le mettre dans son lit ou de lui proposer de l'argent. Elle attaque bille en tête.

– Je travaille pour le renseignement américain.

Perplexe, confus, il lui demande :

– Vous voulez du sucre ?

– Merci, non. Nous avons les mêmes buts, monsieur Benoît, poursuit-elle en reposant sa tasse. Nous nous rangeons du côté des Alliés. Nous souhaitons aider la France. Or le chemin suivi par Vichy n'est pas le bon, et je pense que vous êtes d'accord.

– Qu'attendez-vous de moi, madame ? demande-t-il en la fixant étrangement.

– Je veux que vous m'aidiez à emprunter le chiffre naval français.

Il devient blême. Son visage se tend, on dirait qu'il a pris dix ans. Soudain, il éclate en sanglots. Elle se penche et lui prend la main. Il ne la retire pas.

– C'est en votre pouvoir, monsieur, vous pouvez aider votre pays à combattre l'envahisseur germanique, nous avons besoin de vous.

Il pleure sans s'arrêter. Betty garde sa main dans la sienne. Elle ne sait pas quoi faire. Soudain il relève la tête et la dévisage de ses yeux si clairs qu'ils en paraissent délavés. Elle y lit tant de détresse et une telle loyauté qu'elle comprend que c'est fichu.

– Madame, dit Charles Benoît en prenant sa tête entre les mains, tout arrive si rapidement, je suis bouleversé. Mon travail, c'est ma vie. J'ai démissionné, certes, car je suis en désaccord avec la politique de Pierre Laval, mais j'ai toujours été intègre. L'honneur est ce qu'il y a de plus important pour moi. En l'occurrence, il ne s'agit pas d'un pays, mais de mes chefs, je suis fidèle à mes employeurs. Les codes ont longtemps été sous ma responsabilité. Les garder, les préserver, les protéger est mon devoir ultime. La loyauté, c'est la loyauté. Non, madame. J'entends ce que vous dites et j'en suis profondément touché. Mais je ne vous aiderai pas. Même si je hais Laval et les nazis. Si je vous donne les codes, je me rends coupable de trahison, et c'est impossible, c'est en totale contradiction avec ce que je suis. Ne comptez pas sur moi. En revanche, je vous promets de ne jamais évoquer cette entrevue. D'ailleurs, dès que vous aurez quitté ma maison, je vous aurai oubliée. Je ne sais pas qui vous êtes, madame, et je ne veux pas le savoir.

Betty comprend que rien n'y fera. En dépit de sa déception, elle admire cet homme, elle le remercie et quitte la maison cossue. Elle rentre au Wardman Park Hotel, espérant que Charles Benoît ne la dénonce ni au FBI ni à Vichy. Une image traverse son esprit, les chrysanthèmes séchés dans un vase en verre dépoli sur le guéridon bien ciré.

4.

Mai 1942. L'échec Charles Benoît n'est qu'un obstacle pour Betty. Pour Brousse, c'est la preuve que la mission est irréalisable. Charles sait parfaitement qu'il ne pourra faire entendre raison à sa maîtresse. Elle a la tête dure ! Si seulement il avait eu la charge du chiffre, cela aurait été tellement plus simple. Il lui tend une coupe de champagne en espérant que cela adoucisse son humeur.

– Qui est son remplaçant ?

– Un sale type, oublie, chérie.

– Charles ! rétorque-t-elle en arrimant son regard dans le sien.

– Oh, tu me fatigues…

– Tu sais bien que je finirai par trouver son nom, donc autant me le donner tout de suite.

– Très bien, répond-il en soupirant. Il s'agit du comte Jean de La Grandville. Il est issu d'une famille aristocratique qui remonterait jusqu'en 1520. Il en tire gloire, mais c'est un bandit ! Il est dangereux, imprévisible, ingérable.

– Continue.

Charles Brousse comprend que c'en est terminé du dîner en amoureux. Il se lève, fait le tour de la table pour l'embrasser, avant de reprendre :

– La Grandville est un jeune blond magnifique, on dirait une star de cinéma. Il a le sourire d'une blancheur extrême, des cheveux lustrés et frisés. Il est vain, arrogant et méprisant. Son accent est irritant de snobisme, il ne s'intéresse qu'aux aristocrates et à la chasse à courre. Il ne parle de rien d'autre et a une obsession, former un équipage à Washington.

Brousse pousse un nouveau soupir, s'approche de la fenêtre, remarque une voiture garée dans l'avenue et tire le rideau, un réflexe d'espion.

– La Grandville n'aime pas les nazis, mais il respecte Pétain et Laval. Ne joue pas sur son patriotisme, il s'en balance. Il aime les femmes, la sienne est enceinte de leur deuxième enfant et couve dans le sud de la France. Ses liaisons font le tour de Washington, l'homme s'amuse. Il n'a pas un dollar vaillant devant lui, l'argent de famille est bloqué en France. Et ce n'est pas l'arrivée d'un second enfant qui va arranger les choses.

Mais Betty n'écoute plus Charles, elle en a entendu assez. Les femmes et l'argent, ces deux failles sont faciles à exploiter.

– Allons nous coucher, mon chéri, nous y verrons plus clair demain.

Un baiser, un câlin fougueux, Charles Brousse retourne chez son épouse, le front marqué de deux rides, il est soucieux.

Elle se présente sous le nom d'Elizabeth Branch, journaliste, et lui promet des renseignements d'importance. Comme il n'a rien à faire, il accepte de la recevoir chez lui. Il lui trouve la voix suave et se demande bien à quoi elle ressemble.

Quelques heures plus tard, Betty Pack est assise dans son salon, sur un fauteuil Louis XV élimé. Il ouvre une bouteille de bourgogne. Cette femme est divine, moulée dans cette tenue pêche, il ne parvient pas à détacher son regard de la ligne de son dos, puis de celle de sa nuque. Sa perfection physique donne de la grandeur à chacun des mouvements de son corps. Pendant qu'il l'observe, elle évalue les lieux. Buffet garni de pièces de Saxe ébréchées du XVIIIe siècle, boiseries en mauvais état, rideaux frangés, une somptuosité en trompe-l'œil !

– Pourquoi avez-vous choisi Laval plutôt que la France libre ? ose-t-elle demander. Je crains de deviner vos véritables sentiments, poursuit-elle en se penchant vers lui.

– Je suis un diplomate de carrière, madame, j'obéis. J'ai appris à accomplir mon devoir sans juger mes supérieurs. Laval est un traître, je suis d'accord avec vous.

– Je pourrais vous proposer d'aider votre pays différemment, essaie-t-elle.

– Précisez votre pensée, madame.

C'est maintenant ou jamais. Elle songe qu'elle risque gros, qu'elle risque tout. Elle n'a aucune confiance dans ce beau gosse qui la provoque. Et pourtant, elle lui demande aussitôt le chiffre naval français.

– Il sera utilisé par les Américains au bénéfice de la France, contre les nazis, explique-t-elle.

Elle lui offre un montant astronomique, divisible en rentes mensuelles pour ne pas éveiller les soupçons. Jean de La Grandville reste impassible. C'est la première fois que Betty perd confiance. Le chat s'est transformé en souris, son sort est désormais entre ses mains. S'il la dénonce, elle est fichue. Il se lève, il s'approche d'elle et lui caresse la joue. Elle se recule un peu trop vivement.

– Vous êtes magnifique, madame Branch, et bien trop jeune pour vous occuper de sujets aussi austères. Je vous appelle demain, chérie, et on parlera de tout cela. À moins… que vous ne souhaitiez passer la nuit ici ?

Elle lui décoche un sourire forcé, elle ne l'aime pas. Tout en lui la rebute. L'homme est opaque et dangereux. Elle ne parvient pas à savoir s'il la prend au sérieux ou s'il se moque d'elle. Et pourquoi demain ? Réfléchir, lui ? Certainement pas, c'est un être d'impulsion. Il va se renseigner.

– L'argent n'est pas tout, ce qui compte c'est l'amour et son intensité. N'êtes-vous pas d'accord, madame Branch ?

– Si, bien entendu.

Il n'a rien dit qui indique un refus, se répète-t-elle pour se rassurer. Il l'embrasse sur le pas de sa porte, elle se laisse faire. Elle se sent vulnérable. Elle rentre à l'hôtel sous une pluie glaciale, elle est transie. Betty Pack a l'impression d'avoir été percée à jour et les conséquences lui font très peur.

Le lendemain, à l'aurore, elle prend le premier avion pour New York, pour son rendez-vous hebdomadaire avec Hunter. Elle lui fait part de ses doutes. Il lui demande d'être vigilante. Au retour, l'appareil a du retard, un orage l'oblige à se poser à Baltimore. Est-ce un signe ? se demande-t-elle. La chance peut-elle soudain tourner ? Elle se rassure en montant dans le taxi qui la ramène jusqu'à Washington. Dans le lobby du Wardman Park, dégoulinante, exténuée, elle se heurte à La Grandville qui la saisit par le bras et l'invective. Betty s'affole, le FBI est partout, elle ne veut pas se faire remarquer.

– Il faut que je vous parle, je vous attends depuis trop longtemps ! Nous avons des comptes à régler.

Elle l'entraîne aussitôt dans son appartement, elle se méfie d'Hoover et de ses sbires. Et puis elle n'a aucune envie que

Charles Brousse la surprenne en sa compagnie. À peine la porte fermée, La Grandville explose.

– Vous vous êtes fichue de moi, sale garce !

Elle est terrifiée.

– Vous ne vous appelez pas Branch. Vous êtes l'épouse d'un diplomate anglais, votre nom est Pack, si vous m'avez menti pour cela, vous avez menti pour le reste aussi !

Elle retire son trench et pousse le verrou de la porte.

– Je suis un agent américain, je ne vous l'ai pas caché. Nous voulons le chiffre français et nous sommes prêts à payer, il n'y a rien de changé.

– Et pourquoi pas après tout ? crache-t-il en s'approchant dangereusement. Une espionne, comme c'est sexy. Tu me plais, tu sais. Je te l'ai dit, non ?

Il la saisit par la taille et la plaque contre lui. Il a l'haleine chargée d'alcool, Betty le repousse.

– Tout ce que je veux, ce sont les chiffres navals.

– Et moi, c'est toi que je veux !

Il est ivre, égrillard, écarlate. Il a les muscles tendus. Il allume une cigarette et lui souffle la fumée dans les yeux.

– Sortez d'ici !

– Faut savoir, tu veux le chiffre ou pas ?

– Oui.

– Alors sois gentille, petite pute.

Il la pousse contre le mur et lui tord le bras.

– C'est ce que tu es, non ? Une sale pute qui baise pour des informations.

Il lui arrache sa jupe et sa culotte, la prend debout pour la punir d'avoir essayé de le coincer. Elle se laisse faire. Et pour la première fois de sa vie, Betty se méprise. Il rajuste son pantalon avec un rire goguenard, il croise son regard dédaigneux dans la psyché.

– Je ne te donnerai pas le chiffre, poupée. Je n'ai aucun

doute. Je suis français. J'agis pour mon pays, pas pour l'Amérique, je me balance des Américains.

– Nous devons en reparler.

– Pourquoi pas ? Je pourrais repasser un de ces soirs.

– Quand tu veux.

– Je t'appelle, poupée.

Il part.

Et Betty plonge dans sa baignoire en frissonnant. Elle a l'impression d'empester le foutre, elle exècre ce type dont l'odeur est partout sur elle. Elle veut s'en débarrasser, effacer la trace de ses doigts sur ses hanches avant le retour de Charles Brousse.

Quand, quelques minutes plus tard, ce dernier pénètre dans la pièce l'air grave, Betty devine qu'il vient de croiser La Grandville. Il sait. Il jette un œil aux vêtements froissés, puis à elle, ruisselante, émergeant de la baignoire, et il se met à hurler. Il la gifle si fort qu'elle tombe à ses pieds. Elle essaie de se protéger, il la bat comme un tapis. Avec ses poings, avec ses pieds. Soudain il réalise l'horreur de ce qu'il est en train de commettre. Il la voit prostrée, et la relève. Il la prend dans ses bras en sanglotant.

– Pardonne-moi.

– Après ce que j'ai fait, tu as le droit de me frapper.

– Non, parce que je sais pourquoi tu l'as fait. Mais je t'avais prévenue, avec lui tu n'y parviendras pas.

– Je devais tenter le coup.

– Betty, je t'aime, je t'aime comme un fou et tu me fiches une de ces trouilles !

Elle se laisse tomber sur le tapis de bain et s'adosse au rebord de la baignoire.

– Je suis une espionne, Charles, tu le savais quand tu es entré dans ma vie, je ne t'ai rien caché. Je ne t'appartiens pas, j'appartiens au Service, mon amour. Il faut que tu l'acceptes. Je t'ai demandé ton aide pour le chiffre naval.

Il s'assied en face d'elle, elle lui prend les mains et poursuit :

– Tu as refusé. J'ai donc essayé par mes propres moyens. Je te respecte, je t'aime, mais si tu te mets en travers de mon chemin, je te quitterai, Charles.

– Je vais t'aider, Betty Pack, je te jure que je vais t'aider.

– Il y a intérêt, car cet abruti de fin de race est fichu de me dénoncer à l'ambassadeur, et adieu ma couverture.

L'ambassadeur Gaston Henry-Haye est d'humeur badine. Le printemps s'est enfin installé à Washington, cette matinée de la fin du mois de mai est idyllique. Il soupire quand ce dadais de La Grandville débarque avec des accusations incompréhensibles. L'autre bafouille, s'énerve, il finit par le mettre dehors et convoque son attaché de presse pour clarifier les choses.

– Ah, Charles, vous voilà, il faut que nous parlions. Avez-vous entendu parler d'une certaine Elizabeth Branch ? Ou Pack, ou Thorpe ? Je ne sais plus. Jean de La Grandville me dit qu'elle l'a contacté pour obtenir notre chiffre naval ! Qu'elle lui a offert une fortune ! Une espionne qui ne doute de rien !

– Bien entendu que je connais Betty Pack, assure Charles Brousse d'un ton calme en s'asseyant confortablement face au bureau de son supérieur. D'ailleurs, nous vivons dans le même hôtel, au Wardman Park. Oui, elle est américaine, de très bonne famille. Sa mère, Cora Thorpe, connaît un monde fou, le père a fait une belle carrière. Il a été emporté il y a quelques années par un cancer du poumon. Betty Pack est très introduite auprès d'Américains haut placés, qui nous sont favorables.

– Vraiment ?

– Si j'étais vous, monsieur l'ambassadeur, je ne ferais pas grand cas de cette histoire. Il est dangereux, à mon avis, de lancer des accusations sans preuves. Quant à La Grandville, vous savez à quel point il aime se faire remarquer… Il est fort possible que Mrs Pack ait refusé de céder à ses avances, et il se venge. Oublions l'affaire.

– Vous devez avoir raison.

– Par ailleurs, puisque vous l'évoquez, et si je peux me permettre, La Grandville est terriblement indiscret. Notamment à votre égard.

Gaston Henry-Haye se redresse, soudain inquiet.

– C'est-à-dire ?

– Je n'ose pas, monsieur.

– Allez-y, Brousse, s'énerve l'ambassadeur.

– Eh bien, La Grandville se répand dans tout Washington sur vos relations très particulières avec Mme Duthoo et Mme de Cournon.

– Il ment ! s'écrie Henry-Haye en tapant sur le bureau.

La fenêtre s'ouvre brusquement et des papiers s'envolent. Si seulement c'était le chiffre, songe Charles en les ramassant. L'ambassadeur est abasourdi que l'on puisse avoir eu vent de ses liaisons.

– Par ailleurs, continue Charles, j'ai moi-même été contacté par un Américain dans le lobby du Wardman Park Hotel, il est fort possible que La Grandville se soit trompé sur les intentions de cette pauvre femme.

– Bien entendu, faites taire les rumeurs, Brousse, après tout, vous êtes là pour ça, c'est votre métier. Débarrassez-nous du jeune coq !

Le jour même, Jean de La Grandville est affecté à un poste subalterne.

5.

3 juin 1942.

De Cynthia à Hunter : Nous devons parler de Denise.

Et le lendemain à New York.

– Nous n'y arriverons jamais sans son aide. Il faut l'intégrer à l'équipe, c'est le seul moyen.

– Vous grillez toutes vos cartouches.

– Il doit connaître la vérité.

– J'en réfère au chef.

D'Hunter à Intrépide : Cynthia veut recruter Brousse.
D'Intrépide à Hunter : Peut-on avoir confiance en Brousse ?
D'Hunter à Cynthia : Peut-on avoir confiance en Brousse ?
De Cynthia à Hunter : Oui.
D'Hunter à Cynthia : Recrutez Brousse.

Ce soir-là au Wardman Park Hotel, Betty Pack avoue la vérité à Charles. Elle dit tout. Sans fard. Depuis le début. Arthur, Denise, Tony et les Cassel, le père Pablo et Carlos Sartorius. Elle raconte Michal Lubienski et son cœur se serre. Elle n'oublie pas Alberto Lais, cela le fait rire. Et puis John

Leche, Alfredo Uribe et Montgomery Hyde qui n'en finit pas de la hanter. Elle explique Hunter, Howard et Intrépide, le BSC, l'OSS, le MI6, les félicitations de Churchill, la fierté, l'adrénaline, la peur aussi.

– Oui, je couche pour l'Angleterre, conclut-elle. Et je t'ai choisi, toi l'espion qui m'aime.

Fasciné, il la fixe en silence. À la fois choqué et plein d'admiration. Ses mensonges le dégoûtent, la vérité le heurte.

– Ils veulent te rencontrer, Charles.

– Quand ?

– Maintenant. Ils se déplacent toujours pour les nouvelles recrues.

– Où ?

– Tu verras.

Elle le conduit dans un quartier isolé de Washington. Une maison abandonnée. Des issues dissimulées. Pas d'électricité. Des bougies disséminées diffusent une étrange lumière. Betty connaît l'endroit par cœur. Ils l'utilisent pour les interrogatoires. Un escalier en colimaçon aux marches branlantes. Une porte qui s'ouvre sur une salle sans fenêtres. Un placard à double fond. Une pièce aveugle, trois fauteuils qui font face à un miroir sans tain. Derrière la glace, une chambre insonorisée avec un lit et des sangles. Et puis un seau avec de l'eau croupie. Hunter est assis dans l'un des fauteuils. Il l'a tourné de manière à voir arriver le couple. Il fume. Il ne se lève pas à leur entrée, ne les salue pas. Il désigne du menton les deux autres fauteuils clubs. Il jauge le Français, cet homme dont Cynthia, son meilleur agent, est folle. Il songe que le Français a de la chance. Il espère pouvoir compter sur lui.

– Vous travaillerez conjointement pour les Américains et les Anglais, capitaine, explique Hunter à Brousse. Votre nom de code est B.10.

Hunter s'attend à une explosion de colère qui ne vient pas.

– En fait, vous travaillerez principalement pour les Anglais, rectifie-t-il.

Charles Brousse fait un léger sourire. Il le savait, il l'a toujours su. Il n'était pas possible qu'un réseau américain puisse être aussi sophistiqué. Brousse est du côté de ceux qui combattent les nazis. Si ce n'est la France, c'est l'Angleterre ! Les Américains, eux, ne sont préoccupés que par la sacro-sainte notion de liberté. Pour lui prouver sa bonne foi, Charles Brousse offre à Hunter un film tourné l'été 1939 au Japon. Il y était en villégiature avec son épouse Kay. Il a tout filmé de Shimonoseki à Kobe, pas comme un touriste, mais comme attaché naval. Charles Brousse a enregistré les îles et les criques, les ports et les baies japonais. Une manne pour la défense américaine.

– Tout est pour le mieux dans le meilleur des mondes, conclut Hunter.

– Certes, répond Brousse, mais nous n'avons pas de plan.

– Si, assure Betty.

Hunter l'interroge du regard.

– Un cambriolage. Nous pénétrerons par effraction dans l'ambassade, de nuit. Nous forcerons la salle des coffres, puis le coffre lui-même. Nous subtiliserons les carnets du chiffre, nous les photographierons et puis nous les remettrons à leur place.

– C'est aussi simple que cela ?

Charles éclate de rire.

– Betty, réfléchis, je t'ai parlé des alarmes, de la sûreté du coffre, c'est impossible !

– La salle du coffre est au premier étage. Elle donne dans le bureau de l'attaché naval, dont la fenêtre est cachée par des arbres. Il suffit d'une échelle et d'un perceur de coffre.

Tu seras à l'intérieur, Charles, tu as les clés, tu nous ouvriras. J'entrerai dans la pièce avec le perceur, il sortira les carnets par la fenêtre, il les remettra au photographe. Rien de plus simple. Nous l'attendrons sur place et nous replacerons les carnets dans le coffre au petit matin.

– Maintenant vous avez un plan, conclut Hunter.

6 juin 1942. Wardman Park Hotel, suite de Betty Pack. Charles s'est procuré des plans à l'échelle de toute la chancellerie. Il donne des précisions sur le bureau de l'attaché naval, la salle du coffre, la marque du coffre. Betty examine les détails avec attention. On frappe. Elle jette un plaid sur les cartes et ouvre la porte au technicien de la compagnie d'extermination.

– Je viens éradiquer les punaises de lit, explique-t-il.

Betty verrouille derrière lui. L'ingénieur en électronique ouvre sa mallette et en sort des brouilleurs, des balises, des magnétrons et des détecteurs de microphones. L'endroit semble vierge de toute écoute.

– N'oubliez pas de vérifier les punaises de lit chez le capitaine Brousse qui est installé à l'étage supérieur, au 305. Son épouse a laissé la clé à la réception. Elle pense être allergique, elle ne connaît rien à la manière de s'en débarrasser.

– On m'a prévenu, madame.

Pour résumer, pas de micros. C'est une première étape.

Du 7 au 10 juin 1942, l'appartement de Betty devient le QG de l'opération. La mise en place s'organise. Matériels photographiques en tout genre. Argus et Minox, pellicules, lentilles, lumières, bancs de reproduction, c'est une véritable chambre noire qui s'installe au Wardman Park Hotel. Paul Fairly, mis sur le coup, enseigne à Betty et à Brousse les usages multiples d'un appareil miniature.

– Son optique exceptionnelle ne comporte pas de diaphragme, mais un filtre escamotable. La vitesse d'obturation est automatique. La mise au point s'étale de vingt centimètres à l'infini.

– On dirait un jouet, s'émerveille Betty.

– Le film est enfermé dans une cassette qui peut contenir cinquante vues. La chaînette ici permet d'éviter de le perdre, elle mesure aussi les distances en prise de vue rapprochée.

– Très perfectionné, constate Charles, un rien cynique.

Fairly lui tape sur les nerfs. Hunter ne laisse rien au hasard, c'est un perfectionniste. Montgomery Hyde, Howard, Donovan, Stephenson investissent l'endroit.

Et chaque matin, à neuf heures précises, Charles Brousse pénètre d'un pas léger dans l'ambassade. Il trouve mille excuses pour aller dans la salle du chiffre, rassemble les documents essentiels. Schéma minutieux de la salle du chiffre, marque du coffre-fort et même facture avec les références. Pour accéder à la salle du chiffre, il faut traverser le bureau de l'attaché naval. Sous un prétexte factice, Charles Brousse va le voir et s'assied face à lui. Soudain il éponge son front, l'air terriblement mal en point. Il explique souffrir de la chaleur et avant que l'attaché naval ait pu faire quoi que ce soit, Brousse se précipite, ouvre la fenêtre pour laisser entrer un peu de fraîcheur. Cette même fenêtre occultée par un vieux chêne et contre laquelle une échelle se posera bientôt. Charles Brousse vient de s'assurer que l'ouverture n'était pas piégée par une alarme.

Vers six heures, il se prépare à rentrer chez lui, sa serviette en cuir est verrouillée. Il a une peur bleue de croiser Jean de La Grandville, qui vaque à un poste quelconque dans la légation. Chaque fois qu'il sort de son bureau, au moment même où il quitte le territoire français pour poser le pied en Amérique, Brousse a l'impression qu'une nuée de policiers en civil va s'abattre sur lui. La police de Vichy ou le FBI. Et jour après jour, Charles Brousse subtilise de nouveaux dossiers qui sont immédiatement photographiés, déchiffrés, étudiés et répertoriés. C'est une équipe de dix personnes qui sévit dorénavant chez Betty Pack au Wardman Park Hotel.

11 juin 1942.

– Je voudrais vous présenter quelqu'un, lance Hunter, arrivant de bon matin en compagnie d'un petit bonhomme d'une quarantaine d'années au visage buriné et au sourire joyeux.

– Je suis le Georgia Cracker, explique-t-il en tendant à Betty une main souple aux ongles manucurés.

Le Georgia Cracker est un Canadien au bagou incroyable. C'est aussi le prince des voleurs. Il a un charme fou, il s'amuse de tout. Rien ne lui a jamais résisté. Aucun coffre-fort. Aucune porte blindée ni grille renforcée. Il possède un savoir encyclopédique sur les bunkers et les serrures. C'est un professionnel du crime. Il a passé un certain nombre d'années en prison avant que Stephenson l'en extraie pour cette mission spéciale. Une mission qui, en plus de la liberté, est censée lui rapporter une fortune. Betty est enthousiasmée par le personnage, elle exhibe un croquis du coffre, effectué par Charles.

– J'ai vu la facture, Miss Betty, c'est un Mosler avec une serrure à cliquets et sans doute quatre roues. Je dois pouvoir le craquer en cinquante-cinq minutes, estime le cambrioleur, sûr de lui.

– Je ne vous vois pas grimper à l'échelle au beau milieu de la nuit, estime Hunter. Il faut trouver autre chose, c'est trop risqué.

Betty réfléchit.

Du 12 au 15 juin 1942. Betty Pack rend visite à sa mère à toute heure du jour ou de la nuit. Il ne s'agit pas d'un regain d'affection, mais de la proximité de la demeure de Cora avec l'ambassade de Vichy. Betty passe et repasse sur le trottoir de la légation, à des moments différents. Un jour, elle se cogne dans le veilleur de nuit, son chien se met à gronder.

– Oh, il m'a fait peur ! Il est méchant ?

– Pas le moins du monde, mais il a l'air féroce et c'est tout ce qui compte, mademoiselle. Dites-moi, vous parlez drôlement bien français.

– Je suis allée à l'école dans votre beau pays, monsieur.

– Appelez-moi André.

– Betty, répond-elle en tendant la main. Je viens de chez ma pauvre maman qui souffre d'une grave maladie, je la veille une bonne partie de la soirée, puis je vais faire un tour pour prendre l'air quand elle dort enfin. Elle habite de l'autre côté de Connecticut Avenue Bridge.

– Vous êtes une bonne fille, Betty. Moi, je suis gardien de nuit à l'ambassade de France.

– Mais pourquoi ont-ils besoin d'une sentinelle ? Il y a des voleurs ?

– On ne sait jamais avec la guerre.

– Oh là là !

– Ah, si vous connaissez cette expression, c'est que vous êtes une véritable Française.

Betty éclate de rire et demande :

– J'espère que vous avez d'autres copains vigiles avec qui converser le soir.

– Non, je suis seul avec mon chien. Et puis j'ai le droit de dormir. J'ai un lit de camp dans le *basement*. Vous voyez les fenêtres à hauteur des massifs de fleurs ? C'est mon domaine.

Je m'y repose une heure par-ci par-là quand je suis trop épuisé.

– Quel homme courageux. Je reviendrai vous faire la causette, André.

– Avec joie, Betty.

Et Betty rentre chez elle en songeant que ces informations sont intéressantes. Au Wardman Park, elle demande au réceptionniste qu'il lui transfère la ligne dans la cabine publique en face de l'hôtel. Elle ressort et appelle Charles chez lui, il est minuit.

– Un accident a eu lieu sur Connecticut Drive, capitaine, il est fort probable que votre voiture soit concernée. Il semblerait qu'elle ait été volée. Vous êtes convoqué pour vérifier l'étendue des dégâts, il s'agit peut-être d'une erreur.

Et Charles débarque chez Betty, il est minuit dix. Elle lui relate son entrevue avec André Chevalier, cela pourrait leur servir, mais elle ne voit pas comment. Charles, lui, a immédiatement saisi ce qu'il pourrait en tirer.

– Appelle Hunter, j'ai un plan.

16 juin 1942. C'est une idée que seul un Français pouvait avoir.

– Et si Betty avouait au gardien qu'elle a une liaison avec moi ? lance Charles Brousse. Il est évident qu'il me connaît. Il sait que je suis marié. Il m'a croisé très souvent, ainsi que ma femme. Si Betty devenait assez intime pour lui révéler que je suis son amant, qu'elle vit avec sa mère et que nous n'avons pas d'endroit pour nous retrouver ? Les hôtels sont complets et tellement chers. Et si elle passait la nuit à l'ambassade après avoir couché sa vieille mère ? Et si je demandais à Chevalier de fermer les yeux quand ma petite amie me rejoint ? Ainsi, nous serions sur place, Betty et moi. À l'intérieur, prêts à ouvrir la fenêtre au Georgia Cracker.

– Nous paierons Chevalier, bien évidemment, conclut Betty.

Hunter accepte, il faut jouer le tout pour le tout.

17 juin 1942. André Chevalier a vite compris les avantages de l'adultère. Il est heureux de voir ses fins de mois grossir. Après tout, si le beau capitaine souhaite voir sa fiancée en paix, où est le problème ? Personne n'en saura rien et le veilleur de nuit devient le gardien des amours clandestines de Betty et de Charles Brousse. Le mois de juin est de plus en plus chaud, Betty porte une robe légère, elle rejoint Charles devant l'ambassade à onze heures du soir.

– Maman est déjà couchée ? s'étonne Chevalier en la voyant arriver toute guillerette.

– C'est si délicat de votre part, cher André, nous aider ainsi. Je m'en souviendrai.

Ils s'installent dans les salons de réception du rez-de-chaussée, si confortables avec leurs immenses divans. Ils dînent, veillent à ce que le gardien les entende crier ou soupirer, puis s'endorment dans les bras l'un de l'autre. Ils repartent aux environs de trois heures du matin. À ce moment, le vigile est couché. Il reprendra son tour de garde vers cinq heures et demie.

De Cynthia à Hunter : Nous devons parler de Denise.

18 juin 1942. Charles et Betty arrivent à New York par l'avion de neuf heures du matin. Au Rockefeller Center, ils retrouvent William Stephenson, Montgomery Hyde et Hunter.

– La date du cambriolage a été fixée à demain, vendredi 19 juin, explique Stephenson. Le jour même de l'arrivée de

Winston Churchill à Washington. Ainsi le FBI aura autre chose à faire que de suivre vos mouvements.

– Si Winston Churchill est à Washington, poursuit Hunter, c'est pour discuter d'un débarquement en Afrique du Nord. Les codes français sont vitaux.

– On aimerait les lui remettre en mains propres, déclare Hyde.

– Si cela tourne mal, nous ne vous connaissons pas, conclut Hunter. Vous risquez la prison à vie. Le Georgia Cracker de même. À partir de maintenant, vous êtes seuls au monde.

Charles Brousse tient la main de Betty serrée dans la sienne. Seul au monde, du moment qu'il est avec elle, c'est tout ce qui compte. Ils sortent du Rockefeller Center, hèlent un taxi. Il fait vraiment une chaleur infernale, et l'été n'a pas débuté.

6.

19 juin 1942. Quand le taxi conduit par le Georgia Cracker quitte le Wardman Park Hotel, le ciel est noir d'encre, il fait très chaud, l'orage va éclater. Betty et Charles sont assis à l'arrière. Dans le sac à main de Betty, deux doses de Nembutal, une pour André Chevalier, l'autre pour son berger allemand.

– Ici, ordonne Brousse alors que la voiture tourne dans Wyoming Avenue.

Le Georgia Cracker stoppe le moteur. Les deux amoureux s'extirpent de la voiture. De grosses gouttes se mettent à tomber dru. Betty ouvre un parapluie, s'accroche au bras de Charles, ils courent vers l'ambassade en riant. Devant la porte, Brousse sonne en cherchant ses clés. Le gardien ouvre et Betty une bouteille de champagne à bout de bras, clame :

– Surprise !

– C'est l'anniversaire du jour où nous nous sommes rencontrés, explique Charles, nous voulons le fêter avec vous. Acceptez-vous de porter un toast en notre compagnie, cher André ?

Betty est radieuse et si avenante. André Chevalier est enchanté, pour une fois que quelqu'un fait attention à lui. À

Paris, il y avait cette fille qui lui plaisait bien, elle était ouvreuse au Louxor. Elle s'est fiancée à son frère aîné. Dépité, André est parti en Amérique. Aujourd'hui, il se sent important, il est fier d'aider Betty et Charles. Ils sont si beaux que l'on dirait des acteurs de cinéma, comme au Louxor en ce temps-là. Betty file à la cuisine chercher trois coupes de champagne. Elle sait exactement où elle va, elle connaît les plans par cœur. Elle verse le Nembutal dans le verre d'André Chevalier et revient avec un plateau. Chevalier est en pleine conversation avec Charles, il lui raconte Yvette, la fille du Louxor. Ils portent un toast à l'amour, Chevalier boit cul sec. Comme les gens qui ont peur de manquer. Betty est terrifiée, et s'il sortait son revolver et les tenait en joue ? Pas du tout, il trinque, il est joyeux, heureux de faire partie de l'instant de grâce.

– À Yvette, énonce Charles en avalant une gorgée de champagne.

Betty déclare qu'elle doit se laver les mains. Elle s'éclipse et passe devant le bol d'eau du chien, dans lequel elle verse une double dose de Nembutal et un peu de sucre. Elle n'aime pas les animaux. Et celui-là aboie tout le temps, il y a eu une plainte contre lui, cela a été relaté dans le *Washington Evening Star*. Chevalier plaisante avec Charles, ah, les Français et les femmes ! Le chien lape son bol. Tout son bol. Betty n'ose pas bouger. Charles revient.

– Le gardien dort !

– Son sale clebs aussi.

Betty se précipite à la fenêtre et exécute le signal convenu avec sa lampe torche. Trois éclairs rapides. Le Cracker se tient devant l'entrée, Charles ouvre. Betty et le Cracker grimpent à l'étage, Charles demeure dans le salon. Son rôle est de tenir le gardien éloigné si ce dernier venait à se réveiller, Charles expliquerait alors que Betty est partie se repoudrer le nez et plaisanterait sur la coquetterie des femmes. Voici le bureau de l'attaché naval, la fenêtre, l'échelle posée, la salle blindée et le coffre-fort. Le Cracker sort ses ustensiles.

– Il semble beaucoup plus vieux que je ne pensais, ça va être compliqué.

Betty tient la lampe torche et illumine le cercle de chiffres.

– *Let's go, baby.*

Rien ne se passe comme prévu. Le Georgia Cracker pose la membrane du stéthoscope sur la porte du coffre. Une serrure à combinaison est composée d'autant de disques de combinaison qu'il y a de nombres dans cette combinaison. Celle-ci possède quatre disques. Chaque disque correspond à un élément du code secret. Il tourne doucement la mollette dans le sens inverse des aiguilles d'une montre, jusqu'à ce qu'il atteigne le premier numéro. Le disque pivote, l'encoche se place en dessous du cliquet. Le Cracker bascule le cadran dans le sens inverse pour rechercher l'encoche suivante. Il dirige la molette dans l'autre sens deux fois, jusqu'au troisième numéro. Puis dans le sens horaire, il fait une brève pause à zéro, et reprend jusqu'au quatrième numéro. Le boulon de verrouillage se rétracte, les engrenages s'enclenchent. La porte ne s'ouvre pas.

– La serrure est vieille, les mollettes sont rouillées, c'est une véritable antiquité.

Betty tient la lampe, mais sa main fatigue.

Soudain, un bruit, quelqu'un vient ! Betty se redresse. C'est juste Charles, venu voir où ils en sont. Betty s'affole, le temps passe. Concentré, le Cracker tourne le cadran en sens inverse, à la recherche de l'encoche suivante. Un sésame est nécessaire pour accéder à chaque disque. Deux gauche quatre-vingt-quinze, un droite deux. Stop. Tout à coup, après trois heures de travail, un bruit d'enclenchement et la lourde porte s'ouvre. Triomphe !

– Et voilà ! s'exclame-t-il.

Le coffre est béant, les deux livres avec les codes s'étalent dans toute leur splendeur. Betty s'en saisit.

– Non, fait Brousse en appuyant sa main sur celle de Betty. Il est quatre heures du matin, nous n'aurons jamais le temps de rentrer au Wardman, de faire les photographies page après page et de les rapporter ensuite, c'est trop juste. Le changement de gardien a lieu à cinq heures et demie. L'heure à laquelle on rapportera les carnets. L'équipe du ménage arrive à six heures.

Betty réfléchit à toute vitesse. Ils risquent de tout perdre. Si les carnets ne sont pas replacés dans les temps, les codes changeront. Impossible de prendre des risques inutiles quand la mission est d'une telle importance.

– On boucle tout et on revient demain, déclare Betty.

Le Georgia Cracker ferme le coffre, replace les numéros sur les chiffres initiaux, il essuie toutes les empreintes. Tous les trois sortent par la porte, embarquent l'échelle. Le Cracker file à l'aéroport faire son rapport à New York. Betty et Brousse s'en retournent chez eux, affolés. Charles songe au gardien. Il va se réveiller, comprendre qu'il a été drogué. C'est foutu. On remarquera que rien n'est comme d'habitude. Charles se prépare mentalement à la catastrophe. Il se voit arriver à l'ambassade au petit matin, deux agents dans le hall lui passer les menottes… Ensuite ce sera le tour de Betty. Mon Dieu, il ne peut le concevoir.

20 juin 1942. À neuf heures, l'attaché de presse français Charles Brousse pénètre d'un pas alerte dans le hall de la chancellerie, le poing serré sur son attaché-case. Ses mains sont moites, il transpire. Ce mois de juin est interminable. La secrétaire lui lance un sourire coquin, elle a les dents d'une blancheur américaine. Il croise André Chevalier qui lui fait

un clin d'œil complice. Il referme la porte de son bureau derrière lui, s'effondre dans le fauteuil, essuie son front mouillé, il est transi. Tout va bien.

À trois heures. L'après-midi.
De Cynthia à Hunter : Nous devons parler de Denise.
D'Hunter à Cynthia : Je suis là.

Elle le rejoint dans la maison abandonnée et propose de remettre l'opération au soir même.

– Vous êtes fatigués, vous ne serez pas efficaces.

– Nous avons la combinaison du coffre, nous pouvons y retourner cette nuit, je veux une nouvelle chance.

– Je dois en référer plus haut.

Il sort de la pièce puis revient dix minutes plus tard.

– Oui, mais pas ce soir et pas de Cracker.

– Pourquoi ? demande-t-elle furieuse.

– C'est trop risqué, si Brousse et vous-même êtes pris, c'est jouable, le FBI ne nous soupçonnera pas. Mais si le Cracker est arrêté, c'est une autre histoire, on est tous foutus. Le Cracker, c'est la signature du BSC. Il ne retournera pas à l'ambassade.

– Et qui va ouvrir le coffre ?

– Vous !

– Vous vous moquez de moi ?!

– Vous connaissez la combinaison. L'opération est reportée à demain soir, 21 juin.

7.

20 juin 1942. À huit heures, le soir.

– Nous y retournons demain, mon amour.

Charles est abasourdi.

– Impossible ! Comment veux-tu que l'on drogue le gardien une nouvelle fois ? Et quand bien même, on ne le persuadera jamais de boire avec nous une nouvelle fois !

– Nous allons attendre qu'il ait fini son tour de garde, puis qu'il soit couché, et nous recommencerons.

– Plus on traîne, moins de temps aura le Cracker pour ouvrir le coffre.

Betty reprend son souffle et risque :

– Le Cracker ne sera pas avec nous, cette fois-ci.

– Mais qui alors ?

– Moi, j'ai la combinaison, ce sera simple.

Et Charles Brousse explose.

– Mais enfin, Betty, tu n'as jamais ouvert un coffre-fort de ta vie ! Ce ne sont pas des choses qui s'improvisent. C'est de la folie !

Elle l'embrasse. Elle tait ses propres inquiétudes.

21 juin 1942. La première tentative a été laborieuse. La deuxième sera pire. Ce que Betty n'avait pas anticipé, c'est la

peur qui allait s'emparer d'elle. Elle arrive, légère et joyeuse, main dans la main avec Charles. André Chevalier les accueille dans le hall, toujours cet air gouailleur, comme il est agaçant, songe-t-elle. Elle a les jambes qui tremblent, la sueur perle sur ses tempes. Infernal été.

– C'est merveilleux de vous voir, Betty. Vous n'avez pas de champagne cette fois-ci ?

Il paraît déçu. Betty et Charles se regardent, perplexes.

– Nous n'avions rien à fêter, remarque Charles, un peu honteux.

– L'été, vous dis-je, l'été ! C'est le premier jour de l'été !

Je hais l'été, songe Betty, depuis toujours. Le chien se met à grogner. Betty se colle contre Charles.

– Il est énervé, estime André Chevalier.

– Je sais, c'est l'été, coupe Betty.

– D'habitude il est adorable, poursuit le veilleur de nuit en les accompagnant dans le salon d'apparat, sauf s'il y a une intrusion ! Là, il peut se jeter sur le voleur, agripper sa gorge, c'est épouvantable, il ne lâche jamais. Une fois, il a tué un homme qui s'échappait. Il ne faut jamais courir si un chien vous poursuit, il ira toujours plus vite que vous. Bon, je vous laisse tranquilles, je vais dans mes quartiers. Dans le *basement*, vous savez.

– Dormez bien, lui souhaite Charles.

– Pas tout de suite, j'ai encore une ronde.

Betty et Charles s'installent sur le divan et tendent l'oreille. Ils sont au fait de chaque bruit. Ils rient, boivent, et fument des cigarettes. Quand le gardien en a fini avec son dernier tour, Betty se précipite à l'étage. Charles demeure dans le salon. Elle a appris la combinaison par cœur. Et Betty commence. Le stéthoscope amplifie les sons provenant de l'intérieur du coffre-fort. Le mécanisme est placé derrière le cadran. Elle fait faire plusieurs tours complets à la molette du cadran dans le sens des aiguilles d'une montre, comme le Cracker lui a expliqué. Cela prend un certain temps. Mais la manœuvre réinitialise le cadran. Tous les disques sont désaccouplés. Elle colle la membrane du stéthoscope contre la paroi, et recommence. Quand elle parvient au bout de l'opération, la porte ne s'ouvre pas. Une angoisse folle la saisit. Elle reproduit les mêmes gestes plus doucement, elle s'est peut-être trompée. Elle relève la poignée, persuadée que le coffre va s'ouvrir. Ce n'est pas le cas. Elle essaie encore et encore. C'est frustrant, c'est lent, elle renouvelle l'essai. La porte reste immobile. Au bout de deux heures, elle rejoint Charles, elle est livide, lui aussi.

– Ce foutu coffre ne veut pas s'ouvrir. Ils ont dû changer la combinaison.

– On s'en va.

– Non, je continue.

– Bien sûr que non, c'est du suicide de rester.

Il a raison. Ils retapent les coussins du divan, vident les cendriers, mettent les verres dans l'évier, puis décampent. Direction le Wardman Park, ils se séparent dans l'ascenseur. En arrivant chez elle, elle appelle Hunter.

D'Hunter à Cynthia : New York, demain deux heures.

22 juin 1941. Deux heures, l'après-midi.

– Garée devant le Rockefeller Center, une camionnette noire immatriculée dans le Tennessee, montez dedans, Cynthia.

Elle obéit sans poser de questions. Au volant, le Georgia Cracker et son éternel sourire.

– Où allons-nous ?

– Surprise.

Il traverse le pont de Brooklyn, elle s'endort, elle n'a pas son quota de sommeil ces temps-ci, quand elle ouvre les yeux, ils sont à Coney Island, garés devant l'entrée du parc d'attractions.

– On va faire un tour, histoire de se dégourdir les jambes et puis on s'y attellera.

– À quoi ?

– Vous verrez bien, Miss Betty !

Elle adore les carrousels. Celui-là est constitué d'animaux de bois sculptés et peints à la main. Un petit carrosse est traîné par quatre destriers blancs à la crinière rose et à la corne d'or.

– Une licorne, une licorne, piaille une gamine avec des couettes blondes, je veux y aller encore.

– Non, Joy chérie, cela fait trois fois, allons-nous-en !

La fillette laisse tomber sa glace et pleurniche. Un petit tambour mécanique couvre les pleurs de l'enfant. Le Cracker achète des hot-dogs chez Nathan's Famous, puis entraîne sa compagne dans Wonder Wheel. Les cabines bringuebalantes s'élèvent, nonchalantes, dans les cieux chargés d'électricité. L'orage menace.

– Hurlez, Miss Betty, cela fait du bien, conseille le Cracker.

Elle hurle. Il veut l'emmener dans les montagnes russes Cyclone, elle refuse, elle a sa dose d'adrénaline. Au Parachute Jump, un garçonnet tout roux est hissé à une soixantaine de mètres de haut, puis descend jusqu'à terre, son parachute suspendu au bout d'un câble. Il rit à perdre haleine, sa mère est terrifiée.

– Ça suffit, Scott, c'est dangereux !

Les autos tamponneuses sont minuscules, on dirait des jouets. Betty observe tous ces enfants si gais en compagnie de leurs parents. Elle songe à son fils. Tony joue-t-il aux petites voitures, aime-t-il les manèges ? Elle doit avoir un air étrange, le Cracker la fixe, indécis.

– Alors, Miss Betty, on y va ? demande-t-il.

Elle acquiesce. Direction Brighton Beach. Le Cracker immobilise la voiture le long de la plage. Il fait signe à Betty de se glisser à l'arrière. Elle fait coulisser un rideau en feutrine noire, il a retiré les sièges. Sur le plancher, un Mosler, identique à celui qu'elle n'est pas parvenue à ouvrir. Quelle touffeur dans l'habitacle. Elle transpire. Ses doigts effleurent l'acier, dans sa bouche une lampe torche qu'elle tient avec ses dents.

– Je déteste ce coffre, précise le Cracker, je me demande pourquoi ils n'en ont pas acheté un neuf.

– Ces Français sont tellement radins, grimace Betty.

Pendant deux heures, il lui explique les variations de la machine, ses subtilités, elle apprend le bruit des molettes, celui des écrous qui s'enclenchent. Il a son légendaire sourire plaqué sur le visage, pour un peu elle l'embrasserait, elle adore cet homme. Il lui transmet sa science, celle-là même qui va changer le cours de la guerre.

– Alors, Miss Betty, la seule manière d'ouvrir un coffre est de composer la bonne combinaison en tournant le cadran. La broche interne, voyez-vous, est un petit cylindre métallique qui pivote en fonction de la révolution du cadran. Une came y est fixée. Située à l'autre bout de la broche, elle vire de même. Un petit axe de verrouillage se déplace longitudinalement au rythme de la came. C'est elle qui accroche au passage les disques de combinaison. La rotation de la came permet l'entraînement successif des disques de combinaison.

– Je comprends.

– Non, Miss Betty, vous allez bien trop vite. Voilà pourquoi vous n'avez pas réussi. Regardez, vous venez de faire sauter la clé. Plus doucement.

Elle est allongée sur le plancher inconfortable de la camionnette. Elle sent l'odeur de l'océan, des varechs, la fête bat son plein à Brighton Beach.

– OK, juge le Cracker, on va essayer autre chose.

Il lui bande les yeux. Les doigts de Betty courent sur la fonte, les clés s'enclenchent, les roues dentées se mettent en mouvement, crémaillères et dentures dansent, les engrenages tournent, les points d'intersection se rejoignent, Betty visualise le cliquet d'accroche, elle a le don, elle entend tout ce qu'elle ne voit pas. Et soudain le déclic, la porte s'ouvre.

– Bravo ! Je vous propose d'être mon assistante pour les années à venir, déclare fièrement le Georgia Cracker.

Cinq heures de l'après-midi. Au Rockefeller Center, le Georgia Cracker assure Hunter et Howard, tout juste rentré de mission, que Cynthia n'a plus besoin de lui.

– Tant mieux, estime Hunter, ce sera pour après-demain soir. Le 24 juin.

– Je veux le Cracker avec moi, c'est notre dernière tentative, vous le savez aussi bien que moi ! Mettons toutes les chances de notre côté. Le veilleur de nuit va finir par avoir des soupçons. Et puis, il y a Charles, il ne veut pas y retourner. Pour le forcer, il nous faut le Cracker, mon porte-bonheur.

– Si le Cracker est pris, il sera lié au BSC, donc à Churchill, c'est un énorme risque que nous courons.

– C'en est un plus grand encore d'entrer dans cette ambassade sans lui.

Howard croise le regard d'Hunter. Ils acceptent. Sans attendre l'assentiment d'Intrépide.

Neuf heures du soir. Betty retrouve Charles pour un dîner léger chez elle.

– Nous y retournons après-demain, mon chéri, en compagnie du Cracker.

– On ne s'ennuie jamais avec toi, Betty ! Je suis certainement le seul homme qui passe ses nuits et ses jours à son bureau pour plaire à l'amour de sa vie.

– Un jour, il faudra que tu me racontes ce que tu dis à ta femme pour te libérer.

8.

24 juin 1942. Onze heures du soir. Il n'y a pas un souffle d'air, la canicule s'est abattue sur Washington. Betty porte une robe de mousseline rose pâle. La rue est déserte. Le staccato de ses talons sur le macadam donne une dimension surréaliste à l'instant. Au moment où ils tournent sur Connecticut Avenue, Charles se fige. Il y a une voiture devant l'ambassade. Deux personnes à l'intérieur, tous feux éteints. Il fait trop sombre pour deviner ce qu'elles font.

– Des amoureux, espère Charles, comme nous.

– Non, répond Betty. Sinon pourquoi auraient-ils choisi de se garer ici plutôt qu'à Rock Creek Park, à cinquante mètres à peine ? Rock Creek Park est beaucoup plus romantique.

– FBI ?

– Certainement.

– On fait quoi ?

– On y va.

Ils gravissent les marches qui mènent en enfer. Charles ouvre la porte de l'ambassade avec sa clé. Aucun signe du gardien, ni de son satané chien.

– C'est curieux, chuchote Betty, rien n'est pareil. Je crains le piège.

André Chevalier les a forcément entendus entrer. Ils font exprès de parler fort. Normalement il vient leur dire bonsoir. Là, rien. Charles Brousse a peur, il essaie de ne pas le montrer. Le silence est obsédant. Ils s'assoient sur le divan et patientent. Ils ne parlent pas, n'entendent rien. Betty s'énerve.

– On est train de se comporter exactement comme ils l'attendent.

– C'est-à-dire ?

– On se méfie, Charles, on se méfie. Si le gardien nous soupçonne, il attendra de voir ce que l'on fait. Puis il nous trouvera devant le coffre, il appellera les deux agents devant la porte, on sera cuits.

Elle réfléchit, son esprit fonctionne à mille à l'heure. C'est la dernière tentative, faites que cela ne soit pas un désastre ! prie-t-elle silencieusement.

– On est là pour faire l'amour, faisons l'amour, chéri !

– Mais…

Betty se déshabille. Nue, elle s'assied à califourchon sur les cuisses de son amant et l'embrasse à pleine bouche.

– Baise-moi, mon cœur !

– On n'a pas autre chose à faire ?

– Justement non, pas pour l'instant, alors baise-moi, chéri !

Elle lui prend la main et l'attire par terre. Allongée sur le parquet, le corps délié et ses deux rangs de perles qui scintillent dans l'obscurité. Il se laisse aller, la caresse, la fait passer au-dessus de lui. Cette fille est belle, elle est à lui, il l'aime comme un fou, il la désire, elle est si…

– Au nom du ciel !

La lumière aveuglante d'un projecteur. Une porte qui claque, une lampe torche braquée illumine la nudité des amants. Betty joue la pudeur outragée, se redresse et couvre son sexe avec la main, elle s'arrange pour que le gardien en prenne plein les yeux. Tétanisé, il croit entendre chanter le chœur des anges, se met à bégayer.

– Je vous demande pardon, Betty, Charles, je ne pensais pas que…

– Mais vous pensiez quoi, André ? interroge Betty, offusquée.

– Toutes mes excuses, madame, monsieur, je suis désolé, je ne vous dérangerai plus.

Il disparaît, mortifié. Betty sourit à son amant.

– Ma méthode, chuchote-t-elle, ma méthode est imparable.

Elle l'embrasse triomphalement sur la bouche. C'est alors que l'échelle caresse le mur arrière. Betty enfile sa culotte, et monte dans le bureau de l'attaché naval. Elle ouvre la fenêtre au moment où la tête du Cracker apparaît. Quand il l'aperçoit à moitié nue, il manque de tomber.

– Je vous expliquerai.

– Je préfère ne pas savoir, répond le petit homme.

Quelques minutes plus tard, ils sont accroupis tous les deux devant le coffre-fort. Quatre deux à droite quatre-vingt-dix… La porte s'ouvre immédiatement. Il est exactement minuit et demi.

Dans le regard qu'elle jette au Cracker, toute la gratitude du monde. Il enfourne les deux carnets dans ses poches et se précipite à la fenêtre. Une voiture l'attend au coin de la rue pour le conduire au Wardman. Elle entend l'automobile démarrer et soupire de soulagement. Le décompte infernal commence. Betty et Charles, piégés dans l'ambassade, attendent le retour du Cracker. Ils font des allées et venues à la fenêtre en fumant, à l'affût du moindre bruit, prêts à reprendre la partie de jambes en l'air si le gardien revenait. Pendant ce temps, au 215 B Wardman Park Hotel, une équipe de spécialistes s'attelle à la tâche. Ils ont un peu plus de trois heures devant eux. Le changement de gardien a lieu à cinq heures et demie, les femmes de ménage sont là à six heures. Betty et Charles font les cent pas. Elle fume cigarette sur cigarette, va à la fenêtre et revient.

– C'est quoi, cette ombre dans les buissons, Charles ?

– Ton imagination, chérie.

– Non, c'est le FBI, j'en suis certaine.

– Si c'était le FBI, ils seraient déjà là.

– Ils souhaitent nous prendre en flagrant délit, c'est tout.

Depuis le *basement* provient le son de la radio du gardien. Un tube de Cole Porter, mais Betty n'a pas envie de danser. Soudain la musique s'arrête, Betty et Charles se fixent, inquiets. Que fait-il ? Va-t-il se coucher ou les espionne-t-il ? Il est deux heures et demie. Il est trois heures du matin. Betty se ronge les sangs. Il est quatre heures moins le quart et toujours pas de Cracker. Quatre heures, rien. Charles tend l'oreille. Ils sont terrifiés. Le soleil va se lever dans une heure. Betty se penche par la fenêtre. La voiture de la veille a disparu. Est-ce rassurant ? Le FBI est peut-être déjà au Wardman en train d'arrêter l'équipe. Si les carnets chiffrants ne sont pas replacés dans le coffre à temps, Vichy ordonnera immédiatement de changer les codes et tout ce travail n'aura servi à rien. Quatre heures et demie. Rien. La rue est déserte.

– Qu'est-ce qu'on fait ? demande Charles. On part ? S'il y avait un problème, c'est mieux.

– Attendons encore un peu, il va arriver, j'en suis sûre.

Tous deux sont dévorés par l'angoisse.

Pas un souffle d'air dans les arbres de cette magnifique matinée du début de l'été. Soudain, un léger bruit. Il est quatre heures quarante du matin. Betty se colle à la lucarne, l'échelle est posée, le Cracker grimpe. Elle se rue dans le bureau du chiffre. Le Cracker enjambe la fenêtre, les livres sous le bras. Il ouvre le coffre en cinq minutes chrono. Les carnets sont déposés sur la tablette supérieure, les empreintes essuyées sur la porte du coffre, les bords de la fenêtre. Le coffre est verrouillé dans la position où Betty l'a trouvé, le Cracker redescend par là où il est venu. Betty et Charles ferment la fenêtre derrière lui, sortent par la porte principale qu'ils claquent ostensiblement, et descendent la rue en se tenant par la taille. Au tournant de Connecticut Avenue, ils grimpent dans un van, au volant : le Cracker. Ils n'ont pas dit un mot durant toute l'opération. Il est cinq heures du matin, le jour se lève, nous sommes le 25 juin 1942.

Wardman Park Hotel, appartement 215 B. Montgomery Hyde ouvre la porte. L'endroit est bondé, Betty est un peu surprise. Fairly les accueille avec cérémonie, Hyde serre la main de Brousse et ose embrasser Betty. Dans la pièce suivante, il y a Howard, Hunter, Donovan et Stephenson. Il y a aussi des tables couvertes de photographies, des négatifs qui pendent dans une chambre noire improvisée, des photos classées qui sèchent, et des projecteurs, appareils divers, trépieds, câbles. Partout les codes de tous les messages que s'échangent Vichy et le IIIe Reich. Stephenson applaudit, non, ils applaudissent tous. Dans les bras de Charles, Betty Pack pleure à chaudes larmes. Ils l'ont fait. Ils y sont parvenus. Ils ont les codes. Ils sont incapables de parler. Ils éprouvent un merveilleux soulagement et une certaine incrédulité. Betty Pack vient encore une fois de faire basculer le cours de la guerre. Hunter, en uniforme, fixe Betty et se met au garde-à-vous.

– Colonel Ellery Huntington, à votre service, madame.

– À vos ordres, colonel.

Howard serre la main de Brousse.

– Nous vous devons tellement.

Stephenson se lève.
– Je vais prendre le petit déjeuner avec Churchill.

Dès le lendemain, le chiffre naval français s'étale sur les tables de chêne de Bletchley Park. Ces codes participent aussi au puzzle compliqué du déchiffrage d'Enigma. Toutes les conversations, tous les messages émis ou reçus par Vichy sont dorénavant lus par les Britanniques. Toulon, Casablanca, Alexandrie, chaque échange entre Allemands et Français s'inscrit décodé à Bletchley Park.

Le 12 août 1942, dans le bureau de Staline à Moscou, en présence de l'ambassadeur américain Averell Harriman, Churchill montre une carte du sud de la France et de l'Afrique du Nord. Il y a dessiné un crocodile étendu sur l'Europe.

– Nous l'attaquerons au museau, qui est dur, et au ventre, qui est mou !

Il annonce la première opération amphibie anglo-américaine. L'opération Torch, nom de code donné au débarquement des Alliés le 8 novembre 1942 en Afrique du Nord, est rendue possible grâce à Cynthia et au vol des codes français.

Le 13 novembre 1942, dans le train qui l'emporte vers New York, Betty Pack déplie le journal et lit que l'opération Torch est un succès. Les Alliés n'ont trouvé aucune résistance. Et Churchill de déclamer sur les ondes : « Ceci n'est pas la fin, ni même le commencement de la fin, mais c'est peut-être la fin du commencement. »

Bon vent, cher journal, j'ai quinze ans.

– Cours ! Plus vite ! hurle Jane.

– Allez, Betty, s'écrie Georgie Boy, cours !

Et je cours, je cours à perdre haleine, tous les jours durant les vacances à Chevy Chase. Ma sœur et mon frère sont mes starting-blocks, mon chronomètre.

– Cours, Betty, cours !

J'apprends la fuite et l'endurance. La traque et la chasse. Toujours plus vite, plus loin, plus fort. Savoir s'adapter. Être forte et intelligente. Fuir quand il en est encore temps, être prête à tout, tout le temps. Je m'entraîne et je cours, je cours encore. Je suis obsédée.

La plupart des enfants ont un meilleur ami. Moi je n'ai personne. Surtout pas eux. Je les utilise, je les pressurise, j'en fais ce que je veux. Papa nous observe de loin. Il ne dit rien. Il a compris que j'étais la seule qui valait le coup, la plus efficace.

– Cours, Betty, cours !

Si loin, si rapide. L'échappée belle. Comme si j'étais poursuivie par une meute de loups avides. Ils me talonnent, m'acculent. Je retiens mon souffle, le laisse affleurer, ma bouche est entrouverte, ma respiration régulière, la vitesse est ma compagne, elle me stimule, je vais à tire-d'aile.

– Arrête-toi, maintenant, Betty, ça suffit.

Je fais le tour de Chevy Chase et je repasse sans cesse devant eux. Il est possible que mon visage soit creusé, mes yeux globuleux, prêts à rouler sur le chemin, je le vois dans leur regard horrifié. Et je les piétine.

– Betty, tu es livide, arrête-toi, supplie Cora.

Mais de quoi se mêle-t-elle ? Je détale, je suis légère, soutenue par ma volonté, c'est la panique, la débandade, quelle escapade, je bondis et je saute, je suis une fusée, je disparais.

– Arrête, Betty, tu me fais peur, pleurniche Jane. Arrête tu es folle !

Oh, quelle nouille, celle-là !

Toujours plus loin, jusqu'à l'insondable, c'est fantastique, je m'envole et ne ressens rien, plus de contrainte, mais la vélocité, la douceur du vent qui zèbre mes joues. Je suis immortelle. Et je détale. Ils peuvent bien hurler mon nom encore et encore jusqu'à ce qu'il se dissolve dans l'éther.

J'esquive, je transgresse les limites. Plus rien n'existe. Rien ne m'atteindra jamais, je cavale pour échapper à la médiocrité, à eux, Cora, Jane, Georgie Boy.

Et cette sensation étrange d'être quelqu'un d'autre. Je suis déchaînée, je galope, je vais conquérir le monde. Au-delà et jusqu'à l'infini. Et je décampe, me dissipe, m'évapore. Je m'efface. Je flotte au-dessus du sol d'un air désinvolte. Je cours jusqu'à la mort, la mienne, je n'ai pas peur.

– Arrête ! hurle mon père.

J'arrête.

Bon vent, cher journal, j'ai quinze ans.

Exfiltration

1942-1943

1.

Novembre 1942. Le FBI la soupçonne. Deux voitures se relaient en permanence devant le Wardman Park Hotel. Chaque fois qu'elle met le nez dehors, Betty se heurte aux hommes à fedora. Ils ne la lâchent pas. C'est intenable. Chaque jour, le dossier 65-435239 devient plus épais. Ils le savent, elle le sait, Stephenson le sait. Edgar Hoover s'énerve :

– Coincez-moi cette salope de Betty Pack !

Pas simple de passer entre les mailles du filet de l'homme aux talonnettes. Quoi, vous ne saviez pas pour les talonnettes ? Et les mecs, vous le saviez, pour les mecs ? C'est une grosse folle. Une fiotte. On connaît peu de choses sur Hoover, mais de ça on est sûr.

De l'agent spécial S.K. McKee à Edgar Hoover :
Objet : Mrs Arthur Pack – Espionnage
Dossier 65-435239
Le Département du renseignement militaire effectue actuellement une enquête sur Mrs Pack au Wardman Park Hotel.

De l'agent spécial S.K. McKee à Edgar Hoover :
Objet : Mrs Arthur Pack – Espionnage

Dossier 65-435239
Deux fois par semaine Mrs Pack se rend au Rockefeller Center, bureau des passeports. Il semblerait qu'elle prépare son départ.

De l'agent spécial S.K. McKee à Edgar Hoover :
Objet : Mrs Arthur Pack – Espionnage
Dossier 65-435239
Mrs Pack est toujours au Wardman Park Hotel, mais elle a changé de chambre et de nom. Nous la truffons de micros dans une heure.

De l'agent spécial S.K. McKee à Edgar Hoover :
Objet : Mrs Arthur Pack – Espionnage
Dossier 65-435239
Le MI6 est sur l'affaire. L'OSS aussi, de même que le BSC. Il existe un risque que les différentes enquêtes interfèrent entre elles.

De l'agent spécial S.K. McKee à Edgar Hoover :
Objet : Mrs Arthur Pack – Espionnage
Dossier 65-435239
Il est demandé au Bureau de prendre des mesures pour diligenter des directives sur le type d'actions à mener à l'avenir.

De l'agent spécial S.K. McKee à Edgar Hoover :
Objet : Mrs Arthur Pack – Espionnage
Dossier 65-435239
Il y a vraiment quelque chose de louche dans tout ça.

Et sa sœur Jane débarque, échevelée et terrifiée.

– Betty, deux hommes étranges se sont présentés chez nous. Ils posent des questions très précises sur toi. Et sur Charles Brousse. C'est effarant. Mon mari est furieux, les enfants sont affolés. Mais enfin, qu'est-ce qui se passe ?

Et cette idiote de Cora s'y met aussi.

– Mais qui sont ces gens, chérie ? Non, je n'ai rien dit sur ton fils, bien entendu. Pourquoi les intéresserait-il ? Tony n'intéresse personne. Ils voulaient tout savoir sur toi, ton enfance. Même cette chose que tu avais écrite, comment ça s'appelle déjà ?

– *Fioretta*, Maman. Papa l'a publiée à compte d'auteur.

– Ils sont très mal élevés. Je leur ai servi un café dans mes tasses en porcelaine de Chine, ils ne l'ont même pas remarqué, tu sais ce service ravissant qui me vient de ma mère.

– Tu as dit quoi, Maman, exactement ?

– Rien, chérie, je leur ai parlé de ton père.

L'erreur de Betty Pack est de n'avoir pas compris l'esprit tortueux, sadique, pervers, maléfique et jaloux d'Edgar Hoover. Car Hoover craint que l'OSS, police américaine à l'étranger, donne naissance à une organisation plus puissante, qui reléguerait le FBI au sol américain. Et c'est exactement ce qui va se passer. À la fin de la guerre, l'OSS disparaîtra au profit de la CIA. Et c'en sera fini du monopole d'Hoover sur le pays. Hoover a longtemps traité William Stephenson comme le bon petit copain d'une classe inférieure. Aujourd'hui Stephenson le terrifie. Le BSC de William Stephenson et l'OSS de Bill Donovan lui disputent son trône. Hoover sécurise ses arrières en utilisant Betty Pack, cette garce qui réussit tout ce qu'elle fait. Car il est au courant pour l'ambassade de Vichy. Betty n'a aucune chance de s'en sortir. Elle sera le dommage collatéral de la guerre du renseignement.

De Cynthia à Howard : L'étau se resserre.
D'Howard à Cynthia : On va vous exfiltrer.

Brousse a vécu trente ans à Paris, il connaît tout le monde, c'est un diplomate. Son père a été deux fois ministre des Finances et sénateur. Vichy sera ravi de l'accepter au sein de son gouvernement. Avec l'audacieuse Betty à ses côtés, en zone libre, ils pourront effectuer un travail remarquable et intégrer la Résistance. Brousse possède un château fort près de Perpignan qui servira de base. Ils aideront à la préparation du débarquement allié. Ils seront des agents en place au cœur de l'ennemi, c'est exactement ce qu'ils savent faire. Il faut donc imaginer une couverture, puis envoyer Betty Pack en France, avec son amant.

D'Howard à Cynthia : Nous allons vous faire passer pour la fille de Kay Brousse.

2.

Lui qui pensait être au bout de ses peines avec les espions est stupéfait. Cela ne s'arrête jamais. Ils ont des idées plus saugrenues les unes que les autres. Charles Brousse est interloqué. Faire passer sa maîtresse pour la fille de sa femme ? Quelle absurdité !

– C'est ça ou la prison à vie pour Betty, explique Howard.

– Pourquoi ne peut-elle être exfiltrée en tant que femme de diplomate anglais ?

– Parce que cela impliquerait évidemment qu'elle travaille pour le renseignement britannique, assène William Stephenson, glacial.

Ils sont réunis au Rockefeller Center. Howard, Hunter, Donovan, Stephenson, et puis Montgomery Hyde. L'avenir de leur agent est en jeu. Leur meilleur agent. Betty parle français couramment et sans accent. Charles Brousse a cinquante ans, Betty trente-deux, mais elle fait plus jeune, on lui en donne vingt-cinq. Kay Brousse a perdu une fille d'un premier mariage avec Shaw Waterbury. Si elle avait vécu, la jeune Catherine Waterbury aurait aujourd'hui vingt-huit ans. C'est de l'or en barre. Un rôle que Betty saura jouer aisément. Charles a tout accepté venant d'elle. Mais là, cela dépasse l'entendement ! Kay ne marchera jamais. Betty est bien trop glamour, Kay connaît son mari, elle comprendra immédiatement qu'il est son amant.

– On va la transformer, déclare Howard.

– Quoi ?

– Je vais devenir moche, chéri.

– Improbable. Et ma femme, je lui dis quoi ? s'inquiète-t-il.

– C'est votre problème, capitaine, coupe Stephenson, vous voulez sauver la peau de votre maîtresse ou pas ?

– Écoutez, je...

– Vous saurez convaincre votre épouse, j'en suis persuadé, déclare Hunter.

On lui en a tellement infligé qu'il ne sait même plus quoi dire, il n'essaie pas. Il doit faire avaler à sa femme l'idée folle de donner l'identité de sa fille chérie, morte trop jeune, à une inconnue. Et lui cacher que cette inconnue est sa maîtresse.

– C'est impossible.

Brousse se laisse tomber sur le divan du bureau de Stephenson. Il se prend la tête entre les mains, grimace une moue rageuse, il est anéanti.

– Vous avez dit la même chose pour le cambriolage, et pourtant vous l'avez fait, avance Hyde.

– Cela n'a rien à voir, il s'agit de sentiments humains. Et puis j'ai des relations difficiles avec Kay, je l'ai bafouée toute ma vie.

– Votre famille, vos histoires, on s'en moque, lance Stephenson. Pour les autres, elle s'appelle Catherine, elle vient de perdre son mari, un Marine, héros de guerre. Elle vivait à Los Angeles, c'est pour ça que vos amis ne l'ont jamais rencontrée, vous la ramenez en France avec vous. En public, agissez avec un certain respect mêlé de familiarité, c'est votre belle-fille après tout.

Betty est convaincue de la faisabilité du plan. Et pour la simple et bonne raison qu'elle a expérimenté ce que va vivre Kay. Elle s'est sentie utile, avide de sensations fortes.

– Donnons à ta femme une raison de vivre, s'exclame Betty. Faisons d'elle l'une des nôtres. Ouvrons-lui la moitié de nos secrets. Elle travaille pour les Américains, elle aide au transfert d'un agent. Je suis persuadée qu'elle sera partante.

Brousse hausse les épaules, puis finit par se laisser convaincre. Hunter est envoyé pour présenter les choses à Kay. Il dresse un panégyrique de Charles, c'est un espion depuis plusieurs années. Non, il ne l'a jamais trompée, il était en mission, ce qui explique ses nombreuses absences. Kay gobe tout, elle est si flattée que l'on fasse appel à elle. Américaine, née en Georgie, elle accepte immédiatement de s'impliquer pour son pays. Cela met du piment dans son existence, elle sert fièrement une cause. Et puis, elle est soulagée d'apprendre que son mari n'est pas du côté de Vichy. Bien entendu que le renseignement peut utiliser l'identité de sa fille morte ! Quelle idée formidable que cet hommage à Catherine !

Et voici Catherine Waterbury Gordon, brunette de vingt-huit ans, jeune veuve de guerre, qui débarque à Washington. Son époux, le lieutenant John Gordon, est mort en héros. Pauvre petite, ses parents sont si heureux de la voir rentrer au bercail.

C'est une jeune femme très sage, au carré brun coupé sous les oreilles, comme Louise Brooks. Son visage fin est mangé par d'énormes lunettes qui dissimulent son regard de jade. Vêtue de noir car en deuil, avec ses ballerines aux talons plats et ses robes trop longues, on lui donnerait le bon Dieu sans confession. Sombre, triste, mince, marquée par le sceau de la fatalité. Kay l'adore, oh, cette fille est bien trop stricte pour exciter son mari. Quelle erreur, Charles est perturbé, cela se voit comme le nez au milieu de la figure. La nouvelle Betty le rend complètement dingue. Froide comme un glaçon, inatteignable, il sent le feu couver en elle, le plaisir sensuel du danger l'ensorcelle. Comment la garder à distance ? Il n'y parviendra jamais. On présente la nouvelle venue à la haute société de Washington, on organise un cocktail pour son retour. Elle s'installe au Roosevelt Hotel, qui appartient au mari de sa sœur Jane, et pendant quelques mois, la famille Brousse au grand complet est de toutes les parties huppées de la capitale. Ils sont même invités un soir chez l'ambassadeur Gaston Henry-Haye et son épouse. Ce dernier ne reconnaît pas la jeune femme venue l'interviewer un an auparavant. Brousse en profite pour lui annoncer son prochain retour en France, Henry-Haye va terriblement le regretter.

Howard et Hunter se félicitent, leur plan marche à merveille. Il est temps d'enclencher la vitesse supérieure, estime Stephenson. Mais rien ne va se passer comme prévu. Le triomphe de Betty et de Charles avec le vol du chiffre naval va précipiter la chute de la chancellerie française.

3.

Ici intervient l'Histoire avec un grand H. Le 8 novembre 1942, l'opération Torch, commandée par le général américain Dwight Eisenhower, est un succès. Furieux, Hitler se venge en envahissant la zone libre en France, violant les accords d'armistice. C'est l'opération Anton. Pour échapper aux Allemands sans se livrer aux Anglais, la flotte française en rade de Toulon se saborde le 27 novembre 1942. Au même moment, dans le désert libyen, à El-Alamein, le général Montgomery repousse l'Afrika Korps de Rommel. Pris en tenaille, les Allemands et les Italiens n'ont d'autre issue que de se retrancher vers Bizerte, en Tunisie. En janvier 1943, Roosevelt et Churchill se retrouvent à Casablanca pour préparer la libération complète de l'Afrique du Nord et l'invasion de la Sicile. Les Américains rompent toute relation diplomatique avec Vichy.

À Washington, les Français de Vichy sont mis aux arrêts. De même que les Américains en France sont retenus prisonniers par les nazis. Sacrée monnaie d'échange. L'exfiltration de Betty Pack est annulée. Bill Donovan conseille d'attendre six mois et de voir venir. Cet avis est retenu par Stephenson et Hunter. Quant à Edgar Hoover, il s'amuse comme un petit fou. Il a compris que Catherine Gordon et Betty Pack ne faisaient qu'une. Il a fait le rapprochement avec Cynthia. Il est au spectacle. Et le soir venu, en compagnie de son cher et tendre Clyde Thompson, le patron du FBI n'en finit pas d'évaluer les prochains mouvements de ces imbéciles de Frenchies.

L'ambassade de France à Washington est fermée, tous les passeports réquisitionnés, les employés et résidents mis en quarantaine. Parmi eux, l'ambassadeur Gaston Henry-Haye et l'attaché de presse Charles Brousse. L'affaire est délicate, d'autant qu'il faut trouver un endroit convenable pour l'internement. Les diplomates et leurs familles, c'est près de trois cents personnes. Les Américains ne veulent pas agir avec trop de sévérité, mais ils ne peuvent les laisser libres comme l'air. Stephenson et Donovan sont aux premières loges. Ils attendent.

À une heure à peine de Washington, l'hôtel Hershey est perché sur une colline riante de Pennsylvanie. Juste au pied des incroyables Blue Mountains. En pleine Grande Dépression, Milton Hershey, industriel mégalomane, se lance dans un projet pharaonique. Un hôtel ? Non, un joyau, un château avec tourelles et pilastres, qui domine une fabrique de chocolat renommée. Un palais qui surclasse ceux des maharajas. Un gâteau à la crème un rien surréaliste qui pourrait abriter tant d'histoires abracadabrantes. Cent soixante-dix chambres, trois étages, une salle à manger sans coins, un salon de bal mirobolant, un patio d'inspiration espagnole, des labyrinthes de fleurs, un jardin à la française, une piscine intérieure, une autre extérieure, des bassins dignes de Versailles avec des dauphins cuivrés qui crachent des jets d'eau cristalline, un terrain de golf, des courts de tennis… et les bustes de poètes inconnus aux destins brisés. Le paradis sur terre, le rêve d'un dément. On surnomme Milton

Hershey « le Henry Ford des chocolatiers ». Il n'a pas d'enfants, il a décidé de façonner le goût des Américains. On voit ce que cela a donné. L'hôtel est son royaume, son Utopia. Hershey y règne comme sur sa fabrique de chocolat et sa ville. Et bientôt sur la chancellerie française de Vichy, mise en quarantaine dans la luxueuse prison et gardée par trente-six vigiles armés.

Au Rockefeller Center, ça barde. Brousse et Betty refusent d'être séparés. Stephenson martèle la table.

– Roméo et Juliette, j'en ai ma claque !

– C'est insensé, si Betty va là-bas, l'ambassadeur finira par la reconnaître et Kay Brousse un jour réalisera que sa soi-disant fille est la maîtresse de son mari, c'est inconcevable, estime Bill Donovan.

– On a fait des choses plus risquées, juge Betty.

– Oui, mais pas aussi stupides ! répond Hunter.

Le 17 novembre 1942, au 2221 Kalorama Road, derrière les grilles en fer forgé, les domestiques s'affairent autour de limousines noir corbeau. On charge les bagages de l'ambassadeur et de sa famille. Charles Brousse est là avec son épouse américaine Kay, il porte sa rosette de la Légion d'honneur au revers de sa veste, le soleil d'automne scintille. Le *Washington Evening Star* couvre l'événement et décrit un groupe de gens riches partant pour un week-end à la campagne. La caravane se met en branle, l'exil est bien réel, une file de voitures de maîtres pare-chocs contre pare-chocs fonce bientôt en pays amish, laissant dans son sillage un épais parfum germanique.

Mais où est Betty Pack ? Dite Cynthia. Dite Catherine Gordon. Au Garfield Hospital de Washington. Ce qui résout le problème pour un temps. Betty est de nouveau enceinte, et on sait qu'elle ne fait pas grand cas de ses bébés ou autres embryons. Celui-là termine comme les précédents. Dans une mare de sang. Betty doit rester quatre semaines en convalescence. Puis elle fait une demande officielle pour être transférée au Hershey.

Hoover est de plus en plus fasciné par l'enchaînement des circonstances. Il a sous les yeux la lettre de Betty. « Je soussignée Catherine Gordon réclame l'autorisation de rejoindre ma mère Kay Brousse à l'hôtel Hershey. Ma mère n'est pas en bonne santé, elle a besoin de soins. Par ailleurs, venant de perdre mon mari, j'ai besoin du soutien affectif de mes parents. »

« On vous répondra en temps voulu » est le mot succinct que Betty découvre dans sa boîte aux lettres un matin de décembre. C'est vraiment l'hiver de son mécontentement !

N'y tenant plus, le 22 décembre 1942, elle bondit dans sa voiture et s'élance sur les routes verglacées jusqu'au Hershey. Il fait un froid de gueux, les freins grincent, elle ne voit pas grand-chose, les flocons s'amoncellent, le ciel est couleur soupe. L'hôtel apparaît enfin, lugubre dans le brouillard, enseveli sous la neige. On dirait un sanatorium pour enfants tuberculeux. Les sapins ploient sous le givre, l'eau des bassins est gelée, de frêles silhouettes s'essaient au patinage. Transie, Betty se présente à la grille sous le nom de Catherine Gordon et avertit qu'elle vient fêter Noël avec ses parents. Elle est conduite auprès de l'agent spécial du Département d'État affecté à la surveillance des diplomates. Elle lui débite toute son histoire. Veuve d'un Marine, revenue à Washington pour se rapprocher de ses parents, la santé défaillante de sa pauvre maman et Noël qui approche. L'homme, ému par son récit, lui ordonne de retourner à son hôtel, il va prévenir ses parents. Betty est rassurée, pour un peu elle se jetterait à son cou, dans une demi-heure, elle sera pelotonnée dans les bras de son amant. Betty est consignée dans une petite auberge du bas de la ville. Un établissement à l'ambiance familiale où l'on dîne à des tables communes avec des inconnus.

– Le poulet frit est délicieux.

– La peau est croustillante, la chair tendre et juteuse.

– Cette tarte aux pommes, j'en reprendrai un peu, je vous prie.

– Il y a une Mrs Gordon ici ?

– Oui.

– Téléphone, madame, dans la cabine numéro 2.

– Mrs Gordon ?

– Elle-même.

– Vous ne pouvez voir vos parents aujourd'hui.

– Mais…

On a raccroché.

Elle appelle Howard, elle appelle Hunter, ils font ce qu'ils peuvent, mais ils ne peuvent rien contre le FBI.

Finalement, le 27 décembre 1942, on lui annonce qu'elle va retrouver sa famille. Betty est excitée, presque frivole, elle n'a pas vu Charles depuis près de deux mois, il lui manque affreusement. Elle sait pertinemment que les téléphones de l'hôtel sont sur écoute, elle ne peut communiquer avec lui. À trois heures ce jour-là, on frappe à la porte de sa chambre. Betty se précipite et se trouve nez à nez avec… Kay Brousse. Cruelle ironie du sort.

Betty retourne à Washington en fulminant. Quant au capitaine Brousse, il est dans un état de fureur qui frise l'égarement. Il n'est pas franchement récompensé pour ses bons et loyaux services. Il a risqué sa vie pour les Britanniques et les Américains, et le voilà coincé en pleine ère glaciaire dans un palace effrayant avec pour compagnons grésil et frimas.

Le 8 février 1943, après trois mois de séparation, Betty obtient le droit de s'installer au Hershey avec son amant, en compagnie de la femme de ce dernier et de trois cents fervents soutiens de Pierre Laval. Elle est accueillie avec chaleur par l'ambassadeur et sa famille. Gaston Henry-Haye ne reconnaît toujours pas l'élégante Américaine venue l'interviewer un an auparavant.

Les jours se suivent et se ressemblent, les semaines, les mois. L'atmosphère est tendue, de nombreuses querelles éclatent entre internés et gardiens. Les Français, qui se considèrent comme des hôtes privilégiés plutôt que des prisonniers, réclament des couvertures chauffantes qu'on leur refuse. Leurs enfants sont intenables et dessinent des svastikas sur tous les murs quand ils ne crient pas « Heil Hitler », le bras tendu, devant les vigiles.

Betty et Charles sombrent dans la routine, le printemps succède à l'hiver, l'été au printemps. Ils font preuve d'imprudence et ce qui devait arriver arrive. Un après-midi, Kay Brousse trouve Betty Pack au lit dans les bras de son mari. C'est grandiose ! Adultère, inceste, trahison, on peut y accoler cinquante mots, cela restera le scandale du siècle !

Assoiffée de vengeance, Kay tente de tuer Betty avec un chandelier de mauvaise qualité qui se brise net. Elle se saisit d'une paire de ciseaux et cherche à atteindre le visage de sa rivale, mais ne parvient qu'à éventrer les oreillers. Elle pleure, hurle son amour déçu, la blessure narcissique qui la consume. Betty lève les yeux au ciel, le mythe du mariage parfait en prend un coup. Kay change de tactique, court dans le corridor et se précipite dans le salon où elle est certaine de trouver l'ambassadeur. Une véritable furie !

– Cette fille n'est pas ma fille, c'est une espionne ! Une putain ! Une salope !

Dévasté, Brousse rattrape sa femme par le bras, elle lui retourne une de ces claques, il en tombe le cul par terre. L'ambassadeur s'en mêle et Charles lui assène un uppercut dans la mâchoire. Ça le démangeait depuis longtemps. C'est le moment que choisit le lustre en cristal du hall pour se décrocher. L'agent Seward, incrédule, s'empresse de prévenir son chef.

De l'agent Seward à l'agent spécial S.K. McKee :
Objet : Mrs Arthur Pack – Espionnage
Dossier 65-435239
Une scène très violente a eu lieu aujourd'hui entre les Brousse. Mrs Brousse a tenté de tuer sa fille, puis son mari. On parle d'inceste et d'espionnage. Des verres et des carafes ont volé. Un chandelier, ainsi que des cadres de même. Tout cela est fort confus et la maisonnée chamboulée. Les détails ne sont pas à l'honneur des personnes concernées. J'ai peur que cela ne tourne très mal.

De Cynthia à Howard : Couverture explosée. Help.

De l'agent spécial S.K. McKee à Edgar Hoover :
Objet : Mrs Arthur Pack – Espionnage
Dossier 65-435239
L'attaché de presse Charles Brousse en est venu aux mains avec l'ambassadeur du gouvernement de Vichy, Gaston Henry-Haye. Il est question d'adultère et d'inceste, de trahison et de Pierre Laval, de nazis et de maîtresses diverses. On ne comprend rien, il est possible que l'homosexualité joue un rôle. P.-S. : Des svastikas couvrent les murs de l'hôtel. Que dit-on à Milton Hershey ?

Edgar Hoover se tient les côtes, cela fait longtemps qu'il n'avait pas autant ri, les *screwball comedies*, il n'y a que cela de vrai !

Stephenson réfléchit plus vite que la lumière. Une voiture vient chercher Kay Brousse. Elle est conduite au Waldorf Astoria à New York. Là, on lui offre un poste d'agent de renseignement à Acapulco et on la laisse se faire bronzer aux frais du contribuable. Exit le problème.

Betty habite à l'auberge non loin du Hershey et continue de partager le poulet grillé dominical avec les touristes venus visiter la chocolaterie. Elle ne peut être loin de Charles, il est sa raison de vivre. Elle attend l'exfiltration, qui ne tarde pas. Le 25 juillet 1943, Charles retrouve enfin Betty à Washington. Ils s'installent quelque temps chez Cora, puis disparaissent. Ils se font oublier pendant toute une année. Même Hoover perd leur trace. Il faut dire que le capitaine Brousse en a vraiment sa claque du renseignement.

Le 6 juin 1944, les Alliés débarquent en France. Le 24 octobre 1944, le Président Franklin D. Roosevelt demande à rencontrer Betty Pack. Après deux heures de bavardage et quelques martini dry, il la libère. Betty rejoint Charles sur le quai du port de New York, ils embarquent sur un transatlantique à destination de Lisbonne. De là, ils taillent la route jusqu'à Hendaye. Betty ne peut s'empêcher de sourire. Elle presse la main de son amant. Elle revient là où ses aventures ont commencé il y a un peu moins de dix ans, et c'est déjà l'éternité. Elle a trente-quatre ans.

Un dernier mensonge ?

1945-1952

1.

Ils s'installent au château de Castelnou, dans les Pyrénées, à une vingtaine de kilomètres au sud-ouest de Perpignan. Un endroit hors du temps, baigné d'une lumière ocre, calé au pied des Aspres avec le Canigou en toile de fond, la montagne mythique de Catalogne. Après la plaine, on aperçoit les tours crénelées au détour d'un virage. Ancré dans le roc, le bastion domine un vieux village, serti de remparts, avec des maisons très anciennes, basses et ramassées. Certaines arborent même un four à pain sur leur façade. En contrebas, l'église Sainte-Marie-du-Mercadal et son petit cimetière.

Betty se lance dans des travaux faramineux pour réhabiliter la forteresse médiévale. C'est certainement le plus grand chantier de décoration jamais entrepris depuis que le pape Jules II a demandé à Michel-Ange de songer à quelque chose de glamour pour la chapelle Sixtine.

– Ce que Betty veut, Betty l'aura, clame le capitaine Brousse.

– Nous allons refaire toute la plomberie, l'électricité, les sanitaires. Nous allons dégager les pierres de taille ici, tapisser cette chambre de toile de Jouy, celle-là de rose saumon. Je veux de la moquette dans les salles de bain et des émaux de Briare. Je veux creuser une piscine ici, la recouvrir de mosaïque comme à Palm Beach, je veux un canapé en peau de panthère, des bronzes dorés et des bustes romains sur leurs colonnes… Je veux… Je veux…

Elle a besoin d'action, de défi, d'absolu. En fait, Betty Pack s'ennuie à cent sous de l'heure.

– Et si on se mariait ?

C'est drôle comme les espions ont parfois un comportement conformiste.

Ils n'ont aucun mal à se débarrasser de leurs conjoints. Depuis Acapulco, Kay Brousse dit oui à tout. Elle signe les papiers du divorce, sans piper mot. Bien trop occupée à danser la habanera, elle se gorge de tequila, d'étalons gominés et se trémousse sur la plage au son des mariachis.

– Kay a toujours été très couleur locale, constate Brousse.

Pour Betty, ce n'est pas plus compliqué. Arthur Pack, amoureux d'une Chilienne bon ton, souhaite s'installer à Santiago en sa compagnie. Mais le nouvel ambassadeur est John Leche, amant de Betty en Espagne, on s'en souvient. Arthur ne peut décemment officier sous ses ordres, il demande sa mutation à Buenos Aires. La Chilienne refuse d'y mettre les pieds, il fait chaud, humide, ses cheveux vont friser. Arthur, résigné, part seul, déprime et s'abrutit. Il se plaint d'insomnies, sa santé se détériore, son médecin est inquiet. Le 1er novembre 1945, il passe à l'ambassade, jette un œil sur les affaires courantes, puis se tire une balle dans la tempe droite. « Je garde un excellent souvenir d'Arthur, écrit Betty à Rosie Pack, et je m'associe à votre douleur. » Rosie déchire la lettre.

À trente-cinq ans, Betty est enfin libre, mais hérite d'une gamine, la sienne. Denise a dix ans, c'est une enfant aux cheveux blonds très pâle, elle possède les traits fins d'Arthur, rien de Betty. D'ailleurs, elle déteste sa mère, qui la mettra en pension et s'arrangera pour l'envoyer chez Cora durant toutes les vacances.

Tony, c'est autre chose. Tony Pack est un jeune homme magnifique et très intelligent. Il a été psychologiquement perturbé par le rejet de ses parents. Qui ne le serait ? Il aime tendrement les Cassel, mais s'est toujours senti différent d'eux. Il se souvient de cette femme magnifique, venue deux ou trois fois à Dorrington. Elle était auréolée d'un prestige impérial. Il aurait tout donné pour un baiser de sa part. Elle ne le souhaitait pas. Il s'est dit qu'il attendrait. Un jour il a grandi, il a eu seize ans, il a appris toute la vérité sur sa mère, il a eu peur de l'affronter. Il a eu vingt ans, il a décidé qu'il était temps. Il a cherché le village, le château. Il a été aidé. Il est arrivé à Castelnou le 10 août 1951. Il a décidé de la prévenir, les Cassel l'ont bien élevé. Il a téléphoné depuis le petit café de l'Empire sur la place, juste au coin de la galerie Pla, la boutique d'antiquités de la jolie Patricia.

– Allô ?

– Ici Tony Pack, j'aimerais parler à… Betty.

Elle a un moment de stupeur. Puis se reprend. Cet instant, elle l'attend depuis si longtemps. Et pourtant, elle n'a qu'une envie, c'est raccrocher. Fuir la vérité.

– Tony, au nom du ciel…

– Oui.

– Je suis Betty.

– Je sais, je reconnais votre voix.

– Où es-tu ?

– Je suis au village.

– Quel village ?

– Castelnou, et c'est charmant. J'ai même acheté une carte postale à la librairie Kogan. Une carte postale avec le château. Je vois le château d'ici, la libraire me dit que vous y vivez.

– Oui, c'est vrai.

– Êtes-vous là-bas ? En ce moment, je veux dire.

– Oui.

– Puis-je vous rendre visite ?

– J'imagine que oui, Tony, oui, bien entendu.

– Je… je ne vous dérangerai pas. Je… je ne veux pas vous déranger.

– Tu bégaies toujours.

– Un peu… peu, je suis heureux de voir que vous vous en souvenez.

– Je me souviens de tant de choses, Tony, viens vite.

2.

C'est un très beau garçon aux traits hérités des Thorpe. Des yeux magnifiques olivâtres, un peu tristes, une grande bouche douce et sensible. Il est le portrait craché de son grand-père. Cela ne va pas arranger les choses, Betty.

La montée des marches jusqu'au château est fastidieuse. Beaucoup ont emprunté ce chemin, à cheval la plupart du temps. L'endroit est écrasé de soleil. Tony Pack avance à petits pas, il aimerait courir. Il a très chaud. Les pierres sont brûlantes, l'ombre rare. Il n'y a pas un souffle d'air, on dirait que la végétation a grillé. Dans une demi-heure, dans un quart d'heure, elle sera là. C'est une reine et une princesse, c'est ainsi qu'il se la représente dans son imaginaire. Auréolée d'une tiare de pierres fines. L'étoile du soir, celle que l'on contemple de loin sans jamais l'atteindre. Mrs Cassel a toujours assuré qu'elle était si importante qu'elle ne pouvait s'occuper de lui. Tony éprouve énormément de tendresse pour les Cassel. Il s'est senti très gâté avec eux. Mais elle lui manquait tant. Il a la sensation d'avoir vécu paisiblement au bord de l'abîme toutes ces années. La porte en bois, c'est là. Il y a une meurtrière et… Elle s'ouvre en grinçant. Elle est derrière. Elle est là. Elle est plus mince que dans son souvenir. Quel âge peut-elle avoir ? Il essaie de compter. Il a vingt ans, donc elle en a près de quarante. Il aime la couleur mordorée de ses cheveux, il aime les voir flotter autour de son visage. Et ces immenses yeux verts. Ces paupières lourdes et sensuelles. Il ne bouge pas, il n'ose pas avancer.

– Viens, dit-elle.

Elle tend la main. Il ne sait pas quoi faire. Elle-même paraît surprise de découvrir un si grand jeune homme. Il ne sait pas qu'elle est déstabilisée. C'est son père jeune qu'elle a devant les yeux.

– Viens.

Elle ouvre les bras. Il était temps. Il se jette dedans. Avec une certaine retenue. Il a compris que la sentimentalité n'était pas innée chez les Pack. Elle se détache de lui au bout de quelques minutes. Il la suit. D'autres marches, une porte encore plus lourde, elle l'entraîne à sa suite. Ils traversent des pièces sombres aux volets clos. Elle explique que c'est pour la chaleur, l'été ici est infernal. Elle le conduit sur une terrasse abritée par une tonnelle. Il y a là un homme qui fume la pipe. Tony le trouve vieux. Beau mais vieux. Et rassurant.

– C'est mon mari, explique Betty, le capitaine Brousse, et voici mon fils, Tony.

Charles se lève et lui serre la main avec chaleur. Ils s'assoient et conversent avec légèreté. Tony s'extasie sur la vue. Brousse raconte l'histoire du château. Une servante ratatinée apporte de la citronnade. Puis Brousse s'en va, il dit qu'il a des choses à faire. Il ne précise pas lesquelles. Tony Pack est seul face à sa mère, le regard brillant de tragédies muettes. Elle lui demande ce qu'il fait dans la vie. Elle semble encore plus perdue que lui.

– Je me suis engagé, je suis lieutenant de réserve, je pars en Corée. Je voulais vous voir avant mon départ. Je voulais vous dire que j'ai été heureux en dépit de tout. Je voulais vous dire que je pensais à vous tout le temps. Je voulais que vous sachiez que je ne vous en voulais pas. C'est au cas où il m'arrive quelque chose. Je suis un homme chanceux, madame, Bett... Betty.

Elle garde les yeux baissés, puis se prend la figure entre les mains, bouleversée. C'est à elle de bégayer maintenant.

– Ma...

– Pardon ?

– Maman, appelle-moi maman, si tu l'acceptes.

– Maman, merci.

Elle relève la tête et le contemple. Il sourit. Dieu que ce garçon est beau. Elle passe la paume de sa main sur le front lisse de son fils.

– Je suis désolée, Tony. Bien entendu que tu as le droit de savoir. Il y a toujours une mauvaise raison. Tout aurait dû se passer autrement. Je n'aimais pas ton père et il s'est vengé de moi, sur toi. Tu es né cinq mois après notre mariage, un scandale à l'époque, nous t'avons abandonné, il a tout prévu. Il voulait te tuer, je t'ai sauvé, mais je n'ai pas su te garder.

– Ce n'est pas grave.

– Oh si. Depuis le début, je pense à toi. Ce premier pleur, ce premier cri et ce premier sourire. Cette sensation de toi dans mes bras, cette chose rouge et chaude qui s'apaise quand je l'approche de mon cœur. Je t'ai collé contre mon sein, tu l'as agrippé, je t'ai aimé dès le premier jour, la première minute, je t'ai aimé toute ma vie.

Elle baisse les yeux, elle n'ose l'affronter. Pour une fois, Betty Pack ne fait pas sa crâneuse.

– Ne dites rien.

– Ton père est arrivé, tu tétais mon sein, il t'a arraché à moi, l'infirmière a hurlé, elle a dit : « Il n'est pas sevré, il a besoin de sa mère. » Moi j'ai pleuré, j'ai crié, j'ai dit : « Non, moi aussi j'ai tant besoin de lui, c'est mon bébé. » Il est parti avec toi dans un couffin, il avait rendez-vous avec Mrs Cassel.

– Je sais, elle m'a tout raconté, murmure-t-il.

– Après c'était trop tard, Tony, bien trop tard, je suis venue, je n'ai pas su quoi faire, je n'étais pas préparée à cela. Tu étais à moi et tu n'étais pas à moi. Les Cassel me regardaient étrangement, me mettaient mal à l'aise. Et tu t'es mis à bégayer. Tony, j'ai eu peur et j'ai fui, j'ai fui ce moment, j'ai fui toute ma vie. Cet amour-là me terrifie. Mon père ne m'aimait pas. Il a tout gâché. Mon Dieu, inconsciemment ou pas, j'ai reproduit le même modèle. Pourquoi, je ne sais pas. La peur panique de la faille. Mais il n'y a pas un instant où je n'ai pas pensé à toi, mon fils. Mon petit garçon. Mon trésor.

Elle essaie de réprimer un sanglot, sa main tremble. Elle est éperdue.

– Je vous en prie.

Il se risque à plonger dans les yeux de sa mère, terrassé par l'émotion.

– Avec Denise, ce n'est pas pareil, elle ne s'est jamais accrochée à mon sein, poursuit-elle. Denise était la fille d'Arthur, elle lui ressemblait. Elle s'est tournée vers lui immédiatement. Il n'a pas voulu la tuer, il l'a aimée, je crois. De toute manière, mon cœur s'était aigri, racorni. Plus de place pour cet amour pas comme les autres. J'ai aimé des hommes, Tony, avec mon cœur, j'ai aimé mon père, j'ai aimé comme une damnée. Mais rien n'a jamais égalé ce sentiment curieux, cet instant de grâce qui a duré quoi ?, un jour, non, deux. Mon bébé contre moi. Mon petit bébé. Cette boule hurlante et si douce qui s'apaisait quand je la collais tout contre moi.

Elle pleure maintenant, elle n'ose pas relever les yeux. Elle éprouve tant de sentiments contradictoires, l'espionnage ne prépare pas à tout. Joie, amour, colère, fureur, regret, amour, amour, amour. Effroi.

Et ce grand garçon au regard noble saisit la main de la femme prostrée. Avec son autre main, il soulève son menton.

C'est un homme. Elle sent la puissance bouillir en lui. La tristesse aussi. Comme elle. Elle réalise alors qu'il possède exactement le même regard qu'elle. Lourd, profond. Elle ouvre la bouche. Il pose son doigt dessus.

– Maman.

– Oh, Tony…

Les larmes coulent. C'est tellement facile, tellement cliché, attendu, Betty Pack est désemparée.

– Maman, j'ai cru comprendre que vous étiez une femme d'honneur. Je veux être digne de vous.

– Que sais-tu ?

– Un jour, les Cassel ont reçu une lettre. Une lettre qui ordonnait de ne pas vous condamner. Une lettre qui justifiait chacun de vos actes, Maman.

– Quelle lettre ? Je n'ai rien écrit.

– J'avais seize ans, j'étais en âge de comprendre.

– Que disait cette lettre ?

– Elle disait qu'il fallait vous pardonner, que ce n'était pas votre faute, que vous aviez fait de grandes choses pour le monde, que sans vous, nous serions certainement tous allemands. La lettre expliquait que vous étiez une héroïne, une fille formidable. Mrs Cassel avait les larmes qui affleuraient, elle a soupiré : « Je m'en doutais. » Moi j'ai compris que ma reine était une espionne et qu'une espionne, ça n'a pas d'enfant. Je vous aime, Maman. Vous êtes la lumière qui a guidé ma vie entière.

– Qui était le signataire de cette lettre ?

– Votre mari, Maman, Charles Brousse. Votre mari qui nous a laissés en tête à tête, votre mari qui m'a donné l'adresse de cet endroit et qui a payé mon billet d'avion jusqu'à Barcelone, car je ne suis pas bien riche.

Elle se lève. Trop d'émotions, trop de sentiments, elle ne sait pas quoi en faire, elle n'est pas habituée. Elle s'appuie sur la table, se sent défaillir sous le poids de son égoïsme. Son mari qu'elle aime plus que tout, ce fils qui lui est donné et qui lui échappe aussitôt. Soudain Betty Pack se tourne vers Tony, elle ouvre encore les bras. Il s'y précipite. Ils restent ainsi très longtemps. Quand ils se séparent, la nuit est tombée, elle murmure :

– Pourquoi la Corée ?

– Parce que j'ai besoin du danger pour vivre.

– Comme moi.

– Je sais.

– Je t'aime, Tony.

– Est-ce un dernier mensonge, Maman ?

– Oh non, mon Dieu, non ! Comme je t'aime, mon petit garçon.

Il part comme il est venu, ce jeune homme fringant à l'allure franche et directe. Il se tient droit comme les militaires, il a le regard brillant comme du jade et la chevelure claire, lissée en arrière. Il descend les escaliers de pierre. Il se retourne, agite le bras et claque la porte en bois derrière lui. C'est fini. Betty pleure. Le pardon n'apaise rien quand l'erreur est aussi cinglante. Tout ce temps perdu. Soudain elle sent une chaleur derrière elle, c'est Charles Brousse qui la retient dans ses bras.

– Merci, chuchote-t-elle.

– Il reviendra, ne t'inquiète pas.

Tony Pack ne reviendra jamais. Ni à Castelnou, ni en France, ni en Angleterre. Il aura une conduite héroïque pendant la guerre de Corée, il recevra la croix militaire. La nuit du 25 mars 1952, le lieutenant Tony Pack, du 1er bataillon d'infanterie légère du King's Shropshire, conduit une patrouille de neuf hommes en vue de détruire un poste ennemi. La nuit est noire d'encre. Alors qu'il est à dix mètres de l'objectif, le lieutenant Pack essuie le feu d'une sentinelle, il est blessé, la balle lui traverse la cuisse de part en part. Durant le repli par un autre chemin, le lieutenant Pack est blessé une deuxième fois, au visage. Hospitalisé au Japon, Tony Pack fait la connaissance d'une infirmière dont il tombe fou amoureux. Il lui promet de finir la guerre et de revenir la chercher. Il veut la présenter à sa mère, une femme extraordinaire, une espionne. Bien entendu, l'infirmière le croit. Puis il retourne au front. Le 10 juillet 1952, Tony Pack commande la troisième section de la compagnie A, une balle ennemie transperce son cœur, il meurt sur le coup. Il a vingt-deux ans. Il est enterré avec les honneurs militaires à Pusan, en Corée du Sud, au pied d'un pin. L'occasion de lui remettre sa croix militaire ne s'est pas présentée.

30 mars 1963

Il revient dans sa vie, le destin est facétieux, vous le savez bien. Il veut savoir ce qu'elle est devenue, la faire parler, l'aimer juste une fois, l'aimer pour l'éternité. Il songe qu'elle s'ennuie dans son château fort. La quête d'absolu de Betty Pack, il la connaît si bien. Il lui téléphone, lui propose un voyage. Chez lui en Irlande. Elle accepte immédiatement. Charles ne comprend pas, quoi, comme ça ? Elle part avec une petite valise.

– Pourquoi ? demande Charles.

– C'est Hyde, Montgomery Hyde.

Comment lui avouer qu'elle a adoré sa voix au téléphone ? Que ça lui a rappelé ces années prodigieuses ? Comment expliquer à Charles que l'obscurité heureuse, le merveilleux conte de fées s'est mué en train-train quotidien, en désenchantement voilé, en souricière !

– Tu reviendras ?

– Peut-être pas.

– Nous nous aimons depuis plus de vingt ans et tu pars comme ça ?

– J'ai toujours agi ainsi.

– Pourquoi lui ?

– Ce n'est pas lui, c'est la possibilité d'un éden.

– Pas un éden, Betty, une chimère.

– Tant mieux si c'est une chimère, je reviendrai, on aura encore du temps, j'ai cinquante-deux ans.

– Et moi soixante et onze, j'espère vraiment que nous aurons le temps.

– Adieu, Charles.

– Au revoir, Betty.

Elle le retrouve à Barcelone, ils prennent l'avion pour Belfast. Il n'a pas changé. Ses cheveux noirs sont grisonnants dorénavant, ils sont partagés par une raie sur le côté et plaqués en arrière avec de la gomina, la moustache est fine, blanche. Toujours ce chic aristocratique, et ce coup d'œil trop piquant pour être honnête.

Oui, cela s'est passé aussi simplement que ça. Montgomery Hyde est arrivé et elle est partie avec lui. Ils ont pris un avion à Barcelone, ils se sont installés à Belfast. Ils ont fait l'amour. Pour la première fois. Betty est magnifique, c'est une héroïne. Il adore cet enchantement qui lui tient lieu de taille, ce pli, là juste au-dessus de l'aine. Elle possède ce pouvoir inouï sur les hommes. Cela fait vingt ans que Montgomery Hyde attend cet instant. Il était prêt à patienter vingt ans de plus. Ils évoquent le passé, tous ces hommes qu'elle a adorés.

Oui, elle a revu Carlos Sartorius. Il y a cinq ans, à San Sebastian, par hasard. Non, le hasard n'existe pas. Ils se sont parlé comme deux vieux amis. Il était avec sa femme, la sublime Carmencita. Elle a serré Betty dans ses bras et l'a remerciée. De quoi ? a songé Betty. De t'avoir laissé ton mari ? Elle a fixé Carlos, et tout s'est évanoui. La flamme et l'amour, le désir et cette énergie qui donne aux amants la force de changer le monde.

John Leche s'est rappelé à elle quand il a pris l'ambassade

du Chili. Il lui a dit aimer ces endroits qu'elle avait foulés. Il a avoué vivre dans son ancien appartement, chercher des traces de son passage partout. Il l'a invitée à venir lui rendre visite. Betty n'a pas répondu. Il est mort, il y a peu, elle a essuyé une larme.

– Et Lubienski, Betty ? Tu as revu Michal Lubienski ?

– Non, j'ai eu peur.

– De quoi ?

– De l'aimer encore.

– Lubienski vit à Londres. Voici son téléphone. Tu peux y être dans une heure, si tu le souhaites.

Elle soupire, froisse le papier tendu, le jette à la poubelle. Hyde éclate de rire. Elle avait oublié son côté provocant. Il a raison. Elle se lève, ramasse la boulette de papier et demande à l'opératrice de la mettre en contact. C'est le maître d'hôtel qui répond.

– Monsieur le comte est sorti dîner avec Madame. Souhaitez-vous laisser un message ?

Montgomery Hyde a cinquante-cinq ans. Il sait ce qu'il veut. Qu'elle quitte Brousse, qu'elle s'installe avec lui, ici même, en Irlande, à Belfast, il adore cette ville qui l'a vu naître. Il a mille projets. Un livre sur les espions, un autre sur Intrépide et pourquoi pas un sur Cynthia. À son tour de sourire, ce garçon est incorrigible, le dandy a toujours trompé son monde. Elle s'allonge sur le lit, étend ses bras, elle a l'impression de mesurer deux mètres.

– Donne-moi une cigarette.

– Tu fumes toujours ?

– Plus que jamais.

– Éteins la lumière.

Elle a juste envie de se souvenir. Carlos Sartorius, Michal Lubienski, Charles Brousse et Montgomery Hyde. Elle les a aimés. Vraiment. Vraiment beaucoup. Certains plus que d'autres, tout de même. Elle a le choix de les aimer encore. Alors qui ? Montgomery ou Michal ? Elle sait, bien entendu qu'elle sait, elle l'a toujours su. Elle éclate de rire, rallume la lampe de chevet et lui fait face.

– Raccompagne-moi.

– Pourquoi ? demande-t-il.

– Parce que c'est lui.

– J'ai longtemps cru que nous étions faits l'un pour l'autre, Betty.

– Une erreur.

– Un espion ne commet jamais d'erreur.

– Il faut croire que si.

L'avion atterrit à Barcelone. Le taxi traverse les Pyrénées. Elle se demande comment il va l'accueillir. Elle est partie, elle l'a trahi, trompé surtout. La route est mouillée, il a plu ce matin. Des rafales venteuses, la tramontane dégage le ciel et le soleil perce. Est-ce un bon présage ? La bourrasque tumultueuse qui balaye le passé ? Betty Pack n'est pas à un cliché près. Il n'est peut-être pas ici. Qui sait s'il n'est pas retourné à Paris. Et s'il la jetait dehors ? Le 30 mars 1963, Betty Pack rentre à Castelnou. Les marches sont glissantes. Hautes. Elle n'avait jamais remarqué, elle n'avait jamais été si pressée. Elle s'agrippe à la rampe de fer soudée dans le roc. La porte est grande ouverte. Charles a installé une chaise devant. Il attend. Tous les jours, depuis qu'elle est partie, il fait le guet. La nuit parfois aussi. Et quand enfin sa silhouette si frêle apparaît dans l'encadrement, il soupire.

– J'ai besoin d'un bon martini dry, et je ne connais pas la recette de Cora.

Elle se blottit dans ses bras puissants. Il ferme derrière

eux. À clé. Betty pénètre dans son château vieux de dix siècles, tout est sombre et chaleureux, elle aime cette odeur de bois et de romarin qui brûle dans la cheminée. L'espionne se terre. Elle n'a plus que neuf mois à vivre. Trop de cigarettes, Betty, trop de cigarettes.

Épilogue

Betty Pack meurt le 1er décembre 1963. Elle a cinquante-trois ans. Même une espionne ne gagne pas contre la mort. Elle est enterrée dans le parc du château de Castelnou sous un cèdre quatre fois centenaire. Il n'y a aucune mention sur sa pierre tombale. « J'ai le cœur broyé », écrit Charles Brousse à Montgomery Hyde. Il ne se remettra jamais de la mort de son épouse. Il s'enferme dans sa forteresse, s'isole tel un ermite. Quelques années plus tard, Castelnou prend feu. On ne sait pas comment, on ne sait pas pourquoi, on ne retrouvera jamais le corps de Charles Brousse.

On raconte dans le pays que, la nuit du 22 novembre, un mystérieux inconnu vient déposer un bouquet de chrysanthèmes sur la sépulture de Betty Pack. On raconte que l'ombre d'une femme plane certains soirs dans les salles du château, des apparitions tout aussi furtives qu'inattendues. On raconte qu'un cliché pris dans le reflet d'une psyché révèle une silhouette svelte à la chevelure mordorée. Allez donc savoir ce qui se passe dans l'ombre millénaire de ces tours crénelées où une belle Américaine est venue un jour s'établir pour l'éternité.

Chronologie

22 novembre 1910	Naissance de Amy Elizabeth Thorpe à Minneapolis (Minnesota).
29 avril 1930	Betty épouse Arthur Pack.
2 octobre 1930	Naissance de Tony Pack.
30 janvier 1933	Hitler devient chancelier.
31 décembre 1934	Naissance de Denise Pack.
7 mars 1936	L'Allemagne occupe la Rhénanie.
17 juillet 1936	Début de la guerre d'Espagne.
11 mars 1938	Anschluss.
30 septembre 1938	Daladier, Chamberlain et Hitler signent les accords de Munich.
15 mars 1939	Les Allemands occupent Prague.
22 août 1939	Enigma quitte Varsovie en contrebande.
1er septembre 1939	L'Allemagne envahit la Pologne.
3 septembre 1939	L'Angleterre et la France déclarent la guerre à l'Allemagne.
10 mai 1940	Churchill devient Premier ministre du Royaume-Uni.
10 juin 1940	Les Allemands envahissent Paris.
11 juin 1940	William Stephenson crée le BSC à New York.
3 juillet 1940	Mers el-Kébir.
10 août 1940	Début de la bataille d'Angleterre.

6 avril 1941	L'Allemagne envahit la Yougoslavie.
22 juin 1941	Barbarossa, l'Allemagne envahit la Russie.
11 juillet 1941	Bill Donovan à la tête de la première agence de renseignement.
7 décembre 1941	Attaque japonaise de Pearl Harbor.
13 juin 1942	L'agence de Bill Donovan devient l'OSS.
3 novembre 1942	Victoire alliée d'El-Alamein.
8 novembre 1942	Opération Torch.
27 novembre 1942	La flotte française se saborde à Toulon.
6 juin 1944	Débarquement allié en Normandie.
12 avril 1945	Mort de Franklin D. Roosevelt.
30 avril 1945	Suicide d'Hitler.
14 août 1945	Capitulation du Japon.
Août 1945	Le BSC et Stephenson quittent New York.
20 septembre 1945	Le président Truman dissout l'OSS.
1er novembre 1945	Suicide d'Arthur Pack.
10 juillet 1952	Mort de Tony Pack.
1er décembre 1963	Mort de Betty Pack en France.
24 janvier 1965	Mort de Winston Churchill.

Organisations et services spécialisés

BSC : British Security Coordination (Service de coordination de la sécurité britannique). Organisation clandestine, mise en place à New York par le Secret Intelligence Service britannique (MI6) en mai 1940, sur autorisation du Premier ministre Winston Churchill. Son but est d'enquêter sur les activités de l'ennemi, d'empêcher le sabotage contre les intérêts britanniques en Amérique, et de mobiliser l'opinion pro-britannique en Amérique. À sa tête, William Stephenson dit Intrépide.

CIA : Central Intelligence Agency (Agence centrale de renseignement). Fondée en 1947 par le National Security Act, elle est l'une des agences de renseignement les plus connues des États-Unis. Elle est chargée de l'acquisition du renseignement, notamment par l'espionnage, et de la plupart des opérations clandestines effectuées hors du sol américain. La CIA a le statut juridique d'agence indépendante du gouvernement des États-Unis et dépend du directeur du renseignement national.

FBI : Federal Bureau of Investigation (Bureau fédéral d'enquête). C'est aux États-Unis le principal service fédéral de police judiciaire et un service de renseignement intérieur. Le FBI est sous la tutelle du Département de la Justice des États-Unis qui lui accorde son budget et définit ses priorités. Les activités du FBI portent notamment sur l'antiterrorisme, le contre-espionnage, le crime organisé (mafia), les enlèvements (après celui du fils de Charles Lindbergh en 1932), le crime en col blanc et la criminalité financière, la collecte de renseignements généraux sur le FBI. Sa devise officielle est *Fidelity, Bravery, Integrity*. J. Edgar Hoover, nommé directeur le 10 mai 1924, demeura en poste pendant près de quarante-huit ans, jusqu'à sa mort en 1972.

OSS : Office of Strategic Services (Bureau des services stratégiques). Agence de renseignement du gouvernement des États-Unis. Elle a été créée le 13 juin 1942 après l'entrée en guerre des États-Unis dans la Seconde Guerre mondiale pour collecter des informations et conduire des actions clandestines. Bill Donovan est nommé directeur de l'OSS le 11 juillet 1942.

SOE : Special Operations Executive (Direction des opérations spéciales). Service secret britannique créé le 19 juillet 1940 par Winston Churchill et dissout le 30 juin 1946. Il a pour mission de soutenir les divers mouvements de résistance des pays d'Europe occupés par l'Allemagne et l'Italie.

SIS : Secret Intelligence Service ou MI6 (Military Intelligence). Service de renseignement extérieur du Royaume-Uni. Son rôle est de produire des renseignements sur les sujets concernant les intérêts vitaux du Royaume-Uni en matière de sécurité, de défense, de politique étrangère et de politique économique.

Les hommes de l'ombre

Roald Dahl : né le 13 septembre 1916 à Llandaff, au pays de Galles, et mort le 23 novembre 1990, à Oxford, en Angleterre. C'est un écrivain britannique, auteur de romans et de nouvelles. Entre autres, *Bizarre ! Bizarre !* (1948), *Kiss Kiss* (1959), *Charlie et la Chocolaterie* (1964). Envoyé en mission aux États-Unis pour convaincre les Américains d'intervenir dans le conflit, il travaille à contrer l'influence du mouvement isolationniste America First. Il œuvre pour le service de renseignement MI6, puis BSC, sous la houlette de William Stephenson.

Bill Donovan : le major-général William Joseph Donovan est né le 1er janvier 1883 à Buffalo, État de New York, et mort le 8 février 1959 à Berryville, Virginie. Il est soldat, avocat et dirigeant de l'OSS pendant la Seconde Guerre mondiale, puis, après celle-ci, l'inspirateur de la création de la CIA.

Ian Fleming : né le 28 mai 1908 à Londres et mort le 12 août 1964 à Canterbury. C'est un romancier d'espionnage britannique, journaliste, et officier du renseignement naval, connu principalement pour avoir été l'auteur des romans d'espionnage *James Bond.*

Ellery C. Huntington Jr : né le 11 mars 1893 à Nashville, Tennessee, il est mort le 2 juillet 1987. C'est un joueur de football américain à la carrière exceptionnelle. Pendant la Seconde Guerre mondiale, il travaille directement sous les ordres de Bill Donovan à l'OSS. Il est très impliqué dans l'opération Torch. Il est connu sous le nom de code Hunter.

Montgomery Hyde : né à Belfast le 14 août 1907 et mort également à Belfast le 10 août 1989. C'est un avocat, homme politique (Ulster Unionist Party, député de Belfast Nord). Il a étudié à l'Université Queen's de Belfast, et Magdalen College, à Oxford. Il rejoint le MI6 en 1939, puis s'engage en Amérique auprès de William Stephenson et du BSC. Il a également écrit un certain nombre de biographies de personnalités politiques et juridiques, ainsi que des livres sur l'espionnage, dont l'un sur William Stephenson et l'autre sur Betty Pack.

John Leche : diplomate anglais, né le 21 novembre 1889 à Chester, Cheshire, et mort le 12 mai 1960 à Malpas, dans le Cheshire. Éduqué à Eton puis à Sandhurst. Fait officier de l'Empire britannique (OBE) à la suite de ses exploits durant la Première Guerre mondiale. Attaché d'ambassade en Espagne de 1937 à 1939. Ambassadeur au Chili de 1945 à 1949. Pendant la Seconde Guerre mondiale, il rejoint William Stephenson et le BSC.

Stewart Menzies : major-général Sir Stewart Graham Menzies. Il naît le 30 janvier 1890 et meurt le 29 mai 1968. Après Eton, il rejoint le régiment des Grenadier Guards en tant que sous-lieutenant. Un an plus tard, il est transféré au régiment des Life Guards, et promu lieutenant, puis officier d'ordonnance en 1913. Chef du MI6 (SIS) de 1939 à 1952. Nom de code C. Il élargit alors les services de renseignement et de contre-espionnage et dirige Bletchley Park, supervisant le travail du mathématicien Alan Turing. Les nazis pensaient qu'Enigma était incassable, ils n'ont jamais su que les Alliés lisaient leurs messages pendant la guerre. Après la guerre, Menzies réorganisa le SIS pour la guerre froide. Il absorba le SOE. Il dut affronter un scandale après la révélation que Kim Philby était en fait un agent du KGB. Ses efforts en tant que C. ont eu un rôle majeur dans la victoire de la Seconde Guerre mondiale. Pour preuve, il assista à mille cinq cents réunions avec le Premier ministre Winston Churchill pendant la guerre.

John Arthur Reid Pepper : nom de code Howard. Officier du BSC. A terminé sa vie en Suisse.

William Stephenson : nom de code Intrépide. Né le 11 janvier 1897 à Winnipeg, Canada, mort le 31 janvier 1989 aux Bermudes. Il sert dans l'armée britannique pendant la Première Guerre mondiale. Héros de l'aviation militaire. En 1940, il fonde à la demande de Winston Churchill, le British Security Coordination (BSC), un service de renseignement britannique sur le sol américain. Il s'envole pour l'ambassade de New York où il est chargé officiellement de vérifier les passeports. William Stephenson dirige près de trois cents agents chargés d'intercepter le courrier et de procéder à des écoutes. Le BSC transmet aussi des informations confidentielles entre Churchill et Roosevelt, sans passer par la filière diplomatique habituelle. Bien que Stephenson ait été fait chevalier par le roi George VI et décoré de la médaille du Mérite américaine, son service durant la guerre est demeuré à peu près inconnu du public jusqu'à la parution de l'ouvrage de Montgomery Hyde, *The Quiet Canadian* (1962).

Bibliographie

Anonyme, *A Spy Called Cynthia*, Biteback Publishing, 2021.

Pedro Barruso Barés et Juan Carlos Jiménez de Aberásturi Corta, *1936-1937. Guerre civile d'Espagne. Saint-Jean-de-Luz/Ciboure, villes diplomatiques*. Jakintza, 2015.

Gustave Bertrand, *Enigma*, Plon, 1973.

Howard Blum, *The Last Goodnight*, Harper Perennial, 2017.

William Boyd, *La Vie aux aguets*, Éditions du Seuil, 2007.

David Brinkley, *Washington Goes to War*, Andre Deutsch, 1988.

Jennet Conant, *The Irregulars. Roald Dahl and the British Spy Ring in Wartime Washington*, Simon & Schuster, 2008.

Richard Deacon, *Histoire des services secrets britanniques*, Buchet-Chastel, 1976.

Richard Deacon, *Spyclopedia. The Comprehensive Handbook of Espionage*, Silver Arrow, 1987.

Francis Dorléans, *Snob Society*, Flammarion, 2009.

Vladimir Fédorovski, *Le Roman de l'Orient-Express*, Éditions du Rocher, 2006.

Vladimir Fédorovski, *Le Roman de l'espionnage*, Éditions du Rocher, 2011.

Nick Foulkes, *High Society. The History of America's Upper Class*, Assouline, 2008.

Winston Groom, *1942. The Year that Tried Men's Souls*, Grove Press, 2005.

H. Montgomery Hyde, *The Quiet Canadian*, Hamish Hamilton, 1962.
H. Montgomery Hyde, *Cynthia. The Story of the Spy Who Changed the Course of War*, Hamish Hamilton, 1965.
John le Carré, *Le Tunnel aux pigeons. Histoires de ma vie*, Seuil, 2016.
Mary S. Lovell, *Betty Pack, l'espionne qui changea le cours de l'Histoire*, Albin Michel, 1995.
Bill Macdonald, *The True Intrepid*, Timberholme, 1998.
Thomas E. Mahl, *Desperate Deception. British Covert Operations in the United States, 1939-44*, Potomac Books, 1998.
Elizabeth P. McIntosh, *Sisterhood of Spies. Women of the OSS*, Naval Institute Press, 1998.
William Stephenson, *Nom de code : Intrepid*, Éditions de l'Étincelle, 1979.
William Stevenson, *Spymistress. The Life of Vera Atkins, the Greatest Female Secret Agent of World War II*, Arcade Publishing, 2007.
Nigel West, *The A to Z of Sexspionage*, Scarecrow Press, 2009.

PRESSE

Tom Leonard, « Femme fatale who foiled the Nazis », *Daily Mail*, 22 avril 2016.

CINÉMA

L'espion qui venait du froid, Martin Ritt, 1965.
Le Miroir aux espions, Frank Pierson, 1969.
Another Country, Marek Kanievska, 1984.
La Maison Russie, Fred Schepisi, 1990.
Le Tailleur de Panama, John Boorman, 2001.
The Constant Gardener, Fernando Meirelles, 2005.

La Taupe, Tomas Alfredson, 2011.
Un homme très recherché, Anton Corbijn, 2013.
Imitation Game, Morten Tyldum, 2014.
La Ruse, John Madden, 2020.

THÉÂTRE

La Machine de Turing, de Benoît Soles, Théâtre du Palais-Royal, 2022.

PODCASTS RADIO FRANCE

France Culture, *Grande traversée : l'énigmatique Alan Turing*, août 2018.
France Culture, *La Compagnie des œuvres. Le Carré-Greene – Les romans d'espionnage*, décembre 2018.
France Culture, *Au cœur de l'âge héroïque de l'espionnage (1938-1945)*, 17 août 2021.
France Culture, *Histoire de l'espionnage, Les Espions de l'armée des ombres*, 3 décembre 2021.
France Inter, *Rendez-vous avec X, Anthony Blunt, l'espion de la reine*, 30 juillet 2016.
France Inter, *Rendez-vous avec X, Otto Katz, l'espion dandy*, 13 septembre 2014.
Radio Classique, *Franck Ferrand raconte, Churchill en France*, 25 juin 2021.
Studio Minuit, *Espions. Histoires vraies.*

Remerciements

À Anna Pavlowitch, en souvenir d'un déjeuner à la Closerie qui a vu naître Cynthia.
À mon Top Gun, Scott des Horts.
À ma fleur des champs, Joy des Horts.
À mes parents, Catherine et Bertrand de Cournon.
À la plus belle, Aurélie Delfly.
À la plus grande, Maëlle Guillaud.
À François Fournier.

DU MÊME AUTEUR

Aux Éditions Albin Michel

LA SPLENDEUR DES CHARTERIS, 2011.
LE DIABLE DE RADCLIFFE HALL, 2012.
LE SECRET DE RITA H., 2013.
LE BAL DU SIÈCLE, 2015.
PAMELA, 2017.
LES SŒURS LIVANOS, 2018.
JACKIE ET LEE, 2020.
LES HEUREUX DU MONDE, 2021.
DORIS, 2022.

Chez d'autres éditeurs

LA SCANDALEUSE HISTOIRE DE PENNY PARKER-JONES, Ramsay, 2008.
LA PANTHÈRE, LE FABULEUX ROMAN DE JEANNE TOUSSAINT, JOAILLIÈRE DES ROIS, JC Lattès, 2010.

Composition : IGS-CP
Impression : CPI Firmin-Didot en avril 2023
Éditions Albin Michel
22, rue Huyghens, 75014 Paris
www.albin-michel.fr

ISBN : 978-2-226-47747-7
N° d'édition : 25157/01 – N° d'impression : 174331
Dépôt légal : mai 2023
Imprimé en France